铜仁市文艺创作扶持基金资助项目
铜仁学院高端人才创新团队建设项目成果
铜仁学院学科教育与研究生教育专项成果

地域文学的个人阐释

——黔东作家评论

向笔群◎著

云南出版集团

云南人民出版社

图书在版编目（CIP）数据

地域文学的个人阐释：黔东作家评论 / 向笔群著.
—昆明：云南人民出版社，2020.11
  ISBN 978-7-222-19567-7

  Ⅰ.①地… Ⅱ.①向… Ⅲ.①作家评论－铜仁－当代
－文集 Ⅳ. I206.7-53

中国版本图书馆CIP数据核字（2020）第150560号

责任编辑：刘　焰
装帧设计：新百花艺术工作室
责任校对：李　红
责任印制：窦雪松

地域文学的个人阐释：黔东作家评论

DIYU WENXUE DE GEREN CHANSHI:QIANDONG ZUOJIA PINGLUN

向笔群　著

出版	云南出版集团　云南人民出版社
发行	云南人民出版社
社址	昆明市环城西路609号
邮编	650034
网址	www.ynpph.com.cn
E-mail	ynrms@sina.com
开本	880mm×1230mm　1/32
印张	8.125
字数	220千
版次	2020年11月第1版第1次印刷
印刷	济南普林达印务有限公司
书号	ISBN 978-7-222-19567-7
定价	39.80元

如需购买图书、反馈意见，请与我社联系
总编室：0871-64109126　发行部：0871-64108507　审校部：0871-64164626　印制部：0871-64191534
版权所有　侵权必究　印装差错　负责调换

云南人民出版社微信公众号

目　录

新时期黔东少数民族文学创作

一

改革开放以来，黔东少数民族文学自身的内部机制被激活。区域内多个少数民族自治县相继建立，少数民族作家的民族身份得到国家的认可，在多元文化里保持着本民族文化的相对独立性并散发出旺盛的生命力，使黔东少数民族文学创作走向繁荣发展的新时代。

黔东作为一个地域概念，即指铜仁市（原铜仁地区）所辖的武陵山区部分区域与乌江流域下游部分地区。在这片充满诗性的土地上，聚居着土家族、苗族、侗族、仡佬族等少数民族，他们创造了丰富多彩的民族传统文化，同时也滋养了众多的少数民族作家（诗人），创作出不少优秀的文学作品。

"黔东少数民族作家"是一个相对的文学群体概念，即黔东（铜仁市）籍各少数民族作家与外来少数民族作家群体。他们包括土家族的覃志杨、梁国赋、田夫、田永红、喻子涵、谯达摩、何三坡、安元奎、刘照进、何立高、林照文、黄方能、晏子非、芦苇岸、张进、田儒军、崔晓琳等；苗族的吴恩泽、龙岳洲、林亚军、马仲星、赵朝龙、侯长林、龙潜、罗漠、完班代摆、末未、龙险峰、句芒云路等；侗族的张琪敏、罗中玺、林盛青、朱良德等。这些少数民族作家以自己民族文化的自信心、自觉性，创作了丰富多彩的文学作品。如吴恩泽的长篇小说《平民世纪》《伤

1

寒》、小说集《洪荒》等，田永红的小说集《走出峡谷的乌江》、长篇小说《盐号》、散文集《老屋》等，喻子涵的散文诗集《孤独的太阳》《喻子涵散文诗》，谯达摩的诗集《橄榄石》《摩崖石刻》等，龙潜的中篇小说集《黄金舞蹈》《嬗变》、长篇小说《黑瓦房》《铁荆棘》与散文集《悬崖上的街》，赵朝龙的小说集《乌江上的太阳》《蓝色乌江》等，安元奎的散文集《乌江行吟》《远山的歌谣》等，刘照进的散文集《陶或易碎的片段》《沿途的秘密》等，完班代摆的散文集《松桃舞步》《牵着鸟的手》等，徐必常的诗集《朴素的吟唱》《毕兹卡长歌》等，末未的诗集《后现代的香蕉》《似悟非悟》等，黄方能的小说集《回望故乡》等，林盛青的长篇小说《乌江怨》，龙险峰的诗集《春天正兜售爱情》，张进的散文集《远去的山寨》，田儒军的《周家垭纪事》等。据不完全统计，黔东少数民族作家在《民族文学》《诗刊》《散文》《文艺报》《山花》《中国作家》《飞天》《十月》等报刊发表作品 800 余件，出版个人专著多达 130 余部。其中吴恩泽、喻子涵、龙潜、田永红、赵朝龙、完班代摆等作家获少数民族文学骏马奖，占贵州少数民族文学获奖作品的半壁河山，在贵州少数民族文学创作乃至整个贵州文学创作领域具有不可取代的地位。可见，新时期黔东少数民族文学创作得到繁荣与发展，成为当代贵州文学创作生力军。

二

文学是一个比较宽泛的文体概念，它由小说、散文、诗歌、戏剧、评论等文体构成。在黔东少数民族作家群体中，以各种文体进行创作的作家均有一定比例，而且在同一领域都有一定创作成果与建树，这构成了黔东少数民族文学作品的百花园，显现了一个地域少数民族作家创作文本的多元性，促进了一个地域文学创作的繁荣与发展。

（一）小说创作

小说创作是衡量一个地域文学创作成就的重要标志。在黔东少数民族家中，长期创作小说的有土家族的田永红、林照文、黄方能、晏子非、崔晓琳等，苗族的吴恩泽、龙岳洲、龙潜、赵朝龙、罗漠、句芒云路等，侗族的林盛青等。其中除龙潜的小说创作不具备黔东地域元素外，其他少数民族作家小说创作的地域特征明显的突出。

吴恩泽是一个具有典型地域文化精神的作家，被称为"代表当下黔东小说创作高水准的作家"。他曾把贵州少数民族作家的长篇小说创作推到高峰：长篇小说《平民世纪》《伤寒》等作品，在地域人群人性的探索方面进行不懈探索，蕴含着强烈的人道主义的关怀意识。他的小说语言具有强大的张力，震撼读者。同时，在他的中短篇小说创作中，常常把地域元素融入人文思考。如《蛮女阿凤》[1]，以一个卑微人物阿凤的人生境遇表现人性；《无妄》写第二次土地革命战争时期黔东的历史痕迹，人性凸显成为小说的主调，在故事的背后蕴含着更深层的思考。他曾经在不同的场合表达自己的创作主旨：文学能够软化人类的精神与灵魂。他长期坚持"文学永远是有地域性"的观点，同时也是自己观点的创作实践者。

在黔东少数民族作家中，以乌江作为创作母体形成一个相对稳定的创作群落，被称为"乌江作家群"。如土家族的覃志杨、梁国赋、田永红、苗族的赵朝龙，他们都是以乌江为背景进行创作的。梁国赋的"牧羊山系列作品"深入乌江流域的生存内部，试图全景式地再现乌江文化的历史根脉。田永红的小说主要是注重对乌江历史进程的书写。如其长篇小说《盐号》，以乌江盐号在历史进程中的命运作为符号，传达出一定地域的历史文化足音。

赵朝龙的"乌江小说"大多以"乌江汉子"为书写对象，表现人类战胜自然的无穷力量，有意无意地流露出人本精神。如其中篇小说《乌江上的太阳》，将人性与自然景象有机结合，将乌江原生态的文化与人性有机融合，将乌江文化立体表现在作品人物性格上，勾勒出乌江人物群像。还有土家族的林照文，也是以一个长期以乌江地域的素材为写作对象的作家，他把乌江流域大街小巷之中或者山寨之中的卑微人物融入小说文本，其笔下人物在生活大潮中显得非常无奈，甚至消沉。如其小说集《过不去的河流》[2]的多数作品都是反映底层人生存的基本状态。

龙岳洲的小说历史语境比较浓厚，如其中篇小说《石柳邓故事》，长篇小说《涛江春潮》，作品中地域政治话语的倾向十分突出，是一个时代小说创作的缩影。龙潜小说创作中的民族文化元素不是很浓郁：虽为苗族作家，但龙潜在创作中并不特别强调自己的民族身份，也不视自己为本民族的"代言人"。他的中篇小说《虚缘》状写城市生活，发表后即引起关注[3]；长篇小说《黑瓦房》以中学生为描写对象，可谓"成长小说"。罗漠早在大学时代就发表了"月亮系列"小说《黄月亮》《灵灯》《红月亮》，在贵州青年创作中产生较大影响。他出版了小说集《乡村与城市边缘》，其短篇小说《倾斜的烟囱》具有一定的代表性，中篇小说《一生涕泪》被《中篇小说选刊》转载，将黔东少数民族文学的中篇小说创作推向了一个相对的高峰。

林盛青的《乌江怨》力图阐释乌江在一定时期的文化景观，地域性浓烈，小说的人物群像具有一定的时代特色，其创作的短篇小说《家访》《灵性》具有一定的生命意识。

新时期黔东少数民族作家小说创作，以何立高的长篇小说《野山红霞》、孟学书的中篇小说《断肠刀》具有一定的代表性。黄方能的《回望故土》中的大多数作品都是以地域文化元素为经纬交织的文学影像，包含着他对地域文化精神的不懈追求。晏子非在短篇小说创作中独具一格，如发表在《山花》[4]的《阳光下的葬礼》就体现出一定的地域意识的现代性。

具有土家族与苗族双重血统的"80后"青年作家侯乃铭是黔东少数民族文学创作的后起之秀，早在大学时代就出版了长篇小说《樱花飘零》，对抗战题材中的人性进行探索，具有一定的文本新意，而且近年的创作势头不减，创作出版长篇小说《最后的梦园》。土家族女作家崔晓琳与苗族女作家句芒云路在《民族文学》《长江文艺》等国内文学核心期刊发表了不少的小说，显现出不俗的创作势头。

（二）散文创作

散文创作在新时期黔东少数民族文学创作中风生水起，不少作家成为贵州散文创作的佼佼者。代表性的散文作家有土家族的安元奎、刘照进、张贤春、张进、田儒军、冰皑、陈丹玲、张羽琴，苗族的侯长林、完班代摆、龙凤碧（句芒云路）等，侗族的罗中玺等。完班代摆的长篇历史文化散文《松桃舞步》获全国少数民族文学骏马奖，刘照进的散文集《陶或易碎的片段》获贵州文艺创作奖、安元奎的散文集《乌江行吟》与侯长林的散文集《远去的旧木楼》获乌江文学奖等。

安元奎的散文创作立足于乌江文化的挖掘上，其散文集《乌江行吟》《远山的歌谣》等作品，都彰显出鲜明的乌江文化特色。他以一种虔诚的心态，把自己的笔放置在乌江不同的历史语境里，探寻着乌江即将消失的文化，试图延续乌江文化生生不息的血脉。如《虚拟的船号》，船号实际是一种乌江传统文化的象征符号。散文集《远山的歌谣》[5]也是对乌江流域物事的文化书写，力图从乌江远去的历史背影中探寻乌江文化的源头，构成了乌江散文系列的文化色彩。

刘照进的散文创作在黔东一枝独秀，在《民族文学》《散文》《文艺报》《山花》等报刊发表大量作品，出版散文集《陶或易碎的片段》。散文作品的叙述语言和抒情语言都带有明显的张力和弹性，凸现出文字不断流动的色彩。如《空鸟巢》《缓缓穿行》等作品，把思考置于生命意识和文化意识层面，同时把地域语言和现代意识进行有效嫁接，在语言意境层面精雕细琢，追求散文语言的创新。

完班代摆著有散文集《松桃舞步》《牵着鸟的手》等，创作具有诗意化与地域文化的倾向，将苗族的历史进程与文化的根脉多维度交融，从历史符号里寻找一个民族的心里的咏叹调。如长篇历史文化散文《松桃舞步》就是对这种创作的追求。《牵着鸟的手》似乎抛弃肤浅与虚无，摒弃城市人对乡下人的偏见，书写神往的浪漫过去和今天正在发生的变化，特别是生活在这片土地上的人们的所思、所想、所追求和所皈依，力图完成对松桃地理概貌的局部诠释与解读，故土意识十分浓厚，地域精神在其散文创作中无限放大，形成一个强大的文化冲击力。侗族作家罗中玺的乌江文化散文《乌江盐殇》（与田永国合作）《贵州江河行》等对地域河流文化的挖掘，把地域文化因子交融在贵州河流的历史变迁之中，力图表现一个地域长期生生不息的文化的强大动力和源泉。

张贤春的散文以地域物事为书写对象，回望乡村文化，抒发故土情怀，散文集《山里人》朴素的语言，传统的表达形式，这成为他的写作特色。陈丹玲是黔东散文创作的后起之秀，在《散文》《民族文学》《山花》等报刊发表不少散文作品，出版了散文集《露水的表情》[6]《村庄的补白》等。她的散文创作凸显普通生活的人性书写、乡村往事的回忆、底层人群的生存等等。如《怀孕女人》《牵挂》《在农活背后的村庄》等，就是表达作者对人的关怀，把生活的原色解构为娓娓道来的文字，字里行间流露着一种地缘文化情调。

句芒云路的散文集《环佩声处》书写她对自己民族的虔诚的认同，把自己的情感与民族文化相融合。有一部分散文女人味道比较浓，大多是从生活的本身出发，从细微之处表达自己的思想与认同。如《在布掌，做一根时间的针》等作品就是代表，女性细腻的描写，淡泊的情景在其作品中表现得尤为突出。

（三）诗歌创作

黔东是一个充满诗性的地域，诗人辈出。在历史文化的进程中，《苗族古歌》《侗族大歌》《毕兹卡》等传统的文化史诗，给这片土地增添厚重的传统文化，也为这个地域上的诗人的诗歌创作留下宝贵的精神支撑。在这片充满诗情画意的土地上，诗歌成为黔东少数民族文学创作的一张亮丽的名片。

黔东少数民族诗歌创作分为三个诗歌群体：新来人诗歌群体、现代先锋诗歌群体、散文诗群体。新来人群体是指改革开放初期形成的诗歌群体，以苗族诗人马仲星、林亚军等人为代表，其作品大多数属于"颂词"，以歌唱生活与时代为主。林亚军的诗集《爱在雨季》中的《中国雪》就是这个时期的代表作。马仲星的《漂泊的心情》[7]具有古典的抒情叙事特征。傅强的《乡韵》以传统诗歌的表现手法，对故土、河流进行心灵抒情。罗中玺的诗歌具有一定的古典抒情意味，特别是他的爱情诗是一个时代青年追求的文化产物，作品具有真感情、真性情，属于"喧嚣时代的真情呼唤"，时代烙印明显。

现代先锋诗歌创作促成黔东诗歌的重要群落的产生，如土家族的谯达摩、徐必常、蒲秀彪、"印江四诗人"、苗族的马晓鸣、侗族的朱良德等。20世纪的90年代初，谯达摩出版诗集《橄榄石》引起诗坛广泛注意，《星星》诗刊主编白航先生亲自撰文推介。在贵州诗歌界有这样的说法，贵州诗歌看黔东，黔东诗歌看印江。苗族的王晓旭（末未）与土家族的朵孩（杨正治）、任敬伟、非飞马（马结华）等诗人组成的"印江四诗人"成为当下黔东诗歌的符号，成为后现代主义与地域文化相融合的创作倾向的代言者。如末未的《桥上的风景》《老屋》等作品与以贵州地域书写诗歌"黔中游"系列，明显构成末未诗歌的地域性特征。朵孩诗歌的口语化探索，任敬伟诗歌的后现代表现手法与地域传统文化因素组合的诗歌追求，非飞马地缘元素的后现代冷抒情的语体颤变，都彰显出"印江四诗人"创作的创新。"印江四诗人的创作实践表明，无论采用什么表达方式都可以写出优秀的诗歌，关键是诗歌语言的把握和诗歌题材的选择。诗歌的使命就是书写关怀。他们的诗歌探索无疑是对黔东诗歌创作繁荣的启示，也对黔地的诗歌创作起到了一定的引领作用。"[8] 徐必常出版诗集《朴素的吟唱》[9]，诗歌创作注重亲情的书写，情感比较饱满，朴素的语言隐含较大的生命意蕴，如获贵州省首届网络文学大赛第一名的组诗《永远无法忘记的恩情》就是典型例证之作。龙险峰的诗集《春天正兜售爱情》主要表达在一个时代对爱情的追求。朱良德出版了诗集《稻草哲学》[10]，其大部分诗歌都是地域性乡村精神的书写，抒情格调较浓，同时也具有一定的现代性。马晓鸣诗歌的政治语境比较浓厚，大多数作品与时下的进程和英雄情结有密切的关联。蒲秀彪的诗集《随时随地》，具有一定的诗歌口语化倾向，同时注重对当下某些现象的思考，反讽的意识构成他诗歌创作的一大特色。另外，土家族青年诗人王小松的诗集《走不出这片土地》，以乌江地域的物事作为书写对象，乡情灌注其中。土家族作者江易长期漂泊在外，诗集《足迹》表达他对生存的切身感悟。"90后"土家族的鬼萧寒的诗作，曾多次被《诗选刊》推出。

　　黔东另一个诗歌现象是以喻子涵为代表的散文诗群，包括土家族的冉茂福、赵凯、陈顺、罗均贤、田淼、罗福成等，大多数属于沿河土家族自治县人。目前，沿河散文诗创作多达 20 余人，其中在省级报刊发表作品的有 10 人以上。喻子涵以他的散文诗集《孤独的太阳》获第五届少数民族文学骏马奖。后来他发表了具有典型地域文化意义的系列散文诗《走进南长城》，由个人心灵的浅唱扩展到对地域文化的关注。2007 年，他被评为"中国当代（十大）优秀散文诗作家"，从而成为贵州散文诗领域的领军人物。赵凯的散文诗集《涉水而居》基本形成了自己的创作个性与特色，把地域与民族文化纳入他的写作视野，在现代化的背景下，不断融入大地、故乡、乡愁等文化元素，吹出了乌江流域的一支悠远笛声。冉茂福在《散文诗》《散文诗世界》等发表大量散文诗作，出版了散文诗集《守望乡村》[11]，表达了他的家园意识与故土情怀。陈顺在《当代文学》《散文诗》等报刊发表了不少散文诗，出版散文诗《指尖上的庄园》[12]，表达了对乡土与生命的书写，对生命的遥望。可见，黔东少数民族文学散文诗群体的形成，是黔东少数民族诗歌创作的一支"轻骑兵"，驰骋在贵州文学的百花园。

　　（四）其他文体创作

　　黔东少数民族作家群是一个多元文体的创作群体。戏剧创作方面有苗族的林亚军、土家族的何立高、侗族的林盛青等。林亚军创作发表了《民办教师》《乌江汉土家妹》明天再见》等大量戏剧作品，多次获省部级文艺奖。何立高创作了《夫妻哈哈笑》《土家山寨的红蜡烛》《蛮王的子孙》等戏剧作品，其中《夫妻哈哈笑》获 2001 年度文化部戏剧"群星奖"。林盛青创作了剧本《小店情》《特殊礼品》作品，在贵州省内产生了较大影响。

　　黔东从事评论创作的少数民族作者有土家族的隐石（李胜勇）

和外来土家族作者向笔群（路曲）。隐石在《小说选刊》《贵州作家》《今日文坛》等发表作品，以现代文化意识为基调写出不少批评文学当下现象与问题的随笔。向笔群立足于大武陵少数民族作品与文化的探讨，在《文艺报》《民族文学》《山花》等报刊发表大量文艺评论，出版《山地诗情——土家族新诗创作》《地域的光芒——武陵山少数民族作家评论》《让灵魂回到故乡》等多部文学评论专著，长篇论文《当代土家族青年诗人创作的传统文化承载》被多家报刊发表并转载，《当代重庆少数民族文学简论》入选《2011年中国少数民族文学作品年度（评论卷）》，在一定程度上弥补了黔东少数民族创作的文体缺陷。

三

民族传统文化是黔东少数民族文学创作的主要滋养，民族文化积淀成为黔东文学创作的内在动力。土家族、苗族等文化根脉——民风、民俗、民间故事以及世代先民战胜大自然的历史成为黔东少数民族文学创作的因子。《苗族古歌》《土家创世史诗》《侗族大歌》等成为这里早期文学的祖母，繁衍并延续这块土地上生生不息的文学元素，为黔东少数民族文学创作提供了丰富的创作源泉。无论是生长在本土还是离开本土的黔东少数民族作者，他们的创作始终流露出地域的、民族的情怀。

新时期黔东少数民族作家，虽然每个作家都有自己独特的创作倾向，但也存在一些共同特征。一是地域性明显，绝大多数作家的创作都是立足地域，乡土意识与家园意识交融，作品地域性明显。不少作家的作品就是以乡土直接命名的。如完班代摆的《松桃舞步》以作者所处的家乡为写作原点。安元奎的《乌江行吟》以乌江作为写作的载体。田永红的小说《盐号》取材于乌江独特的经济文化符号，寻找历史烟尘里的文化因子。林盛青的《乌江怨》是对乌江历史人物生存的记忆。喻子涵的《南长城》系列散文诗是对南长城的文化思考。二是民族性浓厚，完班代摆散文作品的民族性尤为突出，无论《松桃舞步》还是《牵着鸟的手》，都具有浓烈的历史文化特征与鲜明的民族文化符号，把自己的民族放置于当代文化的大背景之下，让民族苦难与喜悦同时闪耀着光辉。路曲的文学评论大多以土家族的文化与文学创作为对象，将作品融入传统民族文化考量。三是历史性突出，黔东少数民族文学的创作与历史接轨突出。如完班代摆、刘照进的散文，在历史进程中寻找自己民族心灵的彼岸，展现一种不屈不饶的民族精神。何立高的长篇小说《野山红霞》、安元奎的散文集《远山歌谣》等历史感较强。当然，也有一些作家的创作具有一定的先锋意识，黔东不少少数民族诗人就进行了这方面的探索，如末未、非飞马、朵孩等人的创作就是例证。

四

新时期黔东少数民族文学创作数量有余，质量不足，形成了高原但尚未形成高山。一些客观与主观的因素成为长期制约黔东少数民族作家创作的瓶颈：一是"追风"创作明显，具有同质化的创作特征，除少数作家在某一个领域进行长期的探索外，不少作家的创作"赶潮流"，政治话语浓厚，成为时代文学的"畸形儿"。二是民族文化精神探索不足，大多停留在浅层次的探索上，很少有人深入挖掘，导致了创作民族性、地域性仅仅是一种外在文化符号，尚未形成一种强大的冲击力与震撼力。三是没有形成一个长期稳定的群体，不少作家进行个体性创作，很大程度上缺乏广泛的写作交流。四是评论跟不上，文学评论在一定程度上是文学创作的催化剂。评论的缺乏，导致部分优秀作品的影响力大为缩水，很难引起读者与受众的关注，走不出武陵。同时，部分黔东少数民族作家创作思维意识还受制于农业文明，多写田园山野，习惯于回望人生，而对都市景观、科技文明、现代生活、人的全新生态与心态却很少涉及，使作品创作缺少现代气息、现代品格，因而在中国当代文坛上缺乏了较强的竞争力。

黔东少数民族文学创作应具有民族担当意识和开放精神，挖掘民族传统文化的精髓，加强自身的学习，扩大知识结构，练好内功。除需要写作功底外，读一些中外优秀经典作品和各学科的典籍。作家的创作要以丰厚的文化底蕴作为创作的支撑；注重地域文化精神的有效吸收与融合，挖掘地域文化与民族精神（如沈从文之湘西、沙汀之川西坝子、贾平凹之商州、莫言之高密等为地域写作的典型范例）；加强本地域少数民族作家的联系与交流，以交流促进提高；加强文学创作的横向交流，向其他各民族的优秀作品学习，促进黔东少数民族文学创作进一步繁荣；加强对黔东少数民族文学作品的评论，定期举办黔东少数民族作家作品的评论活动，促进作品质量不断提高，影响不断扩大。黔东少数民族文学创作只要立足地域，不断吸取民族文化的精华，关注国内外文学创作及其发展趋势，寻找突破困境的路径，一定会创作出具有民族意识和时代精神的优秀作品。

参考文献：

［1］曹延良.黔东作家中短篇小说选［M］.成都：四川人民出版社，2000.5.

［2］龙潜.过不去的河流［M］.太原：大众文艺出版社出版，2004.5.

［3］中国现当代苗族文学史［M］.西宁：青海人民出版社，1999年版.

［4］晏子非.阳光下的葬礼［J］.山花，2004.4

［5］安元奎.远山的歌谣［M］.太原：大众文艺出版社，2100.9.

［6］陈丹玲.露水的表情［M］.海口：南方出版社，2011.11.

[7] 马仲星. 漂泊的心情 [M]. 成都：四川文艺出版社，1998.

[8] 向笔群. 黔东的四个后现代 [J]. 铜仁学院学报，2011.3.

[9] 徐必常. 朴素的吟唱 [M]. 北京：中国文联出版社，2009.8.

[10] 朱良德. 稻草哲学 [M]. 南宁：广西大学出版社，2009.11.

[11] 冉茂福. 守望故园 [M]. 哈尔滨：北方文艺出版社，2010.9.

[12] 陈顺. 指尖上的庄园 [M]. 哈尔滨：北方文艺出版社，2011.4.

（《文艺报》2013 年 5 月 8 日第 6 版摘要发表、《铜仁学院学报》2013 年 5 期、《今日文坛》2013 年夏、《贵州作家》2017.3、《民族文学》2018.4）

忧虑与困惑的书写

——评欧阳黔森中篇小说《村长唐三草》

欧阳黔森是当下中国文坛比较接地气的作家，近些年发表和出版一系列自己生活视野的文学作品，除在"历史题材"与"红色写作"领域写出令人惊喜的作品之外，而且还关注现实，把自己的笔深入黔中大地，书写着乡村人物的悲喜。近年在《山花》[1]发表同时被《小说选刊》选载而引起读者关注的中篇小说《村长唐三草》[2]就是典型例证。

《村长唐三草》情节比较简单，故事也不离奇，但是作家从黔地真实的乡村生活中，抽取了一个具有代表性的村干部形象唐三草作为小说的书写对象。唐三草原本是当地一个文化人，好不容易经过努力才跳出农门——从民办教师转成正式教师，按照一般乡下人常规的生活状态，将从一到底完成一个普通人的生存方式。而唐三草却见当地缺少村主任人选时，主动放弃吃"皇粮"而回村里参选村主任。尽管没有当年《乔厂长上任记》之乔光甫的悲壮，但是作为一个乡村人物也需要多少勇气。唐三朝当上村长之后，尽心尽力地抓好乡村经济和乡村发展建设，虽然遇到来自各方面的困难和阻力，产生忧虑和困惑，但他却义无反顾地在自己乡土勾画着乡村的抒情诗，使经济发展出现前所未有的景象，最后却在村民诬告中无奈选择"辞职"。

写作的最大成功在于发现和关注，发现别人没有关注的人事，表达自己对生活的态度与立场。欧阳黔森从人们不经意的生活中找到自己的写作出口，表达作家对乡村这片土地的关注。当下，很多表现乡村底层生活的文学作品总是走向极端，或者说对立。不少书写乡村的作品都浮光掠影表现一些现象，很难深入乡村的内部，使乡村的书写成为"纸上文学"。谢有顺认为："文学的日趋贫乏和苍白，最为致命的原因，就是文学完全成为了纸上的文学，它和生活现场、大地的细节、故土的记忆丧失了基本的联系。"[3]描写当下农村生活的小说，容易在底层叙事的框架下虚构或者制造某种对立，或者简单地歌颂某种好人好事，这两种倾向其实都是不接地气的表现。当下农村生活的复杂性和多样性的是不能用简单用抽象来书写的，真正的文学创作需要对生活的深刻理解和把握。"欧阳黔森的《村长唐三草》是接地气的作品，小说塑造了一个新时期的农村干部形象，唐三草的忧虑、困惑明显地带有这个时代的特征，唐三草的苦涩，也是当下农村的难题所在。小说写出了生活的底色和社会的亮色，这亮色来自对生活的信心和责任。"[4]《小说选刊》的前言对《村长唐三草》的评价，一语中的，道出了欧阳黔森书写乡村底层生活的创作突围，他的写作完全靠自己的生活底子和思考。如果要有效地找到乡村底层叙事的经验和突破点，那么往往来自作家的生活底色。

小说开始就勾勒出唐三草这个有一定文化底子的传统知识分子形象。唐三草其实不是叫唐三草，叫唐万财，乡村经济大潮冲击了他的家庭。当民办教师时自己的老婆外出打工跟别人跑了，然后他干脆跟老婆离婚。"离了婚的那一年，桃花村的学已经撤销，合并到了竹菁乡中心小学。唐万财由于教书教得好，转成了一名公办教师，工资也高出了许多，当然离那个良好的愿望还比较远。"作品中没有具体表明"那个良好的愿望"究竟是什么，作品巧妙地设置一个阅读悬念，给读者打一个伏笔。从作家的叙述中，唐三草做人的基调——凸显。中国传统知识分子的"人生观"和价值取向在唐三草身上体现。当他的生活有好转，大家劝他再找一个女人时，"唐万财说：不行。""为什么？""唐万财说：兔子不吃窝边草。当他的前妻被人抛弃回乡之后。""大家见俩人都是单身，就有人劝唐万财说破镜重圆也是好事。""唐万财说，好马不吃回头草。"唐三草在现代语境下还保留乡村传统文化精神。唐三草这个人物形象就立了起来，一个鲜活的立体人物形象展现在读者面前。"人人都有有本难念的经！"道出唐三草对人生的真实理解。

小说中的桃花村是当下黔中乡村生存的缩影：大量青壮年外出，稍有知识文化的人都不愿意留在家乡，使一些乡村变成空巢，与城市相比，和东部发达的农村相比确实存在很大的差距。贫困地方选一个村长十分困难是客观存在的现象。作家就是从这种现实找到了他与这片土地的联系与焦虑。农村发展快，需要车头带。农村发展连一个领头人都找不到就是乡村建设的焦虑。在经济大潮面前，人们都变得现实，把自己的行为与经济挂钩，是人生常态，社会把经济作为衡量工作的尺度："村委会主任，在比较发达的地区，肯定有人抢着当。在桃花村这个穷山恶水之地，五年以前的命运人愿意当的。这个村委会主任在村民的眼里，就是一个费力不讨好的苦差事，前几年的工资才一百二十元，虽然后来增加到了四百元，仍然这个苦差事，谁也不愿意干。要是谁被提名为候选人了，这个人必定到处骂娘，最终目的是要骂掉这个候选人。"这个现实，广大农村比比皆是，作家从这个乡村现实中找到自己的创作途径，把自己的思考融入乡村的发展之中，表现出作家的忧虑和关怀意识，就使他的作品接了地气。在这种现实中，一个有文化乡村之子之称的唐三草主动要求担任村委会主任。让人看到乡村中还有一些具有担当意识的文化人敢于挑起农村发展的重担，也让人看到一丝希望。但在唐三草主动提出选村长的时候，却也开始产生一种无形的阻力，不仅仅是来自村民，就是当地的村支书也表示出一种传统思维模式。现代与传统思维的冲突也不可避免，可见乡村发展十分艰难。就是在这种艰难中，作家让一个具有乡村担当的文化人唐三草出场，隐含作家改变农村的根本出路在于对文化的改变，也就是先从观念进行改变，才会有所发展。贫困乡村发展的根本因素在文化思想转变，如果这个问题不解决，农村建设和发展就是一句空话。广大的贫困乡村需要文化和思想，这是农村发展的根本所在。

在传统的乡村文化语境下，当唐三草主动放弃教师职业而选择参选村长时，不仅当地的群众不理解，村支书也不理解。但乡政府的领导却支持他，让他的任职出现实质性的转机。"支书摸了摸唐三采的额头，说，兄弟你没有病病吧！唐三草说，你才有病。支书说，你有一千多工资吧？唐三草说，是。支书说，你知道村主任的补贴吗？唐三草，知道，一百二十元。支书说，你有病还是我有病，一目了然嘛！"从支书与唐三草的对话就可以看到，传统的乡村文化的与现代文化的冲突，一般而言，乡村人把吃"皇粮"，看得至高无上，而把主动放弃吃"皇粮"认为不正常。传统文化作为一种乡村文化的主导，仍然占据着乡村，连主导乡村的村支书也使用传统文化的行为方式，唐三草作为农村建设涌现的新人，在思想行为方面与传统产生冲突，也就为后来唐三草的人生、乃至工作的困惑留下伏笔。"乡领导急忙接着支书的话说，我看你这个同志才有病，三草同志很正常。说着盯着支书直摇头，又说，你是有心病，你怕什么？桃花村是偏僻了点，是贫困了点，现在国家不正在加大扶贫力度吗？有三草这样有文化有经验的人，与你搭班子，在不久的将来，一定会摘掉贫困村的帽子。"

"唐三草回村里务农的消息，一下子在竹菁乡境内炸了锅似的，一时沸沸扬扬。有人说唐三草真的草，有的人在猜测他暗恋学校的某个女老师得不到，变成了花痴什么的，又有人说乡领导大哥的女儿想进学校教书顶了他等等，反正乡村都是他的负面信息。"作品没有回避乡村传统文化对新的思想的阻力和扼杀，如果唐三草是一个没有胆识的人，很可能就被乡村的某种舆论所左右，最后不得不缴械投降。而唐三草却能顶住这些压力，主动担任村委会主任，确实是乡村人物的亮点。唐三草在选举过程中高票当选村委会主任。出现了三个"前所未有""一是在乡村出现选举的前所未有的阵容，二是全村在家的年满十八岁的群众都参加了投票，而且是全票当选，三是候选人唐三草自己投了自己的一票。"唐三草的当选化解了几个被村支书劝回来参选村委会主任的候选人，他们在离乡之前还请唐三草喝了一顿酒。显然从这些乡村叙事之中，看到乡村干部真实的现状。当村支书送那些自己请来参选的村民时，而唐三草却没有听村支书的去送。"唐三草说，脸是拿来人哄的，你给他们脸，他们给你脸了吗？"从中可以看到唐三草的秉性，他是一个有性格的人，正因为有性格，才做出与常人不同的选择。他经历了女人背叛他逃跑的打击，以他与别人不同的方式解决问题，而他当上村委会主任之后也用自己的方式解决了桃花村的问题——没人愿意当村委会主任的问题。"这一次，唐三草解决了一个大问题，就是桃花村委会主任的问题，这个问题太大了。唐三草以前解决的问题基本上属于解决了与他自己相关的问题，这一次不一样了，桃花村村主任这个问题不是闹着玩的，这个问题的关键是如何与支书一起带领广大村民脱贫致富，并最终摘掉贫困村的帽子。"唐三草比谁都明白，一届五年就是要脱贫，后来事实也证明，他担任村委会主任的五年确实也让桃花村脱了贫，这是他的功劳。由于他上任之后的一些举措，赢得了村民们的尊敬，大家更喜欢叫他村委会主任。首先他和村支书扭成一股绳，齐心协力地改变桃花村面貌。种植桃树，治理水土流失，发展乡村经济，开发桃花谷、在荒地种植花椒增加村民的收入等，大办乡村经济，表现一个乡村知识分子的不凡能力。

只有文化才能改变一个村庄的命运。作为一名村干部，认识到这一点。"唐三草说的军师就是大学生村官，这村官有文化见识广点子多，可村民觉得他戴个眼镜文绉绉的没有胡子就心里不踏实。这是因为村里歇后语叫嘴上无毛办事不牢。于是唐三草给村民们解释做工作。他知道，自己有实践，而大学生村官有理论，可以互补。"与大学生村官一起谋划桃花村未来的发展之路。一方面有自己施展的抱负，另一方面也没有脱俗，和普通村干部一样喜欢喝酒，同时也赌酒，让读者看到一个真实的唐三草，作家没把唐三草作为传统优秀人物的高大全形象来塑造，而是从生活的本真出发，把一个乡村的新人写得鲜活。与大学生村官喝酒，提高大学生村官的酒量；把在打工的村民号召回来，办起了乡村生态旅游，为村里修公路，与要横要价村民罗小贵喝酒，最把罗小贵喝进了医院，导致了一场群体事件，遭到乡党委政府的批评。而且以乡村的形式解决当下不能解决的现实问题，以乡村特有手段阻止了事态恶化，表现一个村干部特有的个性与智慧。表面上看来有些出格，实际上是乡村生活的一种无奈选择。

乡村的真实生活写得比较接地气，相融。作为一个有一定文化的村干部也不能免俗，喝酒作为一种乡村生活最常见的仪式，遇到高兴或者不愉快的事情就是喝酒，特别与大学生村官喝大酒时的对话，感受十分真切。大学生村官对乡村的理想充满乌托邦式描绘："在村庄弥漫中有孩子朗朗的读书声，在田间耕作的黄昏后有一对对夫妻愉悦地回家，在月亮升起来的时候，在小院子里有爷爷奶奶、爸爸妈妈和孩子，一家人围爱小桌子上温馨地吃饭……村官像在咏一首大地的抒情诗，听着听着，唐三草热泪盈眶，他说，问题要一个一个解决，我们去实现第一个梦想吧，把桃花村小学要回来。村官说，好，我们共同努力！唐三草说，实现了，我们大喝一场，不醉不归。"

唐三草恢复了桃花村小学，让村里小孩有读书的环境。作为一个村干部，应该具有一种先见之明，乡村改变的根本问题，就是文化教育问题，如果没有教育的改变，乡村改变永远是一句空话。这是唐三草自己改变乡村的理想，但现实却又常常让他的理想时刻变为泡影。"唐三草拿的是四百块的工资干的却不是四百块的活。"作为一个村主任能急群众之所急，想为当地村民所想，在当下的村干部之中属于楷模。

唐三草因工作方法粗糙导致不良后果，乡干部到桃花村召开村支两委座谈会时，他的表现出人意料："他却讲春耕，讲秋收，讲退耕还林，讲保护水土，讲招商引资，讲科技扶贫……这与唐三草的性格一脉相承。同时也凸显了他的智慧，让人感到十分真实。乡干部说，我这次来，一是调研，二是要批评唐三草同志的方式方法，万一出了人命，事情就出大了。唐三草说，是危险，了解的说是喝死的，不了解的可能是我害死的。"一个乡村干部的形象写得十分接地气：真实而可信，采用吹"枕头风"办法解决村子里的问题。"领导说，这么吹的？唐三草说四个字，一硬，二软，三吓，四情。所以他最后那一横，在我一声兄弟中就横不下去了。我老婆把风咋带的，他老婆又把这个风咋带给他的，我也说不清楚了，反正她们女人吹风比我们男人强。"

计划生育是乡村一项最难做最棘手的具体工作。尽管唐三草运用朴素而易懂语言说明这个工作的重要性，举分田的例子说明，大家都说听懂了。"确实大多数人懂的，有些懂了却做不懂的事。

超生现象层出不穷。有的人是认为人多力量大要多生，有的人是因为重男轻女要生。对付计划生育干部的办法他们有的是，有些村民成双成对出山打工，回来时，钱没有少带，娃娃也没有少带。甚至有带两个三个的。有的生了儿子，就不当超生游击队了，生了姑娘的，一有机会又跑了。"唐三草认识到这是一种恶性循环。他想改变这种恶性循环，但是在落后的乡村谈何容易？唐三草的辞职与村民吴老三有关，吴老三是一个地道的农民，几千年的传统思想牢牢地扎在他的脑海："生了三个姑娘之后，又带来了一个姑娘，是桃花村里的重点计划生育对象。唐三草仍然以乡村方式与他喝酒最后解决了问题，去医院结扎了，之后产生了后悔：狗日的唐三草，中了他的招，老子有口说不出，他让我吴家绝了后，这个仇一定要报。"吴老三就向有关部门写检举信，"列举了唐三草的很多罪名，无非就是贪污啦，以权谋私啦，乱搞女人啦！"吴老三又找几个朋友到乡场闹，同时围攻乡政府，此时唐三草没有回避退缩而主动站出来解围，承担责任，逼退了吴老三花钱请来闹事的人，平息了一场恶性事件。"他想向党委书记汇报情况时，说吴老三这个长期的老大难问题解决了，我个人受点委屈也不算什么。"唐三草的言行让他这个村干部形象更为丰满。"他为当地计划生育解决了一大难题，不仅没有受到表扬，相反还被要求写检讨，接受组织调查。唐三草在困惑中了写一万字的检讨书，还附了辞职报告。"一个有理想抱负的村干部的悲剧色彩显而易见。但是他是一个有理想与个性的人物，有自己谋划，决定以退为进，在和村官副乡长、支书喝大酒中道出他的内心世界："你们想，领导咋个不知道，我这个村主任是村民选的，还得要村民代表大会同意我辞职。"尽管唐三草有忧虑、有困惑，但同时也有自己独特见解，超越一般村干部的思维境界。

　　唐三草的忧虑与困惑，其实就是作家对当下乡村发展进程中的忧虑与困惑。作家书写乡村，其实就是表达作家对乡村生活的关注。作品最后重温村官副乡长那首大地的抒情诗，无疑，这是唐三草在困惑中对乡村的希望，当然也是作家对乡村真诚的希望。

参考文献：

［1］欧阳黔森 . 村长唐三草［J］. 山花 .2012.11A.

［2］欧阳黔森 . 村长唐三草［J］. 小说选刊 2012.12.

［3］谢有顺 . 重申散文的写作伦理 . 中国文学理论批评文选（2006-2007）［M］. 北京：作家出版社 2008.3.

［4］前言 . 阅读与阐释［J］. 小说选刊 2012.12.

（《贵州作家》2014.6、《边疆文学·文艺评论》2017.4）

多元的美学

——刘照进的散文简评

刘照进所生活的地域属于黔东大地的乌江流域。他从小学习乃至后来工作都没有离开过这片充满着诗情画意的土地，这片神奇而又古朴的地域的传统文化或多或少地影响着他的创作。在我读过刘照进的大多数散文中，明显感受到在他现代文学创作之中游荡的地域意识……但更多的是让我体会到他的散文创作的边缘化，既不是纯粹意义的现实主义传统创作，又不是典型的"现代派"风格，或将多种表达方式融为一体，给读者营造着神秘的文学世界，表达着他长期追求的多元美学倾向。

刘照进的散文作品，往往给人耳目一新的感觉：不是为文而造文，而是在倾述一种哲理，《陶或易脆的片段》就表达了这种追求。陶及片段仿佛是作者心中的一种美学载体，一种被人遗忘的存在于民间文化载体："在民间，陶通常被称为窑罐。""一件普通的陶通常昭示了它命运的浅薄：隐身底层，与泥尘和寂寞为伍。"这也许正是作者写此文的主旨。寄托了他的一种内心思考：一种民间文化的没落与缺失，透露出了作者对一种没落的民间文化的留恋和无奈的心情。另一篇散文《匍匐》也同样表达了他一贯延续的哲学和美学思想。匍匐被理解为一种生存的象征："我同情他们的遭遇，可我有时也缺乏扶起他们的足够的勇气。"字里行间露出了作者的人生良知，或者说是生命历程中的忏悔。这是发自作者内心的声音。

刘照进的散文创作，一方面得力于他深沉的哲学思考，另一个方面又得力于他长期的边缘美学追求。他的散文作品有不少篇什是写故乡的人和事的，在人云亦云的怀乡情结方面，刘照进却另辟蹊径，不是单纯的以故乡的景色、人物为依托描写对象，而是深入人的内心世界，更深层次注入了自己的哲学思考。以《留在村庄上的》为例，他多以自己蛰居的乌江边的小城为观照，自然而然将自己的笔融入生于斯长于斯的故乡：以他青少年时代的生活历程为经，父亲和小妹的与自己的密切生存为纬，相互交织，复杂而又真挚的感情渗透着作者浓浓的故乡情愫："我的心在颤抖着，有些抑制不住眼泪。""我用肯定的语气回答，我一定要回去！"他这些平凡而又简朴的语言，着实叫人很感动。另一篇散文《故里山水》，他基本上克服了传统的叙述似的写作模式，而是用细致的描绘与比拟，活灵活现地反映了故里山水的景色，表达了一个赤子的情怀："故乡的山有着与众不同的景致和神韵，几乎一座山就是一幅原版的图画。""故乡的水具备了另一种韵味：高山清音，幽谷绝唱。轻灵飘逸……覆盖着故乡的每一个鲜活的日子。"我们从这些文字可以看出刘照进的一贯美学创作追求和爱乡情怀。《肩膀上的疼痛》是写父爱的，作者选择了父亲生活中几个平凡的生活细节和片段，刻骨铭心的父爱之情跃然纸上，父亲的形象自然而然地鲜活起来……读他的这篇文字，我突然想起了著名画家罗中立的油画《父亲》，这无疑是刘照进乡土题材散文写得比较成功的一篇。试想，如果作者不懂得、不理解真正的父爱，是写不出这样感人的篇章来的。可以说，这应该是刘照进散文创作中最重要的收获。

乌江是一条有非常深厚文化底蕴的河流，滋养了不少作家、艺术家。身居乌江河流域的土家族作家刘照进也不例外，乌江文化自然地伸进刘照进成长的血脉，乌江水哺养了他的生命，乌江水融进了他身体的每一个细胞。换言之，乌江成了刘照进散文创作中的另一个载体。他和众多乌江流域的作者一样，乌江无时不在他笔下流淌。《凉晨散记》就是他以乌江为载体写作最为成功的一篇。洪渡是乌江边上的一个小镇，曾经在历史上辉煌过，而且有过400年建县的历史，却历经沧桑……而今作者及同行在洪渡的河岸上行走，引起了作者的另一番思考："而对于这条江，你几乎一直忽视了它的行走、穿越，旋涡以及潮涨潮落。"特别是这句最简单不过的结尾："答案自在心中！"给人留下了多少回味和畅想啊！他的那篇曾经获得铜仁地区文艺三等奖的散文《向着美丽的深处穿行》也是以乌江为写作对象的，是以乌江一条小支流麻阳河为寄予载体的。麻阳河我去过，那里的风景实在令人叫绝，我肯定地说，我就写不出像照进这样优美的篇什。他把麻阳河羽化成了美丽的象征，再现了麻阳河曾经被人忽视的美学意象。读后令人神往，没有半点斧凿之痕。这也许就是刘照进的高明之处。他的散文《沧桑古镇》也是以乌江边的小镇淇滩为写作对象，他采用的是快、慢镜头的画面立体交叉的叙述方式，全方位地介绍了淇滩的风景、历史及现状。也融入了作者独到的思考。在历史面前，一些人麻木不仁，对失去的传统文化毫不在意，这引起了作者的沮丧。当我们的历史文化在乌江的历史长河中，被人漠视的时候，刘照进才真正感到了历史的沧桑："在如许的一双眼睛看来，淇滩依旧是一个破烂的所在，远远地超离现实，落寂着，似乎一转瞬就要烟消云散。"我想，这可能就是作者要表达的主题思想。

　　刘照进的散文创作，从来就不是遵循单一的写作模式，选择单一的题材。他的散文创作呈现着创作题材的多元化、写作手法的多样化。他力图每一次都超越自己，走出自己散文创新的道路，从而构建自己独特的创作天地。比如《虚拟的城市》基本于现代散文创作合拍，带有一种强烈的现代意识。通过对城市的虚拟，内心对城市的图解，表达了作者的人生态度和哲学思考："于是城市注定要像口袋一样越来越大，直到最后膨胀变形，一些东西在得到，而另一些东西在丢失，这是无序时代的混乱。"在日趋城市化的今天，人们的价值观在发生变化，导至一些人心灵扭曲。我们这些凡俗夫子将如何对待这个离我们越来越近的社会问题，应当引起关注。他的另一篇散文《绕不去的佛缘》写的是作者与一个叫安老师的人去寻找鸾堂书院的遗址，去天缘寺的见闻和感受，揭示了佛说的"有缘千里来相会，无缘对面不相识，一种机缘的失去恰是另一种机缘的得到。"因此，我们不妨说："得之何喜？失之何悲？"实际上表达了作者乐观人生的态度。他的《缓缓穿过》写的是他一个人靠在河堤的石墙看河流静悄悄地穿过县城的心理状态。所思所想，所见所闻，最后折射出自己的人生价值观。读后不难看出作者的社会良知和审美观。在刘照进的散文中，我比较喜欢他的《彼岸是文学》这篇文字。特别是把文学比喻成一条河流，让人看到文学流动的色彩。这篇文字带有明显的历史象征性。但在物欲横流的时代，文学被亵渎："文学的彼岸似乎离我们有些远了。"这确实是值得我们思考的问题。《完美的残缺》写观看残疾人演唱会的感慨。应该说，这是刘照进抒写的生命赞歌："仿佛不是在演唱，而是在用歌声诉说苦难和对苦难的抵抗。"不能不说——这是刘照进创作美学的延伸，这是他心灵闪烁的又一次光芒。

就刘照进的创作技巧和语言而言，有自己的独到之处，融传统和现代的表现手法为一体。叙述语言和抒情语言都带有明显的张力和弹性。给读者留下很大的空间，往往是长短句相接，给人一种文字建筑美感，凸现出文字的流动色彩。在喧嚣的时代，他不追赶潮流，不追求时髦，而是沿着他自己的创作路子不停前进着——值得可喜的是他已经形成自己散文写作的一种风格。

不难看到，刘照进的散文创作手法多样，题材广阔，有非常敏感的社会观察能力和同情心。在他的一些散文作品中，不难看出他无时不在有意探索：努力地寻找适合他自己的路子，让多元美学在他文字里永远闪耀着光芒。

（创作于《铜仁日报》梵净山周末 2006 年 6 月 25 日、《土家族文学》2008 年夏季号、《重庆文艺》2010 第 1 期。获酉阳人民政府首届文艺奖·评论类）

底层文人的众生像

——评罗漠的中篇小说《大雨瓢泼》

罗漠是黔东大地上一位具有现实主义创作倾向的青年作家，我最初接触他的文学作品是《黔东作家中短篇小说选》之中，短篇小说《倾斜的烟囱》，我明显地感到他的这篇小说是一篇充满了悲悯情怀和现实生存关怀的作品，让我读到了他小说的价值取向。最近，我读到了他的中篇小说《大雨瓢泼》[1]，我就有了一些发自内心的感动，罗漠是一位具有典型责任感的现实主义作家，他的这部中篇小说写的是底层文人生存状态，为读者勾勒了一群当下社会底层文人的众生像，同时，也为当下的文学领域塑造了一群文学人物形象，体现了他对当下社会的文化关怀。

罗漠先生的《大雨瓢泼》，让我联想起不久前在《南方周末》上的一篇关于我国文学体制的文章。这篇文章是对我们国家当下的文学体制的反思，而罗漠先生的这部中篇小说是通过他塑造的文学形象对我们文学体制下的一群文学人物的塑造，给我们提出一些值得思考的深刻的社会问题。也许就是他对于文学领域的某种发现。一个作家的责任也许就是发现并提出自己思考问题，也引发人们思考。

文学是人学，就是反映人的生存状态。这样的文学作品才真正具有它的社会功能，这样的作品才会引起人们的思考，这样的文学作品才有真正的社会价值。罗漠《大雨瓢泼》的创作成功，就是为我们在文学领域塑造了夏作家、贾主席、赵老等一系列的底层文人形象及塑造北京的著名评论家等一些掮客文人形象。

小说的主人公夏作家，是一个非常复杂的文化人形象，他是一个时代的产物。他从一个文学青年，成长为"著名作家"，应该说是一个文学体制造成的，是一个特殊时代的文人，他初涉文学的时候，还是一个有血性的文学作者，可是随着自己位置的变化，就开始在文学体制内"炒作"他自己成为一个"著名作家"。为自己的成名，为了巴结自己上司贾主席，把自己一部小说请贾主席"指教"，后来还署上了贾主席的大名，"还排在他的名字之前"，拉北京的著名评论家等为自己作品贴金，请名人作序，开作品讨论会……不惜采取任何手段以达到自己的目的，最后连当时为他获奖不惜拉下老脸的赵老他都不再尊重，可以看出这个作家人品的卑劣，又靠自己的一些不正当手段，而混迹文坛。当他在晚报上看到连载赵老的作品时，一种嫉妒之感油然而生，将报纸愤然地砸向了车窗外，骂了一句"他妈的！"这样的作家，我认为在本质上还不应该称为作家，应该是一种文学市侩，甚至可以说是一个地地道道的文学流氓。但是像夏作家这样的文人在我们的社会生活中并不少见。作家塑造夏作家这个文人的形象，就是要我们的读者思考这个具有普遍现实意义的社会问题。在当下文坛上，不仅仅是底层的文人，就是一些所谓的文学"高端"，一些所谓的"著名作家"就是"打造"产生的。这样的人在充斥文学界，文学的希望究竟在哪里？这是我们中国文学的悲哀，也是我们文人的悲哀。一种体制催生了一批社会的市侩文人。不改革这一种体制，文学就没有希望。从夏作家身上，我们看到了文学界存在的一种现象。作家的官本位与非正常名利思想是我们中国作家的悲哀，如果是凭自己的作品真正取得的成就，无可厚非，但是用非正常的手段获得名利，这与官场的腐败有什么区别？作家的写作目的就不言而喻，文学队伍应该警惕"夏作家"："夏作家其实也知道，光是几个国家级出版社为赵老出版的几个集子，他和赵老之间就横亘着一条深深的沟壑。可能他一辈子都无法逾越，他就难免自惭形秽、自愧不如；还有至关重要的一点，很多人受到了什么'信仰危机'什么'道德滑坡'这些明显的空泛的社会价值批评言辞，而他们偏偏认为，赵老还有超常的人格魅力，因此也不敢从市作协主席的位置上取赵老而代之，但文联副主席却是可以想往想往的。""任正科的时间还差几个月才满三年，在年初的省作协那次例会上被增为常务理事，赵老宣布退休后，夏作家有一次向贾主席谈出了自己的愿望。""就在送走北京的评论家和两位编辑、省作协主席副主席回程的路上，夏作家看到贾主席的神色不错……就再一次向贾主席提起了自己愿望的事。"中国的作家的官体制可以看出几千年"学而优则仕"的传统文人观念还在夏作家的骨子里延续。

"这世界正在'大雨瓢泼'，沉渣泛起，淤泥横流。"这是作家通过小说对于现实的思考，也是在警示社会，这是我被这部中篇小说感染的动因。

贾主席是小说塑造的一个文化官员形象，市委常委兼文联主席，这个集官员和文化人于一身的人物，在某种程度上催生了像夏作家一样的文化人，只会写"寿"的一个官员，名利双收，居然被评为"全省文联系统先进工作者""全市有突出贡献的十大英杰"等的称号。这样的官员在我们的社会里并不少见，一些不懂文化的人，也要与文化挂上勾，有的甚至请人充当刀笔，为自己贴金。显然我们应该清醒地认识到，这是一个文化体制的产物。小说并没将贾主席这个人物脸谱化，他用他自己比较特殊的身份为当地文艺事业做了一些事情，同时也为了自己做出政绩，不择手段，比如为了夏作家的获奖，游说赵老，"从奖励基金中挤出五万元"去打通关节等，表面是为当地的一个作家争取奖项，实质上是为自己创造政绩，中国传统的"官本位"精髓在他的身上表现得淋漓尽致。从小说的一些细节里深深地体会到这些生活的内涵，文学冰山效应就是这样一层的意义。文学体制导致本来不该出现的文学现象。在我们文学体制内，像贾主席的文化官员比比皆是。"他看到贾主席声色不动，只是重复曾经说过的那句话：再考虑吧。再考虑吧。""他并不知道贾主席早在任命他为创作室主任将他升为正科的同时，就已然作出了在自己担任文联领导期内不会考虑他的行政前途决定，因为他一边也不能年接受夏作家创作以外的社会影响。"

赵老是一个中国传统的文化人形象，具有中国典型的中国文人的气质，"达则兼济天下，贫则独善其身。"这是中国传统文人的风骨，这也是中国传统文人的道德底线。虽然在这部小说里对赵老着墨不多，但赵老的这个人物形象却很鲜活，还给人留下深刻的印象。他拒绝担任夏作家主持的一个县文学刊物的名誉顾问，在市政协召开的民主人士建言献策的会议上仗义执言。正因为他的正直，不善于迎逢吹牛拍马，他的生存处境堪忧。"一个省作家协会的副主席，在市里一个文联副主席的任命就没有，还是贾主席给他要了一纸文联副主席的任命。"但是他并没把文联副主席的职务放在眼里，他作为一个全国性大奖评委，还了贾主席的一个情。同时他对北京的"著名文学评论家"非常反感："你以为是什么东西，一个打着文学幌子到处招摇撞骗的典型的文学掮客！"赵老卸任了省作家协会的副主席职务之后，一心一意地搞自己的文学创作，历时三年完成了一部百万言的长篇巨制。在市里乃至省里都是里程碑式的文学高峰，"著名作家赵老当益壮，人老心灵智慧不老，磨砺以须，历时三年向我们捧出一部长达万言的长篇巨制，奠定了本市甚至本省文学的一个高峰。"作家借晚报副刊的编者按表达对赵老称赞："作为一部在本市本省意义上算得上具有划时代意义的长篇，作家采用荒诞的艺术表现形式，向读者展示了生命的玄机生命的灾难，表达了他深切的人文关怀悯世激情。"赵老这个文学人物形象是传统文化的一种延续。其实，我们时代正需要赵老这样的真正意义上的作家。

作家还塑造北京的"著名文学评论家"等典型的文学掮客形象，虽然着墨比较少，但也写得入木三分。在文学领域，像北京的"著名文学评论家"并不少见，这些人一天无所事事，就是专门给一些所谓文学作者贴金，只要肯出血，连老母猪也要说成"笑天狮子"。没有起码的文学道德底线，这是一种文学转型时期的社会不协调的现象。"评论家对夏作家的作品进行了高度的评价，并认为夏作家在这个地域跨临好几个大省区的片区中间，才华充沛……如果他生活在北京或上海等大都会，哪怕就是生活在一个所在的省会城市，视野拓宽，让思想得到更多的交流和碰撞的机会，他的创作前景当其辉煌！""北京的评论家无疑是这场作品讨论会的主角，但他不可能都对夏作家的作品进行系统的阅读，就是为他那本集子作序时也只在其中的挑了一两篇，很难说有一个不太离谱的整体的意见和观点，于是就讲得似是而非，不着边际什么'宇宙意识''大众意识''精英意识''平民意识'……什么'苦难灵魂''精神现象学''理性确定性与真理性'……什么顾尔蒙、西塞罗、乔治卡农……什么《癌症楼》《日戈瓦医生》……等等等等；天马行空地讲了整整一上午。"一个文学掮客形象跃然纸上，给读者留下深刻印象。在北京的评论家和副教授、讲师吃饱喝足玩了小姐之后"好在临走之前，评论家信誓旦旦地说，他一定让北京的相关报纸把这次讨论会消息刊发出来，让更多的北京乃至全国的作者、读者都知道夏作家；两位编辑也说，他们将尽最大的努力在一两年内为夏作家发表一个中篇或者两个短篇。"这就是我们现实里所谓的文学作品讨论会的真实描绘，一些所谓的"大家"掌握了文学的话语权，胡乱地说一通，之后就是吃喝玩乐，再然后就是承诺一些空话，最后溜之大吉。如果长此以往，文学将要走向何方？对文坛上的这种不正之风的痛心疾首，从而体现了作家的批判现实主义的创作倾向。

小说借晚报副刊的编者按说出了自己创作的主旨："'大雨瓢泼'挡住了心灵的光辉，淹没了智慧的瞳孔，让我们莫辩东西前路迷失，让我们问天不语心泪滂沱。"这几句满含着作家哲理思考的话语，也许就是作家创作给我们的启示。

《大雨瓢泼》这部小说的开始和结尾，相应出现夏作家女儿养的小白兔，表面上写小白兔，实质上是一种生活暗示，或者说一种人生的暗示，就是倡导我们要清清白白的做人，回到人的本真，也许像夏作家这样的作家应该考虑一下自己的所作所为，回到人的本位。也许，《大雨瓢泼》这部小说的现实意义其正就在于此。

参考文献：

[1] 罗漠. 大雨瓢泼 [J]. 山花，2016.7（下）.

底层关注的书写

——简评晏子非的小说集《夜奔》

晏子非是一个关注现实的作家——着重书写底层人的生活与生存状态。多年以来，在小说创作领域不断耕耘，取得了不菲的创作成果，在《民族文学》《山花》《当代小说》等报刊发表不少小说作品，在贵州小说界产生了一定影响。最近出版的小说集《夜奔》[1]，是他近年创作成果的一次整体展示。

小说集《夜奔》由《夜奔》《彩虹》《晕眩》《英雄年代》《阳光下的葬礼》《日暮河滩》《灭亲》《还债》《奔丧》《不死鸟》等十部短篇小说构成。从篇什而言，属于短篇小说的范畴。从题材来看，归集于底层关注书写类型。底层关注书写是当下的一种文学写作类型，表明了一个作家对创作的立场，同时表达了一个作家的关怀意识。

一个作家的创作意义在于他对生命的关怀与社会的关注。晏子非的小说创作对于生命关注与社会的注解，是他小说的创作亮点。如《夜奔》《彩虹》《还债》等作品。《夜奔》写一个传统小知识分子在当下的生存处境—— 一个主管技术的副厂长朱长民在"下岗潮"的背景下连自己的妻子都不能保护，甚至自己也被迫下岗，但是为了自己的虚荣又不得不"装"，在家庭与社会的双重压力之下，为了寻找自己发泄的出口，持刀嫖妓，以满足自己人生的"尊严"，当他知晓妻子将与他离婚的情形下，陷入了双重的生活阴影……在一个晚上得知自己妻子去省城进货而遭遇车祸，最后幡然醒悟：他愣愣站着，想到刚才飞奔的救护车，就突然狂奔起来。《夜奔》是对底层人的生活诠释：社会的变革让多少人丧失了人性与尊严。小说将人性置于社会生活背景下打量，从而勾画出人性变化的曲线，揭示人物性格的内在变化。在一种泥沙俱下的改革时代，潜伏着多少家庭的生活悲剧。一个本身温文尔雅的小知识分子在生活无奈之中，从一个本来安分的人发展到想杀人发泄："老子今天非杀人不可！"他猛地站起身来，大声吼道，将酒瓶狠狠地砸在黑白相间的油漆地板上。小说以十分冷静的笔调叙述，让人对小说的主人公朱长民产生同情与无奈，这背后的问题实在值得深思。《彩虹》是写一个乡村姑娘彩虹的人生悲剧，在强大的乡村传统文化的背景下，一些纯真善良女孩的天性被扼杀。小说以一头牛"黄丫"为线索。彩虹本来是一个善良的女孩，喜欢家里的牛（犊）"黄丫"。彩虹姑姑突然想到黄丫今天的叹息，一种悲怆涌上心头。她想黄丫多么聪灵，原来它什么都明白。畜比人同，小说通过彩虹姑姑的内心自白，表达对一个农村普通女性的悲悯之情。当她得知"黄丫"被父亲卖掉之后，她在一个晚上去买家牵回牛，最后被当成"盗牛贼"在村里游街示众。被父亲毒打、乡亲们误解。最后愤怒之下烧掉当地买牛的"牛肉干厂"。彩虹的举动表现了一个人在无奈之下的最后反抗。彩虹与朱长民都属于同一类型的无助人物，具有人的共通性：本身是一个善良的人物，可是在社会生活的背景下不得不做出人意料的"悲壮"！《还债》写真实乡村农民的打工生活，浪浪在逛二央求之下带他去广东打工，最后出事，勾画乡村底层打工仔的生存缩影。第二天，他们到公安局打探，才知道逛二当场摔死了。但公安局一直没有查到他的真实身份。因为他每一次出去，按规矩都把证件放在浪浪那里，以防被抓时暴露自己的身份。在打工时代，却有些人不劳而获，成为一种"非打工主流"，有多少人了无音讯。据有关资料调查，近三、四十年，中国在"打工"历程中离奇死亡与失踪的人数达数百万人之多，可谓凝聚着多少家庭的血泪史，这一群体的人们魂归何处是值得深思的问题。农民工的死亡不仅仅是"还债"那么简单的社会问题，问题的背后应该有深层的原因。作品没有进行考证与追究，而是只从这一个现实书写中，凸显一个作家的良心与责任。

关于文学的使命有过无数次的讨论。我认为，文学的使命应该表现生活，特别是对人们生存的关照，才具有社会意义。小说是一种表现社会生活的文学体式，同时也是虚构的文学作品。所谓的虚构应该是立足于生活基础上的虚构，或者说从生活中抽取生活的元素。晏子非的小说总是从底层人物的生活中找到写作的出口。《晕眩》也是一篇关注底层人生活的作品。写了一个叫秋萍的农村打工妇女为自己养女潞潞筹钱买钢琴的故事，小说塑造一个忍辱负重的农村女性形象。"若是平时，秋萍听不得这话的，她见杨老师一脸的真诚，不但没有生气，反而感到愧疚，觉得对不起潞潞。"一个普通农村女性刻画得栩栩如生，她打平常打几份工，一方面来自家庭的重压，公爹的不解与生活重压，为了给养女买钢琴而拼命地打工，劳累过度，生病住进了医院。"秋萍忽然病了，头晕目眩，上吐下泻。人们都说秋萍是累的，只有她清楚，是急的。"最后得益于林教授的支持，将他的钢琴"租"给秋萍家，让一个底层人得到一种从未有过的"满足"。秋萍坐在床头的另一端，靠在床头，看到潞潞沉醉的样子，自己也醉了，她久久地注视着潞潞，那雪白的琴身与身着白衣的潞潞就幻化成一只白鸽，扑东翅膀飞离了地面，在房间里盘旋，慢慢飞向了空中。她又一阵眩晕，猛然一惊，以为是病情复发了，待她清醒之后，才知道不是病，是从未有过的满足。小说的背后隐约透露出乡下人对现代文明的追求。其中，秋萍的公爹花钱修"活人墓"细节，凸显传统文化与现代文明的一种强烈冲突。一方面为女儿筹钱买钢琴一方面又要倾其所有给公爹打造活人墓碑。秋萍在生活的夹缝中求得一丝生存，让人十分同情。在两种文化的冲突之下，一个普通的农村女性如何决断，显然就为小说情节推进进行一系列的铺垫。这就是晏子非为小说设置的一个场，从不为人们关注的生活场景中捕捉到人们为了生活不断挣扎的生活内容。同时，与小说中没有出场的潞潞亲生父母形成鲜明的对比，同时也反衬底层女性的善良。《英雄年代》是一个关于对英雄与狗熊的故事探讨小说。写出了"文化大革命"期间一群乡村孩子的生活状态。穷孩子猛崽下河悲壮的举动，显示在一个没有英雄年代的某种英雄壮举。虽然故事在几个小孩子之间展开，但是其中仍然具有时代的因素。"我"的自责，剖析了那个特殊年代人们的精神指向。"我乖乖地退到一边，羞愧像河上的雾，从心底袅袅升起，朝四野漫开，把眼前的世界裹得严严实实，让人感到窒息……"晏子非的小说往往书写底层的小人物，力图从他们的生活状态中挖掘出人生的线条。读他的小说《英雄年代》，我自然就会想到北岛的"在没有英雄的年代，我只想做一个人"的呼喊。什么是英雄？英雄是什么？这是一个值得我们思索的一个十分现实的问题。在日常的社会生活中，人们对英雄往往会产生一种曲解，认为勇敢或者冒险就是英雄，其实这就是一种鲁莽式的英雄，英雄在不同的时代应该有不同的注解。"在校长的游说之下，县教育局、县团委联合下文，号召全县中小学生向我学习。团县委还把我的材料再一次修改、补充上报到地区，争取地区先进典型。"作家把一个制造英雄年代的状态冷静叙说，是对某个"英雄年代"的反讽与思考。

　　底层关注与书写是晏子非小说创作的一贯倾向。从他发表的若干小说中，我们很难看到他的作品书写所谓"大人物"。他的创作基本上都是书写底层工厂的工人，底层的打工人群，底层的乡村男女等人物。从这些人物中，展示社会生活中底层人们的不幸与无奈。《阳光下的葬礼》就是书写一个文学狂热年代的诗人寒隐、紫烟夫妇自杀的悲剧，同时书写大林、黔芳、田振、紫烟等人的生活纠葛。尽管田振为寒隐生活提供不少生存的出路，结果都因寒隐个性因素，无疾而终。一个生存与精神追求二者互为矛盾的激烈抗争与无奈，同时表现出所谓的诗人与社会脱节的现象思考。寒隐与紫烟几个同是文学爱好者的人最后选择不同人生，就是一种生活揭示。尽管走上政坛的田振，好友的丧事是由田振举办的，灵堂设在水泥厂的院子里。因为田振的关系，县里各单位都送了花圈。田振此仁义之举成为了小城人们一时间广为流传的佳话。也有人说，田振是机关算尽，苍天助他。这几天县里正在召开人代会，副县长田振是县长的候选人之一。他这样做无疑给这次县长的选举增添了筹码。可悲的是，洁身自好清高一身的寒隐还是成为人生仕途中垫脚石，世俗的功利无处不在，无孔不入呀！一对好友的葬礼成为某种人换取功利的一个场域，这本身就是值得深思的现实社会问题。不难看出，作家有意表现精神的追求与生存如何有效融合的核心问题——人类社会进程中值得关注的现实问题。《阳光下的葬礼》的背后却是一种生命与生存的文化反思。作家那双睿智的眼睛总是在透视生活，总有一种"哀其不幸，怒其不争"的悲悯情怀。

　　长期以来，晏子非的目光总是俯视着社会生活底层人和事。他把那些比较琐碎的人和事，写得比较精粹。我想这源于他的生活的底子与对生活的洞察力。《日暮河滩》写底层教师的生存状态，同时也写"黑社会"与之相互纠葛的故事，"我"与花儿无疾而终的爱情多少让人无奈与揪心。在经济社会，精神层面的东西在强大的物质面前，显得十分苍白与无力，很多真挚的东西都在随着社会的变迁而陡然消失，就是惊天动地、海誓山盟的爱情也会被此消解。青年女演员田叶青的悲剧在当下的乡村仍然在上演。《灭亲》也是乡村的人生悲剧，庚毛与腊香的人生悲剧，是经济大潮时代人生的悲剧。庚毛与腊香合伙杀死自己的姨妹腊梅，都是金钱惹的祸。在经济时代，仿佛金钱已经超越了人们的骨肉亲情，亲情在金钱面前显得微不足道。在亲情之间，茂登伯娘是两个女儿母亲，最终选择了报案。"终于到镇上了。茂登伯娘如释负重，长长地舒了一口气……拐到了前街派出所，茂登伯娘继续往前，朝镇街南面走去。"不难看出一个农村普通女性的内心的煎熬。作家就是把生活放置于现实的手术台进行剖析。茂登伯娘大义灭亲的行为与世俗相悖，但是乡村人是淳朴却又保持人与生俱来的本性。从晏子非的小说塑造的人物形象来看，都是无奈、无助，最后走上了极端。这是作家着力塑造人物。在现实生活中，成千上万的小人物，本身都是善良的人，但都由于被某种生活所逼，最后走向人性善良的反面。显然，作家就是从这些生活中被人遗忘的角色中探寻人性。文学是人学，小说的主要任务也是塑造人物形象。小说最高的境界就是对人性的真实书写。传统美好的人性开始扭曲，作为作家，心头无疑会产生某种社会性的思考。特别是底层人们的传统道德消解，为社会的发展增添了一道新的阵痛。《灭亲》有双重的指向，一是姐夫与姐姐一道害死姨妹，这种灭亲的指向显而易见；一是作为丈母娘的茂登伯娘向公安部门举报自己的女儿女婿。两种灭亲的行为互为因果，一同构成作家的创作经纬，形成一种文学的场域，交织着生命追问，一个农村女性灭亲的内心彷徨跃然纸上。晏子非从一桩灭亲的案件中找到了他的创作元素，跨越人性的探索。《奔丧》以参与大伯奔丧的经历，表现父亲与其大哥之间的恩怨。大伯晏百万的人生遭际在于他的儿子康哥不争气。其实是一种乡村传统文化的消解，乡村社会的亲情失落的文学再现，特别是他儿子的处事态度让人感到无语，连起码的人性都已消失殆尽，最后从来自台湾的姑爷的信中解开大伯的一些谜底，"我"终于明白了父亲与大伯兄弟关系隔阂的原因。《奔丧》寓意不言而喻，奔丧就是一个人生命消失的最后仪式，或者说是等同于一种文化的完结。家族的恩怨随着大伯的下葬而化解。康哥败家也许就是中国传统文化里因果报应的凸显，或者说是一种文化的寿终正寝。丧事期间，康哥整天似睡非睡地躺在灵堂后面的躺椅上，像阴阳先生随意堆放的一个道具。还有《不死鸟》书书写现代文明背景下的一群底层人生活的状态。写了现代人的网恋、日常生活，表面上看都是一些比较零碎的生活，就是一些普通人的喜怒哀乐等，以陈青、谢晶等人物生活日常化为线条，勾勒了一幅底层生活的真实图景，让读者看到当下底层普通生活不可抗拒的突变与无奈。从很多不如意的生活中，艰难地匍匐而行，同时尽力抗争。正如刘大先评晏子非小说认为：生活充满不如意，因而现实主义的作品总是带有批评的指向。晏子非小说描述的，就是这样一个个当下生活的失败者。晏子非的小说集《夜奔》体现的创作倾向，他从底层一个个生活的失败者中剖析出种种原因，让人产生一些思考。作家书写底层人的生活，本质上是对底层弱势群体的一种文化关照，一种生命意识的自觉书写。杜国景认为：晏子非的小说对弱势群体给予了极大的同情，也包含批评意识。显然，作家在书写底层人们生活的同时，也给予了他们某种精神的批判。正如鲁迅先生《阿Q正传》里既对阿Q极大的批判，同时又对他的不幸人生给予深切的同情。晏子非就是在生活中予以不幸者的同情，同时又对他们的行为方式充满批判意识。

晏子非的小说集《夜奔》是一部书写底层生活与生存的作品，作家从生活、人性与社会的角度等方面进行全方位的演示，表现他创作的生命意识与关怀意识。一个作家价值的关键在于对于人类生存与生活的关注。关注人类的生存与社会生活，就是作家的大爱与良心。晏子非小说从底层生活书写出发，从底层人物生存中寻找他的创作母体，是一种有意义的小说创作，也是他创作个性的书写集中体现。

参考文献：

[1]晏子非.夜奔（新世纪乌江作家丛书）[M].北京：中国戏剧出版社，2017.10.

（铜仁日报梵净山周末2018.2.23）

地域与英雄史诗

——读何立高的长篇小说《野山红霞》

地处"夜郎国"的"黔东大地"是一片神奇的地域，长江的支流乌江穿行其间。这片土地生活着土家族、苗族、汉族等多个民族，在历史的长河中，这些民族与自然、与历代的不平统治抗争。世世代代繁衍……留下了无数的英雄史诗，构成了这片土地上的生生不灭的原动力。然而，由于诸多原因，真正描绘这片土地上的文学作品并不多见。最近，我读到贵州沿河土家族青年作家何立高的长篇历史小说《野山红霞》[1]，我突然感到他在一定程度上填补了这个空白。他为哺育他的土地做了他应该做的事情。表达了一个黔东土家族汉子对乡土的虔诚，他用他那真诚的史诗笔调，抒发了70年前在黔东大地上流逝的一段峥嵘岁月。

黔东大地是一片英雄的土地。从地域上看，包括了现在铜仁市沿河、应江、松桃、石阡、思南等县域。满清时期，曾经爆发了石柳邓、吴八月等领导的苗民反清起义。70年前的黔东特区也诞生在这片英雄的土地上，贺龙、关向应领导的红三军，任弼时、肖克王震等领导的红六军曾在这片土地征战过……据我所知，1934年秋发生在石阡县的甘溪之战，是红六军团作战史上的一次重要战役。1934年10月24日，红三军在应江的木黄与任弼时、肖克等领导的红六军会师，是红军战争史上的一个重大事件。基本上奠定了红二军的雏形。红三军在此恢复了红二军的本来番号。应该说，这是发生在黔东大地上的重大历史事件。而长期以来，在史学上发生了"木黄会师"与"南腰界会师"争论，属于史学方面的争论，但在真正文学意义上反映这一时期的文艺作品，恐怕何立高先生还是第一人。我捧着他这部近20万言的"革命历史小说"，心情久久不能平静。

当黔东特区已经成为历史，躺在黔东大地成为永久的传说，在历史封存了70年后的一个土家族后生用他那支饱蘸着时代感情的笔来描绘那段历史，聚焦老一辈无产阶级革命家贺龙、任弼时、关向应……以及这片土地上的仁人志士，再现那段可歌可泣的岁月，让人们敬仰。

第二次革命战争在中国革命史上举足轻重。但由于后期领导者的方针错误，以至于红军进行战略转移。黔东特区实际上就是这个特殊时代的产物。国民党统治时期，黔东大地一片阴霾，处于饱受封建势力压迫的状态，出现了反抗封建统治的"神兵"，后来有不少的"神兵"参加了红军。作者丝毫没有回避这个问题。用了不少的笔墨来写这个史实。这表明了作者的历史唯物主义创作观。

黔东特区存在的时间并不长。但它是革命长河中的一个历史截面。作者就是用这个历史的横截面，凸现了黔东这片土地上曾经的"红色历史"从而表达了这片土地上永不磨灭的民族灵魂和精神。从中寻找到一个地域民族生存的内核。这就是作者竭力追求的质：力图通过这段历史及发生在黔东大地的历史事件，放在历史的天平上加以衡量。作者塑造贺龙、关向应、任弼时等一大批老一辈无产阶级革命家的形象。同时也塑造了贺青、冉少波等黔东独立师领导人的形象。作者塑造人物形象栩栩如生，基本克服一般革命文学上的政治化、简单化、程式化的问题。从这些历史人物的身上，看到了革命战争年代"英雄人物"的灵魂，找到了他们在历史长河中最精彩的一瞬。特别是江涛、符功才等这些普通的人物形象让人感到真实可信，力戒了平常小说中人物的脸谱化，展示黔东大地上民族的人性和他们不屈不饶的精神，透出作者不凡的写作功力。就是反面人物的描写也基本上抛弃了千篇一律的写作模式。杨畅时、肖湘、田虎……这些人物形象丰满，再现了不同层面的反面人物的特征、行为和生存状态。或阳奉阴违，或者阴险狡诈，或者像一只无助的狗。可谓妙笔生花，让人读后难忘。

就整部小说而言，融入了现当代小说的写法。使用主观叙述与客观描摹相结合复合式表达方式，给人一种扑面而来的史诗感觉。作者在注重小说情景推进的同时，也注意作品的可读性，特别是有意识地通过一些地域的民族风情的嫁接，自觉地融民族风情于小说之中。在这一点上，无凝是作者表现手法的高明之处。这是作者在向外面传递黔东大地上的民族生存的信息，多次出现了传统的民歌和新编的民歌。从这个层面上讲，立高先生的《野山红霞》是将革命题材和地域文学结合较好的一部作品。作者把文学语言和乡村俚语有机地结合，体现了语言的民族性、地域性，给这部小说增添了不少的色彩。从而增加作品的可读性，让人感到了地域的浓烈，这可能与作者长期生活在这片土地有关，与作者热爱乡土有关。

作为当代人写历史小说，最大的弊端就是把历史作为教条，把文学作品当成文史作品，而立高先生力戒这种写作倾向。完全克服了历史人物和文学人物的等量化，用文学的方式叙述发生在黔东大地上的"革命史"，遵从历史小说的现实主义创作规律，适当的虚构了一些情节，塑造一些底层革命人物形象。从这个意义上讲，《野山红霞》应该有不可否认的艺术价值。

　　当然,《野山红霞》不是十全十美的小说,也有一些值得探讨之处。我以为,个别的细节比较粗造,往往注重了作品整体,而忽视了局部,注重了史诗性的描绘,忽略了人物形象的立体性,即有个别人物显得苍白。表现手法上,或多或少地缺乏一些历史的厚重感。这是作者的第一部小说,不能以苛求的眼光打量他的作品。人无完人,金无足赤,瑕不掩瑜,《野山红霞》不失为一部较好的现实主义的长篇力作。

　　立高先生长期在戏剧领域辛勤地耕耘,而且有丰硕的成果。而他的第一部小说就非同凡响,写出了他心目中的英雄史诗。字里行间凝结着他对黔东大地的爱和这片土地上的英雄人物的崇敬,渗透着他的乡土情怀和社会责任感。

参考文献:

[1]何立高.野山仁[M].北京:中国文联出版社,2004.10.

(2004年《乌江》3期)

贵州河流的文化行走

——评《多彩贵州江河行》

在人类发展史上，人类文明大多发源于河的流域。贵州是一片神奇的土地，在这片土地上养育了众多的河流。最近读到由贵州电视台杨茂林策划、罗中玺等人编著的电视纪实散文《多彩贵州江河行》[1]，让我眼前一亮，对贵州主要河流进行文化行走，发掘贵州河流的不少文化根脉。

《多彩贵州江河行》是一部文笔优美、精神深邃的旅游文化散文，作者力图用历史的眼光透视贵州河流文化。该书由《神秘的都柳江》《秀丽的清水江》《红色的美酒河》《峻美的盘江》《雄奇的乌江》等五部分构成，同时还附录贵州及本省各地方电视台的编导的《多彩贵州江河行》的拍摄感言，从不同角度深入表达对贵州河流的热爱与赞美。

一部作品的成功在于其传递的文化信息。在第一章《神秘的都柳江》对都柳江源头进行历史的探寻。对"毋敛"进行解读，从考察议寨的生存方式下笔，使这条河的源头更加充满神秘的色彩。这里的贝壳化石反映了地缘历史变迁，沧海桑田。《三都，巫性的水族文化》对三都水族的古往今来进行文化评说。都柳江成为历史进程的纽带，是历史流动的经，社会风俗是文化的纬，经纬交织，共同延续河流文化的根。"水书"应该是水族的文化遗产，是这个民族历史的文化参照："然而，尽管岁月的沧桑抹去了昔日的繁华，但是水族先民留下的足迹依稀可见，在水族先民留下宝贵财富中，水书占有举足轻重的地位。"作者在文章中不是单纯文化的评述，同时还进行文化的考证，水书类似甲骨文的结构，表明在夏商时期，水族和中华汉民族一样进入文明时期。《神秘的月亮山》是对都柳江流域的月亮山区立体式的文化扫描。一个叫"加两"苗族寨子悠然显露在读者的面前，仿佛让人置身一个优美的山水画里，给文明展示一个河流地域的风景，给我们传递出一个民族生活风俗的历史律动。《中国第一侗县》介绍都柳江流域榕江县的三宝寨，融侗族的风俗为一炉，展示出侗族的人文知识，对一个民族即将消逝的文化符号的担忧。在新的历史语境下，一些属于民族特有的文化元素在无声无息中消解。《感受从江的生态文化》则是对侗族的生态传统文化观念书写，一个民族对树的崇拜，人与自然一体的"人树本是同一心"生态传统文化的认同。

第二章《秀丽的清水江》是对清水江流域的文化指认。清水江流经黔东南，孕育该流域的自然生态，也孕育了流域的各族人民。使侗族、苗族文化在这片土地上发扬光大，生生不息。《斗蓬山，一江清水向东流》对沅江源斗蓬山的自然风光及人文价值评判。重点介绍"毛环方竹"与"百家厂"的传说和文化现象，从中探寻一个地域历史过去。《桥城都匀》是对高原城市都匀建筑状态进行历史扫描，其中介绍布依族的婚俗。每个民族独特的文化传统并不只保存于书本上，而更多存在人们的日常生活中，集中地体现在这个民族的生活习俗、神性崇尚上。《美丽的羽族部落》讲述丹寨的历史文化变迁，清水江与当地个民族的历史渊源。给人透视了"百鸟衣""麻鸟""锦鸡舞"等独特的文化景观。《下司古镇》揭示了下司传说和自然风貌，把一个清水江流域的美轮美奂的古镇呈现我们的视野。《苗侗之都凯里》描绘凯里的历史沿革及自然风光。"斗牛"传统习俗与饮食风俗也在本文得到表达。一个强悍的民族生存状态，尽收眼底。《苗族文化风情博物馆》对清水江流域的苗族文化集体总汇。苗族的历史文化尽显其中。"施洞"与"姊妹节"作为民族文化名片得到亮相。《因水而美的剑河新城》阐释"水"对一个城市的福佑。"上善若水"的传统文化体现得淋漓尽致。《苗族环保第一村》对文斗苗寨的环保传统进行文化的打量，对苗族这个世界说具有迁徙的民族的传统文化的指认。《清水江黔东门户》对清水江边的一个古老村寨三门塘村的位置、历史文化、建筑等全方位文化解读，表现出作者文化认同。

　　第三章《红色的美酒河》则是对赤水河流域的自然、历史、风俗等文化观照。赤水河多产美酒，国酒茅台酒诞生在这个属于酒的河流。《鸡鸣三省，东方欲晓》展现的是"一脚踏三省"的老鹰岩。同时解密红军长征鸡鸣三省会议的历史意义。《生机勃勃橙满园》书写赤水河生机镇的风物。《大屯土司庄园三官寨》是一个对地域土司建筑的考察，三官寨的历史变迁悠然回顾。《茅台，国酒之都》是对茅台的自然风情、酿酒历史进行亮色的眺望。《美酒飘香溢仁怀》打望酒都仁怀城市进程，品味出国酒之都酒味余香的气息。《马桑坪与二郎滩》则是对两地在古盐道上的历史地位的回顾，无情的历史让过去的辉煌成为人们久久的回忆。社会发展史上有些东西在诞生，有些辉煌在消逝，这是历史发展的自然规律。从历史的偏旁进入一个地域是最好法则。《土城红色古镇》窥视土城历史，特别对红军长征中"土城红色遗址"的心灵瞻仰。《葫市竹海》是对赤水河流域"竹文化"全面的解读，一个地域文化象征让人遐思。《挂载半山腰的古镇》是对古镇丙安建筑、历史进行文化透射。《十丈洞大瀑布》是对十丈洞大瀑布的描写，展现大自然鬼斧神工，让人感叹不已。《大同古镇与"熊猫餐"》是对一个古镇评说与餐饮文化的描绘。《沧桑古盐道》则是对赤水河流域古盐道文化的历史追问，古盐道上一段鲜为人知的传说，渗透着历史沉重感。

第四章《峻美的盘江》是对珠江的两大支流南、北盘江的自然文化元素的多层面透视。《一水滴三江，一脉隔双盘》描述十万大山脉的三江口独特自然景观，和造化的千奇百怪，让人流连忘返。《从万峰林到万峰湖》立体凸显南盘江主流马岭河峡谷的迷人风光，万峰林国家地质公园表述及万峰景区图景再现，融传说与自然为一体。《南明故都，荷香之城》是对南明故都安城的历史追忆，抚今追昔，让人感慨万千。历史在不经意间就成为往事与遗憾。《种出来的氧吧》写云贵高原的册亭人对"穷山恶水"的改变，表达人定胜天的历史轨迹。《自然生态的北盘江上游》是对该流域的布依族聚居地营盘乡的自然生态描摹，一个当下的世外桃源怡然出现。《大花苗与音乐村》是对石鼓村的苗族的一支"大花苗"生存习俗讲述，一部民族的音乐萦绕着读者的耳管，沉浸在历史悠远的回声里。《牂牁江与夜郎》勾勒出牂牁江（湖）与夜郎古国的历史痕迹，在反思中融入一个地域的文化因子。《光照电站与"24道拐"》介绍一个人工湖泊景色与乌蒙山区公路的24道拐人文景观，把抗战时期尘封的历史彻底释放。《花江峡谷的桥与百层码头》却是介绍北盘江流域的另一奇观花江铁锁桥。《南、北盘江的交汇点》则是对珠江上游的两大支流的美丽交汇景致进行透视，大自然神奇的魅力让人喟叹。

乌江是贵州的母亲河，她的律动牵涉贵州文化的发展。乌江理所当然地成为作者书写的重要对象。第五、六、七、八章雄奇的乌江（一、二、三、四）书写乌江的自然历史文化。成为该书的重头戏。从乌江的源头写到乌江的出口，也就是从上游到下游。《石缸洞：千里乌江的源头》是对乌江源头的曾经误判与考证，增加了很多神秘的色彩;《草海,黑颈鹤之乡》是对草海生态的描绘,揭开草海的神秘面纱;《六盘水:中国的凉都》介绍六盘水气候形成自然生态,让人产生几许的向往;《平坝:斯纳河与天龙屯堡》写出平坝河流的特色及天龙屯堡"石头建筑的绝唱";《古龙井:乌江北源》是乌江另一源头的考证。一条雄奇的大河在不显眼的地方默默诞生,河流的意义仿佛就是人生的意义。《可乐:千年沧桑说夜郎》解读夜郎古国的历史文化,把很多掩埋在尘埃中的往事掀开,触摸着历史深处的某种忧伤。《赫章:乌江北源第一城》对乌江北源小城赫章进行聚焦,从一些生活现象里探索历史的答案。《韭菜坪:贵州的屋脊》仰望韭菜坪自然生态和夜郎风情。《七星关:远去的雄关漫道》讲述七星关传说和红军长征途中在此发生的感人故事,妙趣横生。《大方:奢香故里》阐释大方县城的自然景致与彝族女首领奢香的故事,有一定的历史厚度。《九天洞:世界王牌旅游景区》是对九天洞的自然风光与英雄故事的双重表达,对"乌江第一漂"的感慨与心灵的震惊。对乌江流域的自然景观、历史文化、城市、故掌等层面进行了比较全面的梳理,表达作者对乌江的敬畏与热爱之情。《支嘎阿鲁湖:古彝圣水》更是对一个高峡平湖风光及历史思考,融入地域文化的强大元素。《织金洞:神话的天堂》对织金洞景区赋予文化的符号,是对化屋基、修文等乌江流域景致的讴歌,也是对一系乌江流域城市的特色书写。如《贵阳:爽爽的林城》《息峰:红色的烽火》《遵义:红色的文化名城》《江界河:一段关于红军的记忆》等,从地缘的历史出发,探寻着时代的文化因子,渗透着地域语境下的文化延伸。同时把乌江流域的自然美景放置在历史的语境下进行文化意义的追寻。如《尚稽:古渡口见证历史》《松烟:钱邦岂与"他山文化"》《河闪渡:乌江最古老的渡口》《思南:黔省古代商业重都》《洪渡:黔东北门户》等,《闻名遐迩的乌江鱼》《石阡：天下第一汤》《乌江三峡：百里画廊》等则是对乌江美景、美食的推崇，具有一定河流文化的延展性，《奔向长江》完成千里乌江的书写，同时也完成贵州母亲河的文化行走。打破以往贵州河流文本之浮光掠影的景致描写模式，在欣赏自然美景同时探寻贵州河流的文化精神，是这部作品最大的一个亮点。

参考文献：

［1］罗中玺.多彩贵州江河行［M］.贵阳：贵州教育出版社，2011.11.

（《贵州日报》2013年3月23日文化评论、《贵州政协报》2013年6月18日读书栏目）

过程延展与倾诉

——读蒲秀彪的诗集《随时随地》

曾几何时，诗歌界一度出现了"知识分子写作"与"民间写作"的争论，同时还打了很多场没有结果的口水战。如果真要界定的话，蒲秀彪的创作属于民间写作。管他有没有人承认，他始终是一如既往地写作，正如他的诗集的名称一样《随时随地》[1]，给我的印象是，注重生活过程的延展书写与过程倾诉。

在当下，传统诗歌逐渐走向消解，或者说正在走向消解。蒲秀彪的诗歌随处都可见到消解生活的影子。比如《那个冬天》："一群人围着火盆／火盆里的炭／不时发出／火星的光芒／关于盆边的故事／他不想说太多／盆里的骏马／熊熊奔腾／一个人默默地离开／留下灰烬的孤独。"表面上看，是一种过程的倾诉，而实际上却是在过程中倾诉一种心境，对人生孤独的排解。这就使蒲秀彪诗歌与当下流行的口语诗歌有一定的区别，在倾诉的背后常常能留给我们思考的东西。比如《雨一直在下》："雨一直下／我一直不出门／理由有二／一是没有伞／二是压根就不想动。"就是对一种生活状态的诗话倾诉，或者是一个生活过程的再现。比如《一棵树立在那儿》："一棵树立在那儿／仿佛一动也不动／风来了，它随着风，摇晃／风走了，它又立在那儿／一只鸟飞过来，落在树上／几枝树枝，轻微地摇晃……"在过程里展示一幅生态画面，让人想起自然界的生命状态，过程的瞬间凝聚于生命的倾诉中。

过程延展似乎成为蒲秀彪的主要创作路径，同时也注重生活现场感的再现。如《叫卖》："老面馒头／新鲜豆浆／这熟悉的叫卖声／由远及近，及近又远去……"生活场景的还原，让人感到蒲秀彪老是从日常生活琐事里复制一种被人漠视或者视而不见的原生态。表达出作者的关怀意识，对底层普通劳动者的同情。比如《过往》《时态》《从办公室的窗口望去》等等，都是把日常生活状态表现出来，给人一种意犹未尽的感觉。生活是写作的源泉，生活中很多物事，常常被人忽略。从这个层面上看蒲秀彪算是一个生活仔细观察者，往往从小处着眼，表达一种情绪，凸显出一种让人思考的因子，使一些本身没有意义的东西变得有意义。如《想到死》："早晚都要死／何必那么急。"短短两句话，就表明一种人生态度。冷静甚至反讽的背后蕴含着对生命的思考，看不到半点玩味诗歌的格局，这应该是他创作的可贵之处。如《生活在别处》："到了别处／又成了此处／有人的地方／其实哪儿／都一样。"他不是单纯的外在倾诉，而是从倾诉中传达给人们一些心灵的信息与自己的思考，使他的创作有了一定的文化高度。《风在吹》就是佐证："吹过来／吹过去／／眼睁睁见它／把一片绿叶／吹黄／吹落／／我的发／由黑变白。"风吹的过程与人生的过程巧妙嫁接起来，让人读后产生一种挥之不去的感慨：生命过程就是风吹过程。过程性延续了诗歌里的人文因素，使口语化句子增加了一定诗歌的品质。在《失语的归途》里就能找到这种感觉："沿着深夜，一直走，一直走／想把痛苦，绝望，死亡，孤独，无奈通通赶下海的人／最终消失在海的深处……"诗歌的最高境界不就是表达对生命的探索与思考吗？请看："今夜，白月光，是一张古代遗落的手帕／那个把月光握在手中揣在怀里回家的男人／在一条走了千万遍的小路上，失声，遗忘了语言。"我们看到的是蒲秀彪对人生的思考，对人生价值的追问。读了他的一些诗歌之后，当下"80后"的一些习惯话语，如《存在》："穿过你的眼神我看到秋天的脸／是风中的涛声将我托上那片树梢／我决定不再原地坐化／至少在黎明来临之前／我要在这嘈杂声中／死灰复燃。"

过程延展是蒲秀彪诗歌一惯写作参照，表面一些漫不经心描述过程，让人从中看到一些表述外的东西。在《时间不多》里喟叹："山多，水多，桥多／而我的时间不多。"读到这句诗的时候，自然让人想起"子在川上曰：逝者如斯夫，不舍昼夜"的千古绝唱。诗歌的终极目标是对生活的发现，往往那些浅显易懂的语言胜过故作高深的千言万语。诗歌的受体应该是普通大众，诗歌应该从殿堂走下，回归大众。最初的诗歌是来自民间成为诗歌界的不争的共识。如《听雨》："一个人／静静地呆坐在原地／听窗外，雨／淅淅沥沥／从天而降／那声音／是秋雨的、没错／秋雨的声音／就那样的。"一个貌似孤独的人听雨的情形跃然纸上，给人似曾相识的感觉。一些被人忽略的生活细节被蒲秀彪放置在诗歌里，还原成心里倾诉，叫人倍感亲切。其实生活本身就是诗意，只不过我们平常没有注意，就像罗丹说的：生活的美无处不在，就是我们缺少发现的眼睛。对待生命的过程，不同人有不同的看法，比如一棵树，木匠看到的就是家具或者建筑材料，生物学家看到就是生态，而诗人看到的就是诗意和对生命历程的追问。《试雨》也是表现一个人对待下雨过程："雨那么大／那么多的人都在往能避雨的地方跑／而你，／却偏要从屋檐下跑出来／到雨中去。"显而易见，这是诗人人生的独特体验。或者说，是诗人对生活的感悟。过程的延展描写，是为表达思想做铺垫，从过程中寻找一种属于自己的答案。如《原地》："我坐在原地／你是看到的／其实我在来回走动／不停地游走／像一个流浪者／在寻找／他找不到的祖国。"《原地》读后让人产生联想，给了读者玩味和思考的余地。现代文学创作提倡注重受体意识，文学创作应与受体互动。如果你的作品没让读者有所感受，也就是写作的失败或者说一种无效的写作。诗人的创作也应该给读者留有空间，作者不能越俎代庖。蒲秀彪已经注意到了这一点，他的诗歌给人一种欲说还休的感觉。真正优秀的诗歌，创作者应该是隐藏在作品之后的，其思想不应该出现在作品的前台。如果一味汪洋恣肆，就会使作品的审美适得其反。看似先锋的蒲秀彪的创作常常蕴含着悲悯意识，如《新闻》就是写的一个乡下空巢老人的人生遭际："人们发现她时／她倒在自己家里的火坑中／大半身体已被烧焦／整个身体和内脏已被／村里的猫和狗／啃得一塌糊涂／她，七十来岁／之前，据说已经病了好久／她有一个儿子在外打工／听到这个消息／也没有回来／是村里一个为她担水的邻居发现她／死在家中的／是村的领导组织／埋葬了她。"表面上是书写一个乡村老人的不幸过程，冷抒情的背后潜藏着无奈与思考。其意义已经超越了诗歌的本身。

　　时代的多元化为多元化的诗歌创作提供了许多可能，诗歌不能停留在传统的诗歌话语精神方面，应该允许诗歌的语体革新、创作手法多元化。应该说蒲秀彪碰上这个时代，也就为他的创作产生了可能。过程性延展的书写，成为他目前创作的一种状态，他似乎在这个状态里走得很远。随时随地都是生活，随时随地都有诗情，关键是我们如何去发掘。吕进先生说："诗歌永远是生活的儿子"，也许就是这个道理。只有从生活出发，在生活的过程里寻找到诗歌喷发的火花，你的诗歌才会与社会接轨，才会引起读者的关注。我不想去拔高蒲秀彪诗歌的价值，或者一味地赞歌，蒲秀彪的诗歌就是他对生活过程的表述或者生活的倾诉。他有他的创作理由，就像我曾多次在对一些所谓的后现代诗人作品评价时云：对他们的作品，我既不肯定，也不否定，但是我推崇他们的创新精神，创新本身就需要一种勇气。也许他们还会遭到世俗的打压或挑剔。每一种诗体与创作手法的出现，本身就要经受时间的检验。评判是非的是时间，不是某些人的指指点点，唯有时间能说明一切。值得指出的是蒲秀彪应力戒表现手法的单一性，多元表现手法可以增加诗歌创作艺术厚度。尽量避免重复自己与重复别人，少生"多胞胎"，是一个诗人创作成熟的标志。

　　也许是我们之间因年龄因素产生的审美差异。说真话，我最喜欢蒲秀彪的《我是故乡的一只候鸟》："我把生我养我的人／喊作爹娘／我把爹娘的爹娘躺下的地方／喊作故乡／／爹娘的爹娘的爹娘的故事／我只有去问那片土地／我的爹娘，用近七十个春秋／只从那片土地上问出水稻与小麦／／我故乡的鸟儿／飞过山岗飞过森林飞过田野／最终把巢筑在门前的树枝上／／我是故乡的一只变异的鸟／飞过蓝天飞过大海飞过城镇／却再也找不到停泊的故乡。"他这首诗与《随时随地》之中的其他作品大相径庭，但却充满真情实感。我不妨推测，在即将远去的过程里，也许有人记住《我是故乡的一只候鸟》，这本身是对他生命过程的真切倾诉，真挚的诗歌最容易打动读者。或许秀彪不一定赞成我的观点。

参考文献：

［1］蒲秀彪.随时随地［M］.北京：中国文联出版社，2011.5.

（《贵州日报》2012年5月25日文化评论）

56

家园守望之情怀

——评张进的散文《远去的山寨》

张进属于一个比较典型的乡土写作者，这与他长期生活的地缘有着密切的联系。写作相对每一个作者而言，都具有地域性。不少作家和诗人终身的创作主题都是自己生活的地域。张进长期生活在乌江流域的乡下与县城，这里的山水自然、人文景观、风物等构成了他写作的基本元素。他的散文集《远去的山寨》[1]，让我明显地看到他写作中的家园意识与地域的情怀和他对自己长期生活土地的精神守望和留恋。

《远去的山寨》分为"故园印痕""古郡城事""思念成殇""乌江溯流"等四部分。每一部分构成相对独立的单元，"四个单元"又是构成作者对故园文化精神的一个系统，是他对生活地域的精神考量。

"故园印痕"一辑里的散文，都是以故园的事物为写作对象，更多的是自己对故园的一种文化记忆。《祖母的小菜碟》勾起作者对童年的回忆，祖母的小菜碟构成了一个时代生活的画面，构成了其生活的元素，一个勤劳朴素的祖母形象尤为可敬："祖母坐在板凳上，靠着板壁，她的脸被碳火的红光辉映，她望着我，眼里充满了慈爱，脸上洋溢着幸福满足的笑意。"《远去的山寨》是对一个曾经生活的山寨的留恋，表现出作家的精神家园，一个不仅有生活的家园，同时也有精神的家园，当人生到达一定年龄，精神家园比生活家园更为重要，寻找家园成为作家的精神回归。更多时候，人们不可能回到曾经的时代，只有在自己的心头无限惋叹："山寨里年轻人已经没有心思去追寻祖先的习俗，他们只对追赶这个时代的现代文明怀有兴趣。"在日趋现代化的今天，物质文明追逐成为一把双刃剑：虽然物质的文明得到了一定的发展，而山寨传统习俗与农耕文化丧失。作者从中看到了这个令人思考的问题。"老习俗没人乐意传承，新时尚个个津津乐道……小伙子长高了，赶紧踏上'刹广'的车，到广东福建浙江都有，只要有活干。"从作品的字里行间，可以看出作者无奈的心境。显然，这与作者的故土情怀有着天然的联系。故园的一切已成为了张进的一种书写的文化符号，如《活在老屋的记忆里》的"老屋""灶房""歇屋""堂屋""屋外"等老屋的构成部分，相互形成了一种挥之不去的精神向度，在作家的回忆中产生了一种精神回望："这几年，寨里外出打工人多了，很多人就在外安了家，山寨里闲置的房屋越来越多。就在倏忽间，我家没有人住的老屋更老了。随着一幢幢老屋的朽腐，山寨也老了，老屋那个年代正在渐渐远去了。"显然，作者一方面是在怀念自己的老屋，另一方面却在为逝去的岁月唱着挽歌。作者的心情是复杂而不安的，当我们的传统文化消失之后，乡村文化究竟要走向何方？作品中明显地流露着对我们最后的故园在哪里的诘问。故园的人和事是张进书写的文化要件，如《母亲》《钟声消失在槐花香里》《乡场上的牛肉汤锅》等作品，就是对故园传统文化精神的一种打望，有母爱、有年轻的情爱等，无一不荡漾着一个时代的故园情结，在岁月的流逝中，成为精神里永远徘徊的思念，从中找自己记忆中不能忘怀的生活元素，进行心灵的思考，试图寻找到一种精神归宿与维度。故园是一个生活的起点，同时也一个生活精神的终点。其实，在张进的故园系列散文中，总是充溢着这样的文化情愫。

"古郡城事"是写作者长期生活的古郡思南的人文景物的散文作品，作品中饱经沧桑的古城在作家的作品中像一条流动的意识流，常常缠绕在作者的内心世界，在作者心中永远地流淌。如《安化，一条老街的暮色》，作者力图从老街中找到一种逝去的文化痕迹或碎片，展现时代在一个古老街道的印迹。从历史到建筑，从社会发展到现实人们复杂的心态，多角度多视角地进行文化层面的仰望，渗透着作者的忧虑："比起我们的后辈，我们仍是比较幸运的。我们虽然没有看见府志记载'樯帆如林'的航运繁忙和一色青瓦的古扑山城，但是我们还能够在这个和历史做彻底决裂的当口，和老街作最后一次诀别。"无疑，作者的笔调是凄清的，有一种无奈的感觉。作为历史与文化，常常淹没在时间滚滚的长河之中。《白鹭白鹭，在河之洲》写思南乌江中的白鹭洲的形成原因和历史中文化的变迁，把思南的文化名人田秋等人巧妙地融入到作品之中，因而使作品具有厚重的历史文化感。我一直认为，写风物和景物背后，应该是以文化作为衬托的，没有文化的景物就是死的风景。白鹭洲由于思林电站的修建，就淹没在乌江河中，与其说这是一个景点的淹没，不如说是一个地域文化的消失。"思南人只能站在岸边，痛惜地看着江水渐渐上涨，渐渐淹没这块古洲，并告别那只率先飞临沙洲，给山城带来千百年文脉的白鹭。"《桌上的乌江》以乌江卵石为写作对象，同时也写作者为了寻找乌江卵石的经历和对乌江卵石的一种敬畏。从某层面而言，乌江卵石就是代表乌江的历史，也代表了作者对乌江的文化认同。"我坐在桌边，一粒粒地摩挲着它们，它们是湿漉漉的，那矫揉的憨态，鲜嫩欲滴，充沛生命，如初我从江水将它捞出一样。仿佛我还听见那江水的呼啸。"物质的东西就这样赋予了生命的价值和意义。《花灯点亮的远方城市》写思南花灯传统，其目的就是探寻花灯的文化价值。作为一种民间艺术，人们追求的却是一种娱乐之外的价值。花灯中蕴含了一个地域一个民族的历史文化心理，也表现一个民族对生活美好的追求，玩花灯的背后却是一种文化的传承。如《花灯王，泥土芳香的守望》就是这样的作品。《青崖斗艳万圣山》描写思南城郊万圣山的文化奇景，表面写作者登山，实际就是一种文化的探寻过程。同时也是对一个地域和民族的思考过程。作者还巧妙地将白号军起义的据点荆竹园与思南双扇门传说相结合，这些以思南景观与民间文化为题材的作品，不是单纯为写景点而写景点，更不是为写传说而写传说，而是从这些思南文化风物中挖掘出厚重的文化内涵。如写村寨桃子丫和深巷理发店的作品，目的就是从一个村落和一个小店写出历史变化，从而对社会进程进行回望。

"思念成殇"是一组怀念乡亲与亲人的作品。在人生历程中，人难免出现人生的悲伤。生老病死不可阻挡，斯人也去，而留给人们却是深深的怀念。《四爷去了》就是写一个普通人从校长到普通教师的心变状态，很多人就是这样默默无闻地生活，而又默默无闻地死去，最后葬身于自己生活的土地。《华初叔》也是写一个矮小驼背的普通人，其相貌不扬，却为寨里人做了不少的好事，才三十几岁就离开了人世，从中表达了作家的悲悯情怀。《二弟》是写亲情的作品，二弟是一个有工作、有文化的人，因为爱情而无端自杀，可谓英年早逝。作品的背后有一种无限的淡淡忧伤，同时这组作品里还有革命烈士的《黄连桥上红军魂》的作品，是一篇祭奠先烈的文字，青山处处埋忠魂，透露出一段鲜为人知的烈士故事。《稿纸上的煤油味》是对一个热爱文化老人的怀念，字字真情。《往事历历调义明》写对思南文化人许义明的怀念与追思，渗透着传统文化因子。《大山深处的思念》就是对傩戏老人张治策的追忆，融入了作者对人生的思考。还有对早逝同学的追忆的《琴声悠远自天涯》，无一不饱蘸着作者的真情与对生命意识的追问，透露出作者真诚与善意的一颗充满着人道主义的心。

"乌江溯流"是探寻乌江地理文化的作品。乌江是贵州的母亲河，长期滋养该流域人们的文化与传统。一个地域的文明往往与所处的河流密切相关。一条河流可以成就一个地域，同时一条河流也可以成就一个作家。长期以来，乌江流域作家群的存在就是典型文化的例证。作为乌江之子，张进显然也不例外。如《石缸洞，走进乌江之源》，表面是在走进乌江之源，而实际上，是一个乌江之子对母亲河流的文化探寻，作者从中得到一次生命的洗礼，涉及到自然、人文、生态等层面的问题。《后山，英灵长眠乌江边》，写革命与乌江的故事。《文家店，一户人家成长的古镇》，写出乌江历史文化变迁，也写古镇在当下多舛的命运，是社会发展的必然，同时也是对乌江文化的消解。作者总是以一种无限留恋的笔触勾勒出自己的心情：无奈而无助。其中包含了对某些地方开发的文化反思，因而超出了对一般河流文化的表面书写。在历史的潮流之中，乌江无疑也是一种悲剧，作为河流的子民，只有站在岸边惋惜与呼喊，如《新滩，一个沉寂的古镇》等的作品。《江口，盐镇千年再新生》写的重庆武隆江口的传奇故事，由以前的盐镇而成为了旅游大镇的历史流程，同时也有对古代巴人走乌江的历史追忆。《小田溪：江涛夜夜醉巴魂》，最后还写了乌江入长江口的涪陵历史变迁，昔日的白鹤梁已经成为过去的历史，成为人们的一种久远记忆，对一个地域来说，是一种无奈的选择。在历史的大潮之中，乌江的传统文化消失难以避免，作家只有站在乌江岸边惋叹与呼唤。

张进散文中的"故园"不单纯是他生命的故乡山寨，应该还包括了他生活的乌江流域，是一个比较大的文化范畴。他的散文集《远去的山寨》蕴含他长期追求的一种文化影子与欲望。正如刘照进所说:"这背影,不仅是张进二十余年痴心不改追求文学的背影,更是'远去的山寨'的文化隐喻的背影。"他已经深入到自己所在地域的内部,进行心灵的文化耕耘,把自己的情怀放置在自己足下的土地,守望着自己心中的一片净土。这是在物质化时代一种文化的坚守,是一个高贵品质的文化坚守。

参考文献:

[1] 张进. 远去的山寨 [M]. 北京:中国戏剧出版社,2013.7.

(《今日文坛》2014 年夏)

家族文化的解读与探寻

——浅析周政文《黔东茶园山文化解读》的文化意义

以一个普通家族历史文化的解读作为研究对象的研究者凤毛麟角，周政文就是这样的研究者中的佼佼者。他的《黔东茶园山文化解读》[1]就是案例，小题材写成大文章。从一滴海水观看大海，以一家族的兴衰看中国传统文化的历史变迁，从历史的碎片里寻找文化精神的内核，追问一个家族文化历史的岁月沉浮，探寻家族文化发展的历史轨迹。在中国传统文化语境下，"达则兼济天下，穷者独善其身"成为传统文化人追求的一种人生境界。周政文的《黔东茶园山文化解读》，正是以徐氏家族从江西迁徙到贵州铜仁的茶园山的历史背景作为切入的对象，以一个家族近500年的历史作为文化背景的参照，从中发掘文化在这片土地上的曲折延伸，以一个家族的文脉相传，遥望历史长河的变故。无疑，这不仅是一项非常有意义的文化探寻和思考，而且是值得借鉴的文化研究范式。

《黔东茶园山文化解读》分为"茶园山文化与生命的精神""徐氏家族与茶园山文化""茶园山文化渊源及特征""茶园山文化的审美内涵""茶园山文化的精神品格""徐氏家族文化的诗画特质""行走在茶园山文化中的女人""茶园山文化的失落与思考""茶园山诗风与赏析"及"附录"等篇章，洋洋洒洒 60 余万字，以详实的资料、严谨态度考证一个家族历史文化的变迁，同时表达出作者自己独到的见解和文化观点。

文化在中国以一个家族历史延续的社会族群并不少见。文化作为社会发展的核心元素，支撑着一个国家或者一个地域的历史进程和变革。据史学家考证，黔东茶园山徐氏家族是秦朝徐福的后裔，这个家族在中国历史上是一个崇尚文化的家族。不表徐福东渡日本对中国文化传播史上的世界意义，就说徐福后代在铜仁历史上的文化传播，就足以证明文化在这个家族的历史定位。铜仁徐氏始祖徐宰六 1522 年从江西草坪出发迁徙到贵州铜仁，标志着铜仁徐氏家族的开始，也可以说是茶园山文化的起点。近 500 年时间，传至 17 代，茶园山文化在铜仁延续近 5 个世纪。徐宰六来铜仁后，筹措资金增修学官。与其说是增修学官，不如说是对当时还基本上处于蛮荒之地的铜仁的一种文化的浸染，或者说是汉文化的广泛传播：带来的汉文化对本土文化产生了一种强大的冲击力，促进一个地方的文明开化。作者正是从这一路径出发，探寻茶园山文化在铜仁地方文化中的历史定位，进行客观而且合理的评价。

在铜仁徐氏的近 20 代人中，文人（诗人）辈出。"茶园山文化广泛地吸取和融汇了中国传统文化的精粹和中原、江南等外来文化的特长，兼家族文化、地域文化、远古文化的特色。尤为难得的是，茶园山文化的品格、丰硕的成果与丰富的文化内涵及较高的文化品位，在人类的家族文化和地方文化中独树风标。"作者列举徐氏家族学人和作品佐证。耕读文化成为徐氏家族延续香火的文化现象。前 14 代人几乎人人能善诗文。有进士 2 人、举人10 人、太学生 13 人、有府学廪生、庠生 148 人，占当时茶园山的90% 以上。清末民初有大学生、留学生近 20 人。这些数据足以证明这个家族文化的兴盛与血脉源远流长，产生了徐以暹、徐镇、徐如澍等文化名人，不能不说这个家族在铜仁文化兴旺，成为历史语境下的地域文化的一个典范。尽管已经掩埋在历史的尘埃之中，成为一个地域上的往日记忆。

"作为一个家族，以耕读传承着三代文明的意义，使家族实现生命的诗化。"诗是中国传统文化的象征。"诗言志"是中国传统文化的精髓。徐氏家族诗人辈出，从一个家族文化方式上延续了中国传统文化生存方式。"诗意的栖居，享受自然的亲和是茶园山家族生命理想的追求。"铜仁的徐氏始祖迁徙铜仁的目的就是寻找世外桃源，寻找自己家族生命的理想场所。这与中国家族传统在文化本质上是一脉相承的，从他们历代的诗文里可以找到一个家族久远的答案。《黔东茶园山文化解读》中作者以非常虔诚的心态对茶园山文化进行理性的梳理："徐以暹因此成为茶园山文化所延续的关键之人。"作者的观点是非常明确的，彻底克服了当下学人人云亦云的写作模式，而是大胆地提出自己的命题，进行考证，这正是作者的成功之处。"茶园山徐氏家族的个人人格和以血脉亲情为纽带的家族社会组织形式最能体现出宇宙秩序及其生命精神，是茶园山徐氏家族对生命的最高度的把握和最深度的体验。并贯穿到家族的社会生活中，于是就形成了家族的规范和诗化文化。"

文化研究的本质在于求真，学术研究的意义也在于求真。作者对茶园山诗化文化进行文本的考证："诗是切入生命精神的语言。诗人的创造过程就是生命的体验过程，也是生命境界的培植过程。"以徐以暹的诗歌为例："兰生空谷里，清气透疏林，品以幽能古，香因静得深。"再以徐奭的《茶园山》为例："仰观青霭合，俯瞰白云流，雾重晴疑雨，山寒夏亦秋。"茶园山诗人的生命精神已经完全留在了茶园山诗人们的诗文之中。"仁者乐山，智者乐水"，传统的文化精神在茶园山文化里体现得淋漓尽致："山的文化本质就是崇德、务实、自强、宽仁。和中华民族传统的道德体系是一脉相承的。""他们的道德体系承接了传统的文化内涵。茶园山徐氏家族中的每一个人都达到了对人生境界的极力追求。""他们的人生理想与道德坚守代表的家族中所崇尚的崇高人格典范。""他们的理想是茶园山徐氏家族的全体安定、和平和幸福，是齐家、治国、平天下，是最终实现家族与社会的和谐。"从作者对茶园山徐氏家族文化的解读中，阐释家族的文化在一个地域延续状态传承的轨迹，演示出传统文化精神在一个家族的兴衰历史，从一个被人遗忘的家族文化发展的过程中寻找一种文化精神，显然就是这部文化研究专著的文化价值。

《黔东茶园山文化解读》值得读者关注"行走在茶园山文化中的女人"一章。茶园山徐氏家族的女性受到其家族文化耳濡目染，产生了一些女诗人、女画家等。从一般研究者的角度，很可能是被忽略的文化场域。但是，作者并没有忘记对各方面的考察。许韵兰、舒方芷、甘德廷、申辑瑛等，她们都出版了自己的诗集，在当时文化比较落后的黔东无疑是文化奇迹。"虽然这些女诗人是嫁来的文化，但如果没有徐氏家族几百年的文化积淀，徐氏家族就不可能孕育如此多的出类拔萃的诗人才子，也不可能吸引怎么多长于诗书的女子。所以其功仍然属于茶园山文化之故。"不妨可以这样说，嫁到徐氏家族的女子受到其夫家文化的浸润，成为她们诗歌创作的精神动因，她们的诗歌创作也是茶园山家族的文化组成部分，同样具有不容忽视的研究价值。

对于茶园山文化的失落与思考，应该是作者重点考察的文化现象。历史的不幸是导致一个家族文化失落的根本原因。茶园山文化所处的时代，正是中国封建社会走向衰落的时代，这是历史发展的客观规律，是任何都无法挡住的历史车轮。桃源是人人都向往的地方，茶园山就是徐氏家族心目中理想的生存桃源。"虽然徐氏家族拥有一个山水秀美、人文荟萃的精神栖息之所，但这个家族，在其发展绵延的过程中却经历太多的不幸和历史的灾难，承载太多的记忆。"清初戊子之变，使这个家族遭遇灭顶之灾。整个家族只剩一脉，经过一百多年的蓬勃发展，到了清朝中后期，白莲教起义和黔东的苗民起义，使这个外来的家族屡屡遭到创伤，徐氏家族经历他们不曾想到的历史命运：诗文被毁、诗画流失，家族建筑被损，成为断瓦残垣，甚至成了一种文化的废墟。使茶园山文化丧失了其文化影响力，成为一个地域远去的文化代码："目前只剩下为数不多的诗文，只能在一些斑驳的石碑上依稀可见，给后人留下了无限的感叹。"

作者竭尽所能地对茶园山诗文进一步挖掘，并进行了一些文化意义的解读，表现出作者创新的勇气和广阔的学术视野。《茶园山诗风与赏析》及《附录》给研究茶园山文化的研究提供了一定家族诗文的文本与有意义的文化尝试。"文化是一种构架，泛指包括各种外显和内隐行为模式在内的人类的一切物质的存在成果，它的核心是来自历史传统。"[2]一般意义上的文化，只限于可以用符号传导的人类创造结晶。家族文化是相对应于历史文化和外来文化而言，它是以物质文化、精神文化和制度文化等广袤的内容涵盖了一个家族能动的创造，具有某种时代特征。家族文化，应该是一个家族在长期的历史进程中的文化积淀，包括非常丰富的内容，是一个家族特有文化现象，同时也包含受外来文化的影响而转化成为自己家族长期沉淀的文化状态。茶园山徐氏家族文化也许具有这样的共性，同时具有自己家族文化的个性。

参考文献：

［1］周政文．黔东茶园山文化解读［M］．北京：学苑出版社，2010.6.

［2］关纪新．多种文化资源对新时期土家族文学的滋养［M］．北京：民族出版社，2006.

（2012年读书征文书香羊城——广州市第三届人文社会科学普及读书有奖征文三等奖，《铜仁日报》2013.6.22第3版：读书栏目及《贵州政协报》"读书"栏目）

普通群体的生存关照

——读郑一帆小说集《咬紧牙关》

郑一帆是一位现实主义作家，早在 20 世纪的八十年代初，开始在《山花》《花溪》等文学刊物发表大量小说作品。其短篇小说《侦察兵小妹》曾被《小说选刊》[1] 转载，成为黔东地区小说创作的领军人物之一。三十年来，他笔耕不辍，创作大量的小说发表在各级报刊上。20 世纪九十年代，曾出版中短篇小说集《绝地之歌》，近期出版中短篇小说集《咬紧牙关》[2]，成为他近年小说创作的一大收获。

《咬紧牙关》由十三篇（部）中、短篇小说组成，整部集子作品朴实无华，延续了郑一帆长期关注社会、关照生活、关注人的创作取向，而且都是关照最底层人的生活、生存的况景，营造普通人的悲欢离合。从社会的现实出发，在现实生活里找到生活的文化节点，为底层不同人生鼓与呼。

《侦察兵小妹》是以抗美援朝为历史背景小说，塑造一个渴望杀敌报国的新兵小妹形象，她聪明机智，有胆有识。然而，命运没有让她杀掉一个侵略者，却为保护一个侵略者英勇献出了宝贵生命。尽管这个敌人可以使我方了解敌方情况，少牺牲不知多少战友，一个鲜活生命消失的结局，着实让人感叹和崇敬。郑一帆克服了新中国成立以来传统的英雄主义书写模式，以简约朴质的笔调，勾勒人性，成为英雄小说的扛鼎之作，读后让人难忘。小妹这个活生生的人物就在读者眼前挥之不去，这篇小说的高明之处就是朴素里闪耀着人性的光辉。长期以来，我国英雄作品创作基本上是"高、大、全"的形象，成为英雄小说的固定模式，"三部曲"式创作长期禁锢了英雄人物的塑造。新时期李存葆的小说《高山下的花环》的"小北京"颠覆传统的英雄题材写作模式。而郑一帆《侦察兵小妹》的"小妹"也有异曲同工之妙。从这个层面上讲，读者完全可以看出郑一帆的创新意识和精神，把英雄放置在人性本身的环境下，从普通人性中发掘英雄的写作元素，以小着眼，大处出发。让人感到非常真实而没半点斧凿之痕。而《偶人》则书写了一个普通艺人的人生际遇与悲剧，从中不难发现社会进程里的强烈足音。在某种社会的大背景下，人很难左右自己的命运，人的命运又常常在历史的不经意间出现某种生命的轮回。人生就像在冥冥中注定一样。在社会生活里曾经不少卑微的人被人漠视，甚至被人嘲弄，而郑一帆就是从非常低微人和事中发掘出人生的价值，写出具有社会意义人物形象。让读者在这些人物的身上看到文化迹象，让人意识到作家的使命意识在随着社会进程而律动。《死梦》写一个乡村悲剧，在悲剧的背后作家似乎要让我们思考什么。根据佛洛依德《梦的解析》，梦是生命某种预示或者暗示。《死梦》里玉竹这个不幸的女性人物赋予了乡村的无奈或者某种传统道德的死亡，甚至梦魇的延续？冷静表现的悲欢让人滋生了无限的悲哀，读后令人沉浸人的悲凉之中。我以为，作者表面对梦的书写是传统文化的无情打量：普通人底层人生存无尽的悲剧夹杂其间。梦仅仅是一种生命的参照，或者书写氛围营造。乡村普通人悲欢离合成为郑一帆笔下挥之不去的风景，让人仔细地盯着又不忍心离去。

　　《老宋其人》写某单位普通职员生存状态，大有契科夫小说的幽默味道。老宋是一个任劳任怨的底层工作人员，同时还具有人的传统美德。但却又被人接二连三的误解，生活让一个没病的人最后只有生病住进医院，就是住进医院之后单位的很多工作还等着他干。现实里很多实实在在干事的人相反还被人认为不正常已经成为我们社会的通病，这正是我们生活的可悲之处，这也我们社会的不良症结所在。生活的偶然与现实的巧妙结合，让老宋成为单位的另类。《老宋其人》反映当下一些单位的群体众生相，读后让人忍俊不禁。其实，在日常生活里，像老宋这样的比比皆是，常常被遗忘。而郑一帆就是从这些司空见惯的生活现象中发现一个普通人精神价值所在，表达了一个作家的职业良心和道德精神。《活穴》写一个特殊年代的人生悲剧，对生活绝望的政治犯薛梅吟宣判后，暂押在看守所里。一个判重刑前已经隔离斗争了几年的母亲，不知女儿在什么地方和干什么，是否还活着。估计如此的重刑，不可能再见到女儿，便下了决死之心。但看守所的人一定要她活下去，经过调查了解，知道她的女儿当了知青，于是，看守所的人会告诉她，她服刑去省城时，要路过女儿的住地，那里正好上山，车速慢，有机会看到女儿，为了这么个也许仅有百分之一或者千分之一的可能，她终于进食了。郑一帆从不幸年代的苦难里展示出朴素的人性，让母性的光辉照耀着每一个读者。郑一帆不是单纯为写故事而故事，而是挖掘人性，表现人性。从他的表达中不断延续着他人道主义的创作倾向。不难看出关怀意识与关照意识成为他小说创作的艺术追求境界。《晒谷》也是写的人性：晒谷场上的故事，那个特殊年代人性的张扬。特殊年代人性遭到扼杀，人的正当生理需求被政治环境所压抑。小说丝毫没有回避两性的需求，一对男女只有在晒谷场释放。这让人在悲哀的同时，产生一丝会心的微笑。高尔基认为：文学就人学，就是反映人的生存状态，就是反映人的悲欢离合，或者人的喜怒哀乐。

我认为，文学的使命应该真实地反映人性，表达人性应该是创作中最崇高的目标之一。郑一帆的小说很大成分不是叙事，而是通过一些生活里的情节表达人性。可见，从普通人身上书写人性是郑一帆写作的终极目标。也是他与一般作家的不同之处，同时也是他小说写作的成功之处。

中篇小说《咬紧牙关》写一对底层青年男女小毛和青青的生存状态。在当下，像小毛和青青这样的男女具有一定的代表性。没有什么生存技能的他们，面对社会，像无助的两片叶儿，在社会生活的大潮里漫无目的地漂着。这个家庭的父亲、母亲、祖母甚至姐姐、姐夫、兄嫂等一群人物形象，表达出了社会进程中的各色人等，读后给人留下深刻的印象。底层人生活的无奈和无助让人同情而陷入思考。底层人生活不容易，造成这种不易的背后一定有更加深刻的原因。作者并没空发议论，而是用生活的事实给社会提出严峻拷问。底层人们为了日子继续，只有"咬紧牙关"。《咬紧牙关》揭示的社会问题，反映的底层普通人的生存况境，表达了作家的悲悯情怀和人道主义立场。当下一个非常浮躁的时代，同时也是一个充满着物欲的时代，作者通过底层的生活状态，表现社会各色人生。郑一帆就是在这些生活碎片里寻找闪烁人性的亮点，用比较朴素的表现手法书写出来，整合一些社会比较容易被人们忽视的生活内容，用现实主义手法表达出他的文学创作倾向，没带任何主观色彩，而是一种生活镜头画面的重叠和立体扫描，显得有些朴实无华。正如尼采所说："朴实无华的风景是为大画家而存在的，而奇特罕见的风景是小画家而存在的。"[3] 我以为，这正是郑一帆作品的高明之处，至少这是他作品客观存在而被人们忽略的一种文学事实。

近些年，不少作家偃旗息鼓，放弃了自己的社会使命和创作原则，开始写一些迎合大众读者的"快餐文学"。而郑一帆一贯还坚守着自己的创作立场，这不能不说是难能可贵的，这是一个作家的价值取向和写作追求。《送粮》写的一个知青送粮的故事，这个过程里也是表达的人的生命的意蕴：从送粮体会到人生的艰辛。作者没像其他知青文学那样过分地张扬苦难，而是另辟蹊径，让一个知识青年在心灵的深处真切体会到农村生活的不易。打破了传统知青小说的苦难模式。不是表达苦难，而是立足提炼一种人的精神，让人性得到升华。一次普通的送粮过程让一个知识青年思想产生了质变。郑一帆小说没有震撼人心的故事，也没有大起大落的人生悲剧。而是在涓涓细流中拨起浪花，一朵浪花的背后就会告诉人生活中的某种精神符号或文化因素，给人以深思。文学作品根据其存在的价值分为消费型、阅读型和思考型三种基本类型。从这个理论层面进行考察，郑一帆的小说应该属于思考型作品：在普通的人事书写背后总给人留一些思考的内容。《小镇警官》就是书写一个乡镇英雄警官龙进的英雄事迹，没有什么惊天动地的感人故事，而是从普通人甚至俗不可耐的生活里挖掘出一个英雄形象。他没有刻意塑造英雄，拔高所谓英雄的完美形象，而是书写英雄的人性，与日常生活的本质还原。这样才更能让人感到十分的真实，合乎生活的原则。从平凡里表现英雄人生，这样人生才显得更有价值。

小说《老朽》塑造了一个叫木师成的文化人物形象，表面是在书写一个文化人的文化性格，实质上是在探究着一种文化精神。在传统文化遭到挑战的今天，不少的优秀传统开始没落，甚至消解。而真正坚守传统文化的人们却遭到了社会冷遇。木师成的最后选择就表明传统文化的可贵和人性的高扬。一个可敬可佩人物形象跃然纸上。让人产生会心的微笑。他与儿子两种不同的人生观念就是传统与现代两种文化强烈的冲突。木师成所谓的放弃其实就是人性意识的回归。在中国传统的官本位面前，人性的价值得到进一步的升华，维护了文化的本源。《偷车开的女孩》写的是一个特殊年代，一个知青女子，为学开车，几次偷车的不可思议之细节，表达了物质贫乏年代的人生理想追求。尽管被人误解，被人嘲笑，后来在供销社遭火灾时义不容辞地冒险开车，使人生得到升华，使人的本性得到归位。

《毛毛和妈妈》书写普通人性，关照最底层人的生活。毛毛的妈妈在他还没有出生之前就不幸遭到抛弃，和叔叔的际遇又出现了意想不到的生命悲剧。最后被迫流落到医院孤苦伶仃地死去。毛毛在火葬场忍饥挨饿地等着自己的妈妈，最后得到了一个好心人收留。一个普通的劳动母子形象让人产生了怜悯之情。郑一帆就是从这些普通的人生中寻找到闪光的东西，放在阳光下拷问。理性地提出一些道德层面的东西给人以思考，把普通人的不幸表达得淋漓尽致。朴实的语言背后掩藏着更加深刻的社会意义。作家不是表现人的本身，而是从人的生存状态的背后进行心灵的追问。《女人无地》是一篇具有关怀意识的社会问题小说，一个叫幺妹的女孩因为家庭贫困的原因辍学到城市打工，物欲化的城市让她产生了莫名其妙的困惑，甚至她的思想已经明显地出现了松动。小说里塑造了几个普通女性形象：老板桂姐、卖淫女小李、小刘、同乡若柳、玉萍、姜妹等。女性各有不同，但都有自己的苦涩人生，潜藏着各自的不幸与内心的隐秘世界。读他这部小说的时候，我就想到了某著名女作家某部作品序言的"我不幸，因为我是女人"这句话。性别的差异成为女性生存中长期抗争传统文化的元素。在中国日趋城市化的今天，中国二元文化的矛盾依然存在。乡村的贫穷，让一部分本身善良的女孩走上了一条不归路。试想，如果她们出身另一家庭，她们会是什么样的结局？在乡下，传统的男尊女卑思想仍然在浸蚀着一些人的大脑，女孩自己起码的责任被自己的亲情剥夺。在她们丧失了土地之后，唯一的出路就是涌入城市。在城市里，她们为了自己简单的生存，不惜牺牲自己的身体，甚至出卖自己的器官，这是自身的原因还是社会的原因，不言而喻，作者书写幺妹的打工生活状态，表达这一群体生活的无奈与艰辛，彰显作家的关怀意识，作家的责任在于提出社会问题，而解决问题则政治家的事情。作家敢于这样的表现，实质上就是具有自己强烈的社会责任感。

《咬紧牙关》是郑一帆近年的心血之作，朴素之中表达了他的社会责任意识和社会良知，表达了他对普通人的关注和同情。同时在普通社会群体里探寻具有深刻社会价值的文化内涵，延续着他长期的现实主义创作的表现手法，关注着普通人生存的悲欢离合，成为贵州当下文学创作中的一道独特风景。

参考文献：

［1］郑一帆.侦察兵小妹.［J］小说选刊，1996.6.

［2］郑一帆.咬紧牙关［M］.内蒙古出版集团内蒙古人民出版社 2010.12.

［3］尼采.瞧，这个人［M］.北京：九州出版社，2003.7：431.

（《贵州日报》文化评论 2011 年 5 月 13 日、《贵州作家》2013 年第 2 辑）

朴素的感恩

——徐必常诗歌简论

　　徐必常从 20 世纪八十年代末开始文学创作，曾在《诗刊》《民族文学》《星星》等报刊发表大量的诗歌作品，出版诗集《朴素的吟唱》[1]《毕兹卡长歌》[2]等，组诗《献给查干湖》《在佛门品哑生活的味道》分别获诗刊社吉林查干湖杯"我们美丽的湖"全国诗歌大赛一等奖与第四届"普陀山杯"全国征文一等奖；诗集《朴素的吟唱》获首届贵州少数民族文学"金贵奖"，成为贵州具有特色的少数民族诗人之一。

　　徐必常的诗歌始终充满真挚情感，诗歌语言透着真诚与朴素，正如指界给他的诗集《朴素的吟唱》的序《朴素的力量》里谈到：我相信优秀力量是不外露的，或者就在平常与朴素之中。如《看一头牛拉犁》《水土流失的原因弄清了》《关在屋内的狗不叫了》《所见》《屋后的窄巷》等作品。总是有一种朴素的力量与精神充斥着诗歌的内在张力，如《看一头牛拉犁》："牛被身后的人 / 抽服帖了 / 人被身后的日子 / 抽服帖了 / 人身后的日子 / 肯定有谁在抽它。"让人看到了一头牛的背后的思考。《悬崖上的一棵树》："一颗被扭曲的树 / 那颗强忍的树 // 是一棵 / 放错地方的种子！"朴素的诗句具有一种朴素的哲理。"多少个梦，都和月圆有关 / 有关它的冷，都浸骨的凉 / 我们把一个又一个月饼当月圆 / 和亲人们，一咬，再一咬……/ 所有的圆月就在心中了。"故乡的思念之情通过"梦""月饼""月亮"等乡村意象的结合，把一个离乡游子久违的乡情款款流出，滋生了一缕挥之不去的情思。思南籍土家族诗人徐必常，对乡土情怀则是另一种理解，他不直接表现乌江地域乡土，但是他的血液里还流淌着故土的文化基因，他在组诗中写到，并且，他把这种文化基因化为对自己民族的生存现实的关注和担忧[3]："此时我看到一只高飞的鸟，它就突然不飞了 / 它把整个身子压在了那棵树上 / 那棵树开始是弯了弯腰 / 最后还是做了一条汉子，把腰杆死死的挺住。"徐必常仿佛在不经意中拉近了他与读者心灵的距离，让人看到平常物事中的一种力量，乌江流域常见的桐子树叶赋予诗人的人生感慨："在接连几年的硕果之后 / 根就变干变脆 / 虫子就会趁机啃它的肉 / 咬坏它的骨骼 / 次年它发出芽了 / 它死了 / 它死了之后 / 尸首长着菌 / 菌长大之后 / 风一吹 / 它就散了架 // 这就是桐油树 / 就是人用它的果实榨油的桐油树。"表面是写桐油树，实际是暗示着生命的沧桑，普通的桐油树给读者无尽的人生感悟。

《朴素的吟唱》总是书写普通人、普通事，常常把人们司空见惯的物事进行诗歌的打量，从而关注人、生命的生存。优秀的诗歌是生命意识的关怀。如《墙角的狗》《废弃的矿区》《低头生活》《听一个矿工的唠叨》《出一矿工到老板的人》《一个矿老板栽了》等，他总是从一些生活形态之中，找到诗歌的闪光点，把生活与生命的场景放置于诗人的思考里，如《一个矿老板投资栽了》："一个矿老板投资栽了他通过朋友 / 找到我让我用专业的眼光 / 给他看看 / 他骂那帮死农民见牛就吹 / 明明是一棵稻草硬说是金子 / 在现场我说了什么像口水说完就完了 / 执着的农民硬说以前那个地方挖了一车 / 矿老板在苦笑而农民笑得很甜 / 有一车矿石农民知足了 / 即使是一车稻草，农民也知足了 / 而矿老板的心是可

以装下地球的 / 他说眼光和眼光不一样 / 这我信要不 / 同样是看金子 / 一种是贪婪一种是满足。"诗歌里将农民与矿老板的行为进行强烈的对比,两者截然不同的形象让人产生会心的微笑。诗人就是从一些生活的片段里挖掘到具有诗意的形态,进行客观的描摹之后,再进行自己的人生价值判断,从而闪耀出一种人性的光芒。正如艾略特所说"诗歌不是表达感情,而是逃避感情"。诗歌的使命是抒情,不需要诗人直陈情感,而是通过生活中某种具象去抒发自己的情感。

在徐必常的诗歌之中,随处可以聆听到生命的诉说,他把生命之中的命题融入诗的追问之下,把诗歌当成生命中的某种宗教。如《一生》《幸福》《在乡村我看到一位失学女孩》《所有的矿工都是我的兄弟》《一只替罪的羊》《给妻》《斗牛》等,总是以关怀的目光打量着底层人的生存状态,关照着人类最需要的美好灵魂。凸显人类共同的悲悯意识,关照世界的生存与发展,在一定程度超越诗歌的"国界",如《废墟上的阿富汗难民》就是典型的佐证:"被轰炸的余烟带走了眼泪谁最恐怖 / 你们站在那里一言不发 / 瓦砾弹片同胞的尸骨 / 这是废墟废墟上站着 / 仍旧活着的是你们 // 媒体倒向何方我看不懂 / 布什那张脸我看厌了 / 国防部官员在那里解释说 / 什么武器是吃人不吐骨头 // 阿富汗难民我的邻居 / 我的衣食无着的兄弟 / 今天的房屋被轰炸了北风又冷 / 天上的乌鸦叫得特别悲哀 / 谁制造了这场不还手的战争 / 谁能让你们进入梦乡梦见蝴蝶与花朵 / 谁会滴下两行眼泪谁给予一个祝福 / 谁能让天空干净下来让绿色盖满废墟 // 而废墟还在增加废墟上的弹药 / 还长着眼睛 / 我的邻居我的衣食无着的兄弟呀 / 把腰杆站直 / 你会挡住寒流。"人类的关怀之情在诗歌饱蘸着,徐必常的世界意识与生命情怀。同时他的诗歌创作题材的广泛,诗歌的创作不再拘泥于狭隘的单一民族观,是值得诗歌评论界肯定的创作倾向。

地缘写作占据徐必常诗歌的创作主要成分，作为一个土家族诗人，地域的写作是他创作的基石。《献给贵州的80首情歌》是他进行地域写作的尝试，把贵州的80个地名进行诗化的打量，从中表达了对贵州的热爱之情，从地名的诗歌注解里抒发自己的真情，在平凡的地名寻找到心灵的诗歌的释放。在地域诗歌的写作之中，他摒弃了平常诗歌中无病呻吟的讴歌形态，而从生活的本源中寻找到诗歌的爆发点，无论是书写贵州地缘的情歌，还是参加当下一些地方举办的地域文化的诗歌比赛中，写出了具有地域文化意义的诗歌，体现出诗人朴素而见功力的诗歌，多次在全国的诗歌竞赛中夺冠，如《献给查干湖》之《查干淖尔渔夫》："即使生活如履薄冰／那也是我们的好日子／就像我们怀里揣着的二锅头／你不妨喝上一口／那可是满肚子的热／／即使你把薄冰挖一个窟窿／那也是我们的好日子／就像我们心头的歌儿／只要顺着绳索一扯／就像这湖里涌出冰层的鱼，美都要美死你／／不把日子过出味道来／就不要做查干淖尔渔夫了／要想把查干淖尔渔夫做下去／那你得挥汗如雨，做一条真正的蒙古族汉子。"《献给查干湖（组诗）》共五首，每首诗都写人（亦写湖），人的生存环境，人的思想、胸怀，人的生活态度以及劳动全都依附着美丽的查干湖。湖由此就鲜活起来，就妩媚灵动起来，当然就美了起来。世间最美的事物是生灵，必常赋予了查干湖生生不息的生命。有生命的查干湖就成了查干淖尔渔夫的衣食父母：没有查干湖就没有查干淖尔渔夫的生活、爱情、事业[4]。诚然，徐必常就是站在人类的生存高地上去打量自己地域中的物事，通过"渔夫"的生存状态表达查干淖尔的无限热爱。诗人之所以是诗人，他就必须站在生活的高度俯视生活，从生活中得到人生的真谛。

《毕兹卡长歌》是徐必常的诗歌写作具有转折意义的作品，可以说是一部具有史诗意义的长诗。土家族（自称毕之卡）是一个具有悠久历史的民族，为了给自己的民族书写一部史诗型作品，他曾经五易其稿，写出"梯玛神歌""竹枝词""撒尔嗬""龙船调""薅草锣鼓""西兰卡普"等六章，通过土家族文化史中的神话与民族风俗展现这个民族的发展历程，表达了诗人对自己民族的热爱之情。诗人以土家族的创世之歌"梯玛神歌"开始，试图从土家族的神话里找到本民族的文化根脉："当我们寻找脚印/却不见脚印的影子/当我们追寻历史/历史的影子又风驰电掣……努力扎根脚下的泥土甚至石缝/努力结出自己的果实/努力让自己的每一条根须/长出自己的新芽。"从"引子""打开""远古沧桑""开拓"其实就是讲述土家族神话中的历史，表现土家族人不屈不挠的精神。一个民族远古的历史在神话中无限的演绎，成为诗人讴歌的对象。第二章"竹枝词"表现土家族文明的开端，"竹枝词"是古代巴人的唱词，传说中古代巴人就是土家族人的祖先，诗人书写竹枝词，其实就是对优美民族文明的开始的诗化："生活赐予那么多砺石/我们用它来打磨诗歌/那里面潜藏着生命的核/它一生二、二生四、四生万物……不要抱怨更不要/把生活的石头绕开/很多的大美，就那么朴实/朴实得你要掉下泪来/就如我们的父母，他们那枯藤一样的手/织出来的/是我们幸福的一生……从生唱到老/从情唱到爱/从病唱到死/再从死唱到生。"土家族传统的文明成为一个民族生生不息的精神支柱。"竹枝词"成为土家族文化的根脉。"撒尔嗬"是土家族人的跳丧舞蹈，表现了土家族人的生死观，把丧事当成喜事办，其实就是土家人视死如归的精神风貌，是一个民族精神的支柱，从"撒尔嗬"中可以探究土家族人的生存语境："人生一世，草木一秋/过了这个秋天/又该是我们发芽的季节/就这样循环往复啊/我们用歌唱迎接生死/用舞蹈彰显生命的轮回/然后用所有的果实说话。""龙船调"是土家族古老的一首情歌，从一月种瓜到腊月种瓜，表现出土家族人的朴实无华的爱情观。诗人以"龙船调"为主题，实际就是歌唱土家族人真挚的爱情："从正月开始／我给每一粒种子安个家／我种下的是爱／我憧憬我爱人／和我朝朝暮暮在一起……就像种子回到大地的怀抱／我们朝朝暮暮在爱的怀抱里／我们有芽要发，有花要开／如果你也爱我们，就等着分享我们的甜。"诗人将质朴的爱情表现得淋漓尽致，爱情就像种子种在大地一样的自然，也就是土家族朴素的爱情观。"薅草锣鼓"是土家族人劳动过程中的民间艺术活动，表现土家族人乐观向上的人生态度，把劳动与艺术结合形成一种庞大的劳动场景。也是土家族创造物质财富的艺术化过程："我们对劳动着的自己说／种在地理的每一颗汗水／在朝暮之间就会发芽……其实，我们的劳动／只是大海里一朵浪花／浪花的歌唱／就是锣鼓的歌唱。""西兰卡普"就是土家族的织锦，俗语叫"打花铺盖"，其实就是对幸福生活的向往，作者借"西兰卡普"表现土家族在得到民族认定之后，开始一个民族崭新的生活，表现一个民族对美好生活的执着追求："1957，是土家人脱胎换骨的年份／树上的喜鹊，昼夜不停滴唱着歌／它们知道有天大的好事／它们一直欢庆着，像欢庆一次新生……"作者选择一些具有土家族文化的代表性的元素，进行土家族史诗的书写，无疑是一次有意义的尝试，表达自己民族的认同。

徐必常是一个热爱生活、热爱民族、懂得感恩的人，他的诗歌就像他长期生活的土地一样的朴实。曾获"贵州省首届网络文学大赛诗歌组一等奖的组诗《无法报答的恩情》，相当的朴质感人，一个赤子之情游荡字里行间。《拜祭父亲》尤为感人："又是一年清明节，父亲／我知道您在地下并没有安睡／二十六年了／我总有那么多事／让您牵肠挂肚／让您一次又一次走进梦中／您不指点江山，您指点我脚下的路／该怎么走／父亲，事到如今，我一直认为您活着／不只是在心里，而是活在现实中／惟一不同的是，您不食人间烟火／我一次又一次举杯邀您，您摇摇头／非常干脆地走开，不带一丝杂念／父亲，今天是清明节／我到您安睡的地方来看您／我没有带鲜花，您生前说那是生命／也没有带美酒，您已经不再食人间烟火了／我只带来几大团鞭炮和妻儿的心／您已经上了年纪，耳朵肯定有点背了／我用鞭炮的响声来敲您的门／父亲，您想躺着您就躺着／您也不必睁开眼睛看我／儿我，现在什么话都说不出了／我就在您坟前磕三个响头／潜住我已经热泪盈眶的泪水／父亲，在您面前，我要做一个／有泪不轻弹的男儿／好让您在另一个世界／少一份牵挂／多一份真正的安息。"把一个祭拜父亲的心理表白得淋漓尽致，朴实之中蕴含着真情，延续着他长期创作的真的情愫。其中的《在母亲的坟前》《那些年》《恨铁》《1月27日，踏着冰凌去奔丧》的格调基本相同，总有一种难以忘怀的人间真情款款流出，《在母亲的坟前》让读者十分感动："现在阴阳相隔，母亲／我忙于生计，几年才来看您一回／作为儿子，我连您坟前的小草和蟋蟀都不如／更不用说泡桐树上的喜鹊了／我问心有愧呀，母亲／小草都能给您花香，蟋蟀都能给您歌唱／而更多的时候，是您在打听儿子的风声。"可见徐必常的诗歌创作总是充满着感情，在叙事的年代，不能不说是一种诗歌写作的另类风景。

参考文献：

［1］徐必常.朴素的吟唱［M］.北京：中国文联出版社，2008.1.

［2］徐必常.毕兹卡长歌［M］.北京民族出版社，2012.6.

［3］喻子涵.乌江流域当代土家族作家群创作特征解析［N］.铜仁日报，2011.10.18.

［4］赵历法.说说诗弟徐必常：诗歌捕快如何剑走偏锋［J］.贵州作家，2010.第16辑.

（《贵州民族报》2013年3月16日、《贵州日报》文化评论2013年4月12日）

黔东的四个"后现代"

——"印江四诗人"近作简评

一、绪论

自明清以降，黔东印江一直以"书法之乡"享誉海内（如严寅亮等书法家）。然而，进入新世纪以来，印江的文化名片发生了根本性嬗变——诗歌创作异军突起。相继有末未、朵孩、任敬伟、非飞马等青年诗人进入诗坛，被贵州诗歌界称为"印江四诗人"，使印江的诗歌成为黔东文学的一个亮点，把黔东的诗歌创作推到了一个相对高峰时期，产生了黔东诗歌看印江之说。"印江四诗人"创作有一个共同的特点：具有典型的后现代创作美学倾向。但是四个诗人又各自有着自己不同的特点与亮色。

源于西方（美国）的后现代诗歌创作作为一种多元的诗歌创作，宽容各种不同的标准，主张持续开发各种差异并为维护差异性而创作。文学和艺术应该是建立在对现有秩序的解构基础之上的。后现代文学不依托任何死去的或活着的理论。在体裁上，对传统的小说、诗歌和戏剧等形式乃至"叙述"本身进行解构。因此，后现代主义文学是一种"破坏性"的文学，即某种意义上的"反文学"，崇尚所谓"零度写作"，具有向大众文学和"亚文学"靠拢的倾向，体现在美学上则是传统美学趣味和深度的消失。诗意构成随意、反讽、空洞、冷漠、审丑、无序、自然等；诗歌语言表现出片段、即兴、口语、拼贴、多元、错乱、独白等趋向。"印江四诗人"或多或少地受到来自西方后现代诗学理论的影响，其创作基本上抛弃中国传统诗学注重"抒情"的表现手法。写作转向"写作"自身，仅仅把话语、语言结构当作自己为所欲为的领地，写作成为一种纯粹的表演、操作。后现代主义的诗人们往往抛弃艾略特所倡导的"非个人化"和"人格面具"以及新批评派的反讽意识，毫无保留地揭示人的内心世界，对当代社会持怀疑态度的同时又热切关注社会重大问题。一方面有强烈的正义感，另一方面又情绪低落，不时流露出无可奈何的脆弱情感。"印江四诗人"的创作呈现出这些创作趋势，在后现代的创作表现上进行了一系列的语体革新和诗体改造，取得了一定的创作成绩。

二、末未：语体探索与禅宗融合

末未本名王晓旭，苗族，是"印江四诗人"中最早的创作者，先后出版有《后现代的香蕉》[1]《似悟非悟》[2]等诗集。作品在《人民文学》《诗刊》《星星诗刊》《民族文学》《山花》《诗歌月刊》等近百家报刊发表。一个著名的评论家说过：如果一个人在 35 岁以后还写诗的话，这个人才是真正的诗人。出生于 20 世纪六十年代后期的末未就是这样一位真正的诗人。2005 年 7 月，当笔者读到末未的诗集《后现代的香蕉》的时候，不免还有些担心，他是不是进入创作的死胡同或者同一的创作模式了？后来，笔者读到他另外一部诗集《似悟非悟》时，才感到原来的担心是多余的。短短的三年时间，他的诗歌表现手法越来越娴熟，语言越来越自然。他的作品和名字出现在全国各大诗歌报刊就是最好的证明。读到末未近年的诗歌才让笔者有更新的感受，他的诗歌无论语体还是技巧都发生一些巨大变化，把从西方移植到中国的后现代主义的美学与中国禅宗结合在一起，在诗歌创作的美学领域创新，这就是他诗歌创作近年最大的特色。如组诗《恍若隔世》里的《捕风捉影》[3]："这个春天花事轻浮，香气散漫／我提着一颗心当灯笼／与一条小路志同道合／捕捉你风中的影子。"空灵的诗歌描绘里带着禅宗的气息。让人读后产生扑面而来的美感。"蒲公英是你，感冒时打的喷嚏／小蜜蜂是你，深居简出的甜蜜／而绿叶上的露珠啊，是你春风吹又生的心事／我真是老眼昏花嘞，把春天美好的事物／都当成了你／／后来我才发觉／我在今世打破锣锣的把你找啊找／你的身影却惚若隔世。"把生命羽化为蒲公英这个诗歌意象，有一种佛教里的四大皆空的感觉；把传统诗歌的抒情元素彻底消解，不仅没有淡化诗歌的意境，相反，还让人在思考里不断地探寻自己生命的意义。这就是末末诗歌里最大的变数，也是他的诗歌最成功的地方。比如《一笑而过》《你一笑我就翻船》《白云飘》等作品就是这样的格调。颠覆传统诗歌的常用的表达方式，纯粹从语体表达出一种生命的意蕴。

末末是一个诗歌语体的探索者，同时也是一个地域物事的关注者，近年来他的创作题材越来越地域化，诗歌的语言越来越纯粹化。比如写他写老家题材的组诗《老家物语》，这组诗由《墓中人》《老柱头》《老屋》《瓦上霜》《炊烟》《灰麻雀》等组成。尽管他是采用后现代的语体表现手法，但是并没有弱化他作为一个诗人的关怀意识。如《墓中人》[4]："我尊敬六景溪的老人／当时光截住，最后一口气／他们就主动退出生活／把阳光地带，让给子孙／然后，走向寨子后面的阴山／抱着一堆土，假装睡去。"我们可以从中看到诗人对于生命的敬重与关怀。从中对生命意义的探讨，就是他的诗歌带给我们的家乡信息。比如在《老屋》[5]里把老屋比喻为自己的母亲，更是非常感人的诗句："它舍不得这片土地啊／这时，炊烟升起／时光，终于透出一丝生气／／而升起炊烟的人，比老屋更老／她的背影，多么像我／草木一生的母亲。"老屋是诗歌的喻体,而母亲才是诗人真正书写的对象。可见末未诗歌创作的题材与喻体都在悄然发生变化。或许我们不能单纯地认为抒情是诗歌的表达方式,诗歌也许还有其他的写法。不妨可以这样说,语体与表达方式的变化是末未诗歌创作的又一大特色。

近年来,末未又开始了黔山贵水题材的诗歌创作,上百首以贵州物事为书写对象的大型系列组诗《黔中游》就是他的最大收获。从中也可以看他写作领域的宽广化。

三、朵孩:口语化追求与流变

与末未一样,朵孩也是一位具有探索精神的诗人。朵孩,"80后",土家族,本名杨正治。先后在《诗刊》《山花》《诗歌报月刊》《诗选刊》等数十家报刊发表大量诗歌作品,口语化是他诗歌最大的特色。如《杨正敏死了》[6]:"是患病毒性脑炎/死的/她在贵医/住了半个多月/贵医救不了她/又转到遵医/住了半个多月/遵医也救不了她/她就死了/杨正敏死了/贴在教学楼大厅里/为她捐款的那张/倡议书/却还没有撕。"表面上是写底层人杨正敏死亡过程,冷静叙述的背后,却是让人产生一种人道主义的思考的元素。如果按照传统的诗学解读,还不能成为诗歌,但是,我们所处的是一个多元化的时代,诗歌的写作是一种流动的语体,为口语化的诗歌创作提供了可能。阅读诗歌的时候,不能单纯从字面意义上去解读诗歌的意义,而是从某些状态里寻找到生命价值及其以外的东西。冷抒情的背后是要告诉我们其他的审美取向。读他这首诗歌的时候,我就自然而然地想起渝地的土家族青年诗人亚军的一首诗歌《青松的老子死了》,也是冷静的表达之后就没有揭示什么深刻的诗歌内涵。我想,诗人就是从人们日常司空见惯的语境里探索一种生命的存在方式。朵孩与亚军的表达方式有一种殊途同归的感觉。是对传统诗歌语体的撕碎，或者是对传统的诗歌美学的肢解。让人从感官上产生一种效果。朵孩的近作《忧郁》[7]已经彻底改变以前的表达方式，而且在语言方面进行了新的探索。"忧郁像一副镣铐／铐着他的脸／少说也有五十年了／在这五十年里／他的脸／从没开过笑／他就一直这么忧郁着／呆在他的画室里／画着他的画／在他的每一幅画中／都有一位微笑的／孕妇。"这首诗歌是写一个画家的生存方式，其实就是在解读一个画家的艺术探索的过程，让人想到艺术家戴着镣铐跳舞的艺术情形，或者是一种文化追求的精神状态，然后在这个生存状态里找到一种久违的人生答案。

另一首《吹着口哨过街的那个男人》[8]："一跳一跳地／他从公路的左边／朝公路的右边／走去／当时的确没有车辆来往／他便吹起了口哨／但当时的确有一辆小轿车／正从远方飞驰而来／当小轿车即将撞到他的时候／他依然还吹着口哨／只见他身子轻轻一跃／便飞了起来／站在了小轿车的车顶上／然后又跳下来／继续横穿马路／直到他的背影消失／我才在公路上看见／一具血肉模糊的尸体。"诗人以旁观者的身份对一个吹着口哨过街的男人遭遇车祸做出客观描写，以口语化形式表达了一种现场感，从中让人感到乐极生悲的传统文化延伸，后现代语境中却渗透着传统文化的哲理。还有《沙滩事件》[9]不是书写事件的本身意义，而是在于时间顺序里的过程的描绘，诗人的笔像一只摄像机全程跟踪事件的本身，使得诗歌现代主义的意味更加的浓郁："一个倾国倾城的美少女／穿着三点一式／在沙滩上奔跑／跑着跑着／她的白乳罩就掉了下来／几乎所有的／在沙滩上游玩的人都看见了／她的白乳罩／掉在了沙滩上／可是她表现得异常平静／头也不回／继续朝沙滩的最远方／奔跑／仿佛她的白乳罩／根本就不曾掉过。"

可见，朵孩的诗歌在很大程度上描摹场景的再现，冷静的表达的背后却是淡淡的情调。如《我喜爱的那些星星们，为什么每一颗都离我那么的遥远。黑夜依然是黑夜》[10]。一看标题长长的，但是诗歌却给人另外一种感觉："小朋友，你买好了酒／等我在江边／那时我正在孤独／星星，离我又那样地遥远／我跑到江边。而你／已经不在，只有酒／放在我所期待的位置／我一边喝着你买的酒／一边听着江水潺潺／而你，正悄悄地／坐在我所看不见的地方／默默地看着我／把酒一口一口地喝下／替我双眼泪流。"一种浸润着后现代的诗风一直在吹着朵孩，口语化在他的诗歌里不断地流变。同时，也是他诗歌创作的一大特色。

四、任敬伟：后现代与传统的整合

在印江，任敬伟也是一位具有探索意义的"80后"土家族诗人。先后在《诗刊》《民族文学》《山花》《贵州作家》等数十家报刊发表大量诗歌，同样具有后现代主义的表现倾向。他曾经戏称是末末的学生。但是，他的诗风与末末有非常明显的区别。任敬伟的诗歌表达上多少存在着传统诗歌的抒情意味，这就是与末末的最大区别。其诗歌的语体介于传统与现代之间，诗歌的题材更大层面上是对于生存方式的书写。如《风，一个人》[11]："风啊，一个人在墙角蹲了半天／风啊一把撒向伤口的食盐／／风啊，拖着毛绒的尾巴／在你眼前一闪／风啊，一弯镰刀贴在天边／比我的血水还咸／／风啊，我走在大鱼泉的前面／那倒下来的瀑布／像一把燃烧的挂面／风啊，围着几行金黄的稻子／一个人的汗水／离山村近／离城市远。"从诗里"风"中我们看到了风的状态描摹。"那倒下来的瀑布／像一把燃烧的挂面"让人产生了多少命运的联想，这就是一种没有意义中的意义。另外一首《苦羊》[12]让人读到生命与生存意义状态："一只母羊啊，就这么在这座山下的乱石上／走来走去／它一停下／一肚子难产的苦水／淋湿了牧羊人的眼睛。"

这是他对于生命的关照与思考，可能就是他这首诗歌的书写意义。就整个的自然界而言，不少的生命被人漠视，甚至被人曲解，诗人就是在这种麻木不仁的状态里寻找自己的诗歌因子，从中发掘生命价值和美学思考。从任敬伟的近作里不难发现属于诗歌传统意义的悲悯情怀，或者生命与生存的某种暗示："穿羊皮袄的牧羊人／一块枯白的草坪／总骗不饱羊群干瘪的奶子。"是不是可以这样理解，诗歌是对羊的宿命的一种考量。

任敬伟的《半夜》《杠子岭，麦苗青青》《慢慢》《南庄》《花的芬芳》《深度》等诗歌写得非常有意思。诗句平常而内敛，如《半夜》[13]："患喉炎的老鸦，鸹的一声／沿风的方向逃去／／当我再次望天上的星时／忽然亮了许多倍／那些露在外面的草／越抱越紧。"表面上是写一种状态，实际上，作者的诗外之意就是告诉读者点什么，是不是生存之上的理念。诗歌是一种表达，优秀的诗歌是生存关怀和生命关怀的表达。另外，他的诗歌比较注重现场感的描摹与在场的表达：如《杠子岭，麦苗青青》[14]："兰花香，麦苗青青／几棵歪脖子柏树／水一般的烟尘／／麦苗青青，三幢吊脚楼／三粒黑门牙，倒吸山村的凉气／／麦苗青青／总想用目光干净／斧劈巨石上的光影／和如如不动的沙尘／／麦苗青青／绕寨三匝的鸟鸣／把弯镰／扬出沙沙的雨声／／麦苗青青／谁在石板路上／将一个人的笑声挽得越来越紧。"诗歌在场感是后现代主义诗歌通常的表现形式，目的在于打破传统诗歌抒情性。"麦苗青青"给人一种强大的视觉冲击力，读后产生一些遐想。可见，任敬伟的表达方式是后现代的，而诗歌的精神是传统的。

五、非飞马：地域的后现代书写

非飞马也是近年来印江涌现出来的一个青年诗人。非飞马，"80后"，姓马名结华，土家族。先后在《诗刊》《星星诗刊》

《山花》《贵州作家》等数十家报刊发表大量诗歌。他的诗歌同样具有后现代感觉，立足于地域写作和地域文化精神的发掘。从地域精神里寻找一种后现代的表达方式，把地域的元素融入后现代的表达方式之中。

非飞马的近作《梵净山行吟》就是最好佐证。说他的诗歌具有后现代的趋向，是因为他的诗歌也不注重语言表象的抒情性，而注重理性表达的过程。比如《进黑巷子》[15]："钻进黑巷子 / 也就多了几分阴郁 / 许多次在夜里遭遇的事情 / 在脑海中放电影 / 比如有人躲在暗处放冷箭 / 有人就立即被当头打了一棒 / 这里是梵净山 / 黑巷子，一条石板路赤身裸体 / 躲进亿万年前的森林 / 像一条隐秘的长蛇 / 到底有多少人 / 像我们此时一样谈笑风生 / 踩着它那欲擒故纵的尾巴 / 得意洋洋 / 爬上金顶。"可以看出，这首诗歌就是登梵净山进入"黑巷子"的过程书写，描绘里蕴含着一种生命的感悟。这就是这首诗歌的成功之处，跳出单一的描绘的表达方式，而是在过程里告诉我们对生命历程的探寻。《穿越梵净》[16]也是这样的诗歌："何必想去看穿这一切 / 比如今天的梵净山 / 比如这浓雾 / 罩住的天地 / 脚下有路你只管走 / 一刻不停地走下去 / 至于偶然遇见的红杜鹃 / 这花中的仙子 / 如果你视而不见 / 你就会成佛 / 如果你停留下来 / 徘徊不前 / 你就立刻 / 回到了人间。"诗人穿越在梵净山里，感悟到很多的人间真谛，给人生命的启示，这或许就是诗人的写作目的。

诗歌的表达方式是一种外在的元素构成，在更大程度上还是诗歌的精神表达，那才是诗歌内在的动力。非飞马的《爬上金顶》《君临天下》《与佛对视》《在承恩寺》《金顶天桥》《天高地厚》等一系列书写梵净山的诗歌无一不是以后现代的表现手法，写出人生的感慨，悟出了生命的本质，融传统于现实的思考之中。如《与佛对视》[17]："我的表情是庄重的 / 我的表情绝对是庄重

的 / 在金顶的寺庙里 / 在释迦牟尼和弥勒佛祖的真身前 / 我看得很认真 / 他们都高高在上 / 他们都被涂得金碧辉煌 / 他们都被香火熏得黝黑 / 他们身上都沾满了铜的气味 / 他们都是无辜的。"崇高的佛已经打上世俗的烙印，这正是我们社会悲哀的地方，也是值得思考的地方。非飞马发现并加以思考，这正是诗人应该与众不同的地方。作为一个诗人，能够把外来的表现方式更好地反映出本土的文化精神，就是一种文化层面的创新。诗歌的创作就需要一种创新的精神，创新是一个诗人创作永恒的生命力。

六、结语

"印江四诗人"的创作实践表明，无论采用什么语体与表达方式都可以写出优秀的诗歌，关键是诗歌语言的把握和诗歌题材的选择。诗歌的本质就是诗到语言为止，诗歌的使命就是书写关怀。他们的诗歌探索无疑是对黔东诗歌创作繁荣的启示，也对黔地的诗歌创作起到了一定的引领作用。同时，不难看出他们的诗歌创作中个别诗歌表达方式还略显单一，语言表现出一些随意性。但是，末未已经改变了其前期的创作表达方式，另外几个诗人也在悄悄地发生变化，这更是值得我们关注的地方。探索需要一种精神，更需要不断地努力。笔者比较推崇他们不断探索的创作精神。

参考文献：

[1] 末未.后现代的香蕉 [M].重庆：重庆出版社，2004.

[2] 末未.似雾非雾 [M].北京：作家出版社，2008.

[3] 末未.捕风捉影 [J].山花，2010（12）：115.

[4] 末未.墓中人 [J].贵州作家，2010（4）：145.

[5] 末未.老屋 [J].杉乡文学，2010（11）：31.

［6］宗仁发.中国最佳诗歌选［M］.沈阳：辽宁人民出版社，2007：22.

［7］朵孩.忧郁［J］.贵州作家，2007（1）：187.

［8］朵孩.吹着口哨过街的那个男人［J］.贵州作家，2007（1）：187.

［9］朵孩.沙滩事件［J］.贵州作家，2007（1）：187.

［10］朵孩.下一站就是春天［J］.贵州作家，2008（2）：146.

［11］任敬伟.风，一个人［J］.诗刊下，2007（2）：78.

［12］任敬伟.苦羊［J］.民族文学，2007（2）：88.

［13］任敬伟.半夜［J］.贵州作家，2007（3）：190.

［14］任敬伟.杠子岭，麦苗青青［J］.诗潮，2007（11-12）：67.

［15］非飞马.进黑巷子［J］.贵州作家，2010（2）：181.

［16］非飞马.穿越梵净［J］.贵州作家，2010（2）：182.

［17］非飞马.与佛对视［J］.贵州作家，2010（2）：182.

（《铜仁学院学报》2011年第3期，被贵州新闻出版局2011年8月简报表彰）

社会关怀意识的书写

——陈丹玲的散文创作浅论

当下是一个泛散文时代。一些打着散文旗号的文字充斥着大报小刊。仔细地读来，一种流水账似的文字，让人多少有一些失望。散文是一种纯粹的叙事文体，还是要表达作者的一种人文精神，理所当然是我们应该厘清的一个文学问题。读者抑或作者常常忽略这个客观存在。最近读到陈丹玲的部分散文，我就想起文学评论家吕进先生的观点，衡量一部作品的根本，在其有没有对社会关怀。

陈丹玲属于典型的"80后"作者，但她的散文在本质上和一些所谓的"80后"作家有着明显不同。她的每一篇文章力图表达一种思想，或者说对生命和生活的人文关怀。与当下"80后"作家一味的表现自我形成天然反差。刘照进认为陈丹玲的散文成功之处是"个体言说和体验"，而我比较看重的是她作品的社会关怀。生命作为社会的个体或社会的主体，无疑是作家表现的一个严肃文学主题。

《怀孕女人》就是一篇生命关怀的文字。其中的"儿奔生，娘奔死——那些经验被敬畏的嘴唇传说。常常有无遮无掩的恐惧和痛楚穿越听觉潜入意识深处"读后让人心头触动。"儿奔生，娘奔死"就是女性生存过程中的一种真实写照，其中包涵了母爱精神的壮举，而这一生命繁衍的细节往往被人忽视，陈丹玲从中发现了她创作的母体，表现出人性的光芒。"女人从晃眼的晨光里滴滴答答地上岸，手里提着一只红色的塑料桶。鲜艳的红一下就衬托出那几件衣物湿漉漉的暗灰。桶的超大容积显出了衣物数量的单薄，让洗涤有了虚张声势的意味。"这几句文字就让人看到一个孕妇生活劳作场景。一个普通怀孕女人的图景就勾画在读者的眼前，表达出作者的一种思想，渗透出生命意识。

"半夜，一声紧接一声的惨烈叫喊穿过夜晚的空远和寂静。我心里缩紧的担忧猛然闯出睡梦。邻近人家的女人们都打开房门，七手八脚拥进了我隔壁的院落。撕裂般的惨烈叫喊把恐惧和痛楚高度浓缩成为绊住我双腿的阴影，我有些禁不住地颤抖……夜在杂沓的脚步声中破碎。"

"某一天的某一个时段，一种无法参透的痛楚力度和恐惧深度将成就生命一代又一代的延续，而身体所有的呈现只意味着接受和爱。"

从上面的两段文字中，作者的生命关怀和人道主义的意蕴得以彰显。

《被夜色过滤》（三题——之中《坚壳》写的是一个环卫工的劳作状态，一个老环卫工的形象刻画逼真，表面写老环卫工劳动场面，实际是对普通的劳动者的生存关怀，作者勾勒的一组真实的画面：

"他拉下从来都不会空着的果皮箱。纤瘦精干的钳子在他的驯养下，有着细心而执着的个性。钳子深入垃圾箱的腹部，他像手术台前的医生一样，把酸奶瓶、矿泉水瓶、铁丝、纸壳之类的东西一一清理并夹出。"

"只一会儿功夫，他就清理了果皮箱，一连串的动作含有一种不可动摇的坚决。轻松了的果皮箱在固定的轮轴上顽皮摇荡。

路面上撒了一些零星垃圾,他弓身用扫帚一点点地清扫。"

"此刻,在路灯灯光的氤氲中,投射到道路两旁的树影有些浓厚。他继续清扫,不抬眼,也不出声。低垂而专注的眼神躲过了任何一束目光,斗篷下面的面容被橘红工作服映衬着,与昏黄的路灯有些界限。"

从这几组画面里,一个普通劳动者在晚上清扫大街的生活图景,实际上是作者对一个底层劳动者的生活关注。关注这一群体的生活,其实就是尊重他们的劳动。

《牵挂》写的是一个卖水果的女性,生活中普通得不能再普通的一个女性,也许这也是我们的创作中常被忽略的一个群体,作者将笔深入这一群体,写出这一群体高贵的人性,闪烁着人性光辉。

"低矮的木凳让她坐着的身子隐于水果摊后面,只露出脸。那张脸仿佛秋后脱水的叶子,干瘪得失去了生动和鲜活。路灯灯光到达她身上时有些心不在焉,她正摇摇晃晃地打瞌睡——落在嘴角的疲惫开始缓缓释放,睡意像油彩一样厚重,涂抹在眼皮上浓得化不开。"

"斜挎在腰间的皮包渐渐鼓胀,日子在水果摊上就开始变得丰腴和饱满。当时间便捷的脚步精确地刻录出行进的轨道,一天的精力在过程的循序渐进中挥霍得所剩无几,梦就睡在了夜色与意识合拼起来的温床上。"

通过以上两段文字,卖水果的女性形象跃然纸上,读后让人倍感亲切。

"小妹又加班了?"话音里的熟悉和亲近成分让我产生好感——原来她一直在关注我。

"是啊。"我的回答简短直白,吐字却圆润和善。

"给孩子带回家吃吗?"

"嗯。"

"你这个当妈的就好啊。我女儿五岁了，因为要做生意常常被我关在家里。有时回去，她已经趴在桌子上睡着了。"

卖水果的女人和顾芗的几句对话，包含多少母亲的无奈和情愫。在我们日常生活中，有多少像卖水果的女性在为自己的生存而忙碌的普通劳动着，让她们不能完全履行她们应该拥有的平等的母爱权利。作者对这一群体的描写，实质上是作者作为一个母亲兼作家的本能。"我能不疾不徐跟上她漫不经心的语速打开想象的空间——一个女孩圆睁眼睛坐在门槛上用手托住下巴，安静地等待一串钥匙插进锁孔时发出的声响，细碎而甜美。我提着这两斤葡萄，穿过层层夜色，一路想着三岁女儿的可爱模样——其实，我们与女儿之间只隔着一道门板的距离。"

《占据》也是一篇具有社会关怀意识的散文。写的是"专修楼顶漏水"的湖南人的生存状态。作者以细致的表现手法，比较真实地写出这一群体的生存景况。

"男人开车，女人坐在车斗里守着熬沥青的锅，阳光在漆黑的锅壁和女人的皮肤上深陷。'专修楼顶漏水'从劣质喇叭里传出来的声音像没经过细筛过滤的河沙，依然粗砺艰涩。"

"五六个女人分别到车斗里取出炊具：一个小煤气瓶、煤气灶、炒锅、刀板、一只装有水的塑料水壶。她们在自家车旁寻一块空地，像在家里厨房里一样熟悉，借着路灯开始乒乒乓乓切菜做饭。切好的几片肥肉"哧溜"一声就下了锅，腾起一阵喷香的热气。对胃的安慰从一缕菜香中开始。"

"有隐隐的水汽从河那边漫上来，女人们全都回到各自车辆的驾驶室里，靠着车壁睡了。男人们还在玩着永不厌烦的游戏——赌一把。我的目光无意识地擦过车窗玻璃——一个八九个月大的孩子光着屁股依偎在女人臂弯里，口里衔着乳头，但已经睡熟。

女人斜靠在座椅上，在她香甜的睡脸上找不到一丝梦的痕迹。随着水汽渐渐变得浓厚，夜开始呈现细腻、含蓄、隐秘和深邃。"

上面这些生活场景的描写，体现出作者对生活的观察能力和语言驾驭能力，也表现出作者对生活在底层的人们的同情和敬仰。她不是简单的叙述和客观的描绘，而是在描绘中更多地注入了作者的生命情绪，对普通劳动者的一种理性认同。

"只是暂时地选择一条道路靠边停留，天亮就又出发。这个念头在每个人心中，从离开家乡的那天起就被他们擦得越来越亮。"流露出作者对生活本质的认识，是作者写这篇文字的思想。

陈丹玲的《行走大云》（三题）表面上看是一组旅游性质的散文，但仔细地读来，有着写作的独特之处，她的每一篇文字，就是表达一种思想或对生活的发现。《藏于田野》就属于这一趋向："一头黄牛被主人牵着从田野走来。稳重而缓慢的步调，让我清晰看见它嘴巴上罩着的竹笼，每根竹篾里还流淌着翠绿的汁液。牛和它的主人一步一步与水稻刻意地错过。黄牛低垂着眼睛，对身旁的人和事既不注目，也不侧目，停留在它的世界里用记忆反刍——是怎样的一种诱惑，让它把一垄水稻捞进嘴巴里？享受香甜味道的口福在一阵鞭打和一只竹笼里烟消云散。它的眼里含满泪水，一半忏悔，一半哀伤。一只蜻蜓落脚在黄牛的脊背上，它丝毫未觉。"黄牛成为了乡村生活的某种象征，成为一种乡村原生符号，成为她写作的一种话语表现，凸显她生命的意识和文化认同。

《走进庭院》写的是一家普通农家的生活图画："院门外的那个男人是从广州特意赶回来的，为了年幼的孩子和年老的父母，为了扎进心中的那根刺。庭院外的空地有他刚兴办的鸡场。"物是人非，农村发生一系列变化在作者笔下，不仅是一种生活体验，而是作者对农村生活的关注，升华出一种思想，从笔端传达这一社会进程的信息。

《感知道路》是一篇抒情意味浓郁的散文。"葡萄是怀了感恩的心情，在架子上勤快的攀爬和开花结果。"这两句具有哲理而又带着诗情画意的文字，赋予了作者一种生命追问。"在无法拒绝道路的延伸中，速度擦伤的痕迹被痕迹覆盖，被时间收藏。村庄还是村庄，道路无限延伸。"

乡村往往是一个作家成长的家园与精神归宿。陈丹玲的散文有不少写乡村的篇什。《在农活背后的村庄》（三题）比较出色。其中《桃林尽头的木屋》就是写村里三婆小木屋生活况景，透出作者的思想底色。"地脚一圈都是用一平方米左右的石块竖撑着，石面未经打磨，粗糙而单调。上面是深褐暗淡的木板墙。细密模糊的木纹，让人几乎忘记它最初作为树的模样，从森林砍伐出来时不断散发的略微苦涩和潮湿芬芳。在腐坏的木缝处，偶尔会长出一棵小草，亦或一朵蘑菇，证明它亦生亦死的存在。石块撑起的是一张沧桑的脸，渗透出来的是岁月永远的腐败和新鲜。"

"多年后，回想三婆的话，多么简单有力，多么伟大，多么意味深长。一个'爬'字为我指示了生命最初的艰辛，尽管生产的过程黑云密布，危机四伏，却是我们了解世界抵达真理的唯一直接而真实的形式。"

这两段文字，很让人感受到一个个乡村往事延伸出生活的许多无奈。还有她的《生命的出口》《背阴的坡地》《一棵草的依偎》《与一块土地的对视》《晾晒在阳光中的心事》等一系列带着乡村气息的散文，基本上都克服了单纯的乡村风景描写，从从一些被人们忘却的乡村意境中，寻找她的思想因素，然后进行打量，如《与一块土地的对视》凸显她的社会关怀："父亲开始挖井存储红苕。白天黑夜地蹲在井底，我们吊土时顺便吊下去吃的。父亲有事了从底下喊一句话，瓮声瓮气的回声从井口冒出来，却变了调。我们把头探进去回应一声，听见声音落到井底。此时骨子里天生的那份对亲情的顾惜和依恋开始滋生我对井的恐惧，我怕父亲不再上来。那种恐惧沿袭至今，无法回避，也从没想过去回避。"

　　陈丹玲的散文有其独特之处，文笔细腻，语言简练，长短句相互点缀，给人以文本结构美的享受。社会意识和关怀的书写，成为她散文创作的一道亮丽风景。同时，也不难看到，她作品个别文字显得生涩，个别细节值得推敲。在此，我向读者推荐陈丹玲散文，希望有更多读者认同她文字。

（《贵州日报》文化评论 2011 年 2 月 15 日）

生命意蕴与地域思考

——喻子涵散文诗浅论

　　喻子涵曾出版散文诗集《孤独的太阳》[1]《回归与超越》《石头的声音》《喻子涵的散文诗》等多部，诗集《蓝色天空》，散文随笔集《雨天作文》等。作品多次被选入《中国诗歌年鉴》《新中国 50 年诗选》等若干选本。其代表作《孤独的太阳》1997年获第五届全国少数民族文学创作骏马奖。

　　喻子涵的散文诗创作始于 20 世纪八十年代，先后曾在《散文诗世界》《山花》《民族文学》《散文诗》《花溪》等报刊杂志发表不少的散文诗。耿林莽在《喻子涵的散文诗》序"铜是穿透一切声音"里评价道：子涵的第一本散文诗集是《孤独的太阳》，我始终觉得，这一意象也正是他和他的散文诗的确切隐喻。从云贵高原乌江岸边成长起来的土家族青年诗人，正是以一种孤傲、坚韧和孕于其中的对于人类命运的深切关怀与沉思，为我们提供了充满激情、力度和现代气质的新型散文诗。徐成淼认为，他总是用他那刚性的叙述，啄破人们习以为常的原型语义，而裂变为对生命与整个宇宙之间神秘联系的哲人式的阐释。这样，他的作品就有了属于他自己的构筑文本的力学原理，就有了独特的对客体的切入方式。散文诗组章《孤独的太阳》是喻子涵的发轫之作，包括了《门》《太阳》《网》《燃烧的日影》《火》《即将离你而去》《蓝色的村庄》《太阳下的祭典》等篇章。

"午夜,当突然醒来,我语境踩响了漆黑的旋律。"

"多少年不在发光的星辰在脑子流闪,一座座石墙,一道道门坎,荆棘与血块铺成的金色大道,我向你走来时泪光莹莹。"

"坚定地坐下来,就在积满尘垢的十字路口。"

"你不要再问我从哪里来,那里实在太远,杳杳然如天籁之音飘过之处。我已忘却家乡丢失在哪里。支起我疲惫的身躯,舐抚我的伤口,心灵的尖塔在第一千连一座城垣的上空闪烁珠光。"

向一道门走去就意味着死之复生,跨过一道门就意味着生之复死。生命就在这一道连一道门之间飘过迷迷朦朦的小雨;一丝丝凄绝的回忆、淡淡的忧思、清涩的怀想,化成缕缕的温暖、辛酸与迷梦,既像清明时节泥泞小路上的幽幽哭声,又像墓园里、石碑前一束无名的洁白的小花在雾露中的清香《门》。

门的象征意义不言而喻,表达出诗人对生命之门的不断探索。作为一个诗人,与普通人有不同的思考,孤独是诗人的宿命,只有坚守孤独的诗人,才能达到生命的彼岸。表现喻子涵早期创作的思考。"上帝关了你一扇门,就会为你开一扇窗"哲学思考萦绕其间。特别其中的《太阳》更是表现出了一种生命的思索:

"站在地球之巅,群山汹涌,黎明与黄昏的开创者,你鳞鳞滚过辙道上刻上了生命的无涯。夏的暴烈,我成熟透了。在不毛之地的高原上,我很坦然和安稳。"

"坚毅的匍匐,在一片黄昏的火石地上每前进一步,我的心就叩近一步太阳。生命的流程就这样无限而去。绵绵邈邈的远方,是谁的心怀在流溻深夜的秋语?而梦里的鲜花在太阳底下开得灿烂壮烈,直至花瓣零落,成熟的风韵坠满东方平静熹微的天空。"

诗人就是借太阳表达一种人生态度,人生在经历无数的磨难之后,一切就归于坦然。"我永恒地凝望着,真理和爱的光辉,解下我沾满泥泞和血渍的外衣。在黄昏或者黑夜里，你灿然的微笑，掀起沙漠和血液，满天星斗和枯草，摇荡着不安的灵魂，像一枚精致的卵石不自觉滚向海边的沙滩，等待穿紫衣的少女走来。"《太阳下的祭典》表达对太阳的顶礼膜拜："世间万物的创造者与毁灭者，你万万不要抛弃他们！你那仁爱无私的明澈沉静的光辉，点燃他们倦怠的灵魂，驱除他们忧郁的孤独，以你吹息万象之气翩翩走进他们虚弱萎靡的梦境，恢复他们的激情和力量、欢乐与繁殖吧。"

也许这跟早年喻子涵的人生经历有着密切的关系，呼唤着太阳的光辉。同时在《孤独的太阳》注重色彩的描绘，其实就是一种心理状态的诗学体现。色彩使他的创作具有现代意识。《孤独的太阳》表达了喻子涵早期的精神追求，反映了他的人生观念，始终表达生命意识与关怀意识。

诗人的天职在于不断发现与创新，不断超越自我。喻子涵是一个具有创新精神的诗人，其《蓝色天空》的评论就是佐证：子涵是写散文诗成名的，曾以其强烈的生命关怀和独特的审美个性引起诗歌评论界的高度注意。而后不断创新，累累有散文诗新作见诸刊物，《中国诗歌年鉴》连续三年来都收进他的散文诗作品，可见其功夫和勤奋探索的精神[2]。

"当我发现第一轮山月，母亲就同山月一起诞生。母亲像百合花一样笑着，刚刚沐浴步出青松林，圆满的乳房流淌着光辉。小村的静谧苏醒，孩子们纷纷投向母亲的山谷，再也不怕大风大雨的狰狞。"母亲的关怀跃然其间，母爱的光辉照耀着读者的心灵。生命的意识得到彻底释放。诗歌书写大爱的文化精神在喻子涵的诗歌得到确认与体现。"他总是把目光刺入生命的中心部分，启开那些坚硬的核，试图探究一种形而上的具有普遍意义的答案"。这是"一种刚性的叙述，它的原型语义已被啄破，而裂变为对生命与整个宇宙之间神秘联系的哲人式的阐释"[3]。

喻子涵散文诗在艺术方面的追求，最突出的表现，就是将现代派的艺术技巧大胆引入散文诗，包括通感、变形、意识流、多层次、时空交错、自由联想、意象组合等，尤其是诗人的想象十分奇特、丰富[4]。

《回归与超越》成为喻子涵创作转型时期的作品，也可以是开始探索新的创作形态的尝试。如《让我给你讲述生命》《大海里的追寻》《心灵笔记》《回归的智者》《回归于超越》等组章就是极好见证。凸显他写作领域的不断拓展，他不再单纯立足高原的文化书写，而是从自己的思考寻找人生的答案，不难看出，这是人处于人生惶惑时期的作品，当一个诗人创作达到一定的高度后，就力图超越自我，或者说进入创作的苦闷时期。这时期，诗人就开始在寻找写作突围最佳方案。如《让我给你讲述生命·逃避》："我们一直在山高水长之地、密林深谷之中栖息，哪里是你说的逃避呢？人生中逃避是人生选择的唯一路径吗？只有面对现实，超越自我才是最好的创作突围与人生。"喻子涵的散文诗，在诗里行间总是承载着思想、情感和意绪而被赋予艺术的生命力，以小见大，凭着主体的感性与悟性去接近时代与生活的脉动，去发掘社会与历史的矿藏，去传达自然与人生的情韵。面对中国河山，无论是昆仑的挺立、洛水的奔流、大别山的巍峨磅礴、还是黄山念想、本色乌江，抑或是普陀的幻象，以及泰山之上灵魂的勃举，诗人都能在充沛的激情与逼人的气势中，观照主体的深刻与艺术的魄力[5]。

评论界对喻子涵的散文诗进行了高度评价，主要集中在是具有生命的意识与现代表现手法运用方面，喻子涵是在随着自己人生阅历的不断增长，他的散文诗创作发生了自然而然的变化。如《石头的声音》等新时期的作品，他已经从个人的孤独里走了出来，产生了他新的构想。石头仅仅是一种诗歌书写的象征物件，他试图从石头里寻找到人生的答案。开始散文诗的鸿篇巨制的创作，史诗性写作成为他新的创作追求。喻子涵自己承认：石头是所写的主体意象。因为我们老家生存的环境离不开石头，满目皆石。人们在贫瘠的地域中生存，那种毅力、坚韧和随遇而安，既是贵州贫困地区人们的品质，也体现出一种诗歌精神。我渐渐将石头这种意象扩大，演变成对人的生存思考，命运的思考。我的第一组散文诗总标题即《孤独的太阳》，当时我一气呵成写了十二章，包括"石头的声音""永恒的瞬间""孤独的太阳""倾听""黄昏"等作品[6]。喻子涵的散文诗显然难以俘获众多读者的心——喻子涵的散文诗在语言的运用上也是匠心独构，给了我们在语言层面上的审美愉悦。他除了善于运用排比、拟人、对偶、对比、通感等修辞手法来润饰自己的语言外，还善于在句式上长短结合、骈散结合[7]。

《石头的声音》包括《南长城》《喀斯特之诗》《中国河山》《蝉之声》《行走经历》《雪，落在心上》《石头、生命与大爱》等散文诗组章。他已经从以前单一的题材方面进行了进一步地开拓。地域文明书写，生命痕迹探寻，凸显出一种博大的风范，宽阔的题材领域构成了他新时期创作的图景。《南长城》勾勒出一个少数民族的历史浓浓的痕迹，"南长城"象征历史久远的记忆：

"一堵高墙蜿蜒在浑红的夕照里，我伫立，眼神伏着，陡峻的腊尔山前进。"

"武陵深壑一条骄纵的巨蟒，盘踞它数百年的不衰的神威。"

"一条人文的巨蟒，穿越时空，让我梦绕魂牵、紧追不舍。"

尘封的地域历史遗存，让人感到历史的厚重，一个民族无穷无尽的力量在不断延续生命的史诗。如《营盘：历史遗弃的圣迹》，是对营盘这个历史的追寻，高度肯定了一个古老民族的反抗意志与不屈不饶的精神，是对生命的讴歌与赞颂。石头作为一种历史的文化痕迹与民族精神构造的载体，默默而坚韧地存在着，也是人类奇迹的创造。

灵魂与肉体自分自合的生命活力的调度者，你以超现实的花朵般的语言，以超语言的玻璃般的时空，创造了时间的复始与生命的永恒。

而此时的石城，时间的向度回到他生命的终端。

喻子涵以他对"石头城"的独特诠释，表达了他对历史的客观态度，唯有时间可以证明一切的哲学思考闪烁其中。《喀斯特之诗》是写给贵州高原的大诗，贵州地形以喀斯特地貌为主，石头是构成喀斯特地貌的要素。诗人在童话赋予了石头的思想，从而使诗人的精神回归与抵达。

"一个偶像，一个美丽的童话，在这石头王国诞生。"

"一个千古不变的化身，就在瞬间形成。"

"喀斯特，你凝固成一座巨石，从冰雪覆盖的大海突耸而立。横亘在苍茫的西部。"

"灵魂与肉体交错，独树着永恒的思想。"

喻子涵就是从一些高原的事中，窥探其生命的维度，通过诗化进行艺术性的处理，表达他心灵深处的幻想或者仰望，从而产生一种挥之不去的感恩意识：

"我的喀斯特，这些东西迟早要产生，因为有了我。"

"在你拥抱我时，我就从你的体温里感受到。"

"炊烟就是你的气息，饭香就是你的体香。"

"在最初的记忆里中，你给了我这些美好的幻想和丰富的营养。"

诗人的"喀斯特"地域文化书写，表现了一种写作意识的文化理性回归，一个诗人（作家）的成功大多源于地域的力量，喻子涵也不例外。喀斯特、乌江、高原、南长城、故乡等词汇无疑成为他写作新的具象，也许就是贵州人们司空见惯的物事，将成为喻子涵生命中的大诗，引领着他走向新的创作彼岸。

参考文献：

［1］喻子涵.孤独的太阳［M］.南宁：广西民族出版社，1993.10.

［2］达然.蓝色的诗情［N］.贵州日报，1998-3-27.

［3］徐成淼.述生命——读喻子涵的散文［N］.贵州日报，1994-2-16.

［4］侯长林.子涵散文诗漫评风雨两板桥［M］.成都：成都时代文艺出版社，2005.11.

［5］崔国发.论喻子涵散文诗的艺术特质与审美建构［J］.当代教育，2010.3

［6］余岸木.独而执着地追求［N］.贵阳日报.文化周刊，2009-12-23.

［7］李和平.喻子涵：在现实和非现实之间

（《贵州日报》2013年9月18日"文化评论"栏目、《散文诗世界》2013年第12期）

诗歌彰显地理元素

——读尹嘉雄的诗集《铜仁词典》

尹嘉雄是黔东乃至贵州较有特色的青年诗人，其诗歌渗透着他所在地铜仁的地域文化特征，表达出他对这片土地的真挚情结。在诗歌创作的道路上，他大胆的探索，取得不菲的创作佳绩。最近，读到其由中国作家协会重点扶持的作品《铜仁词典》，深有感触。我以为，该诗集最大的特色是彰显他的生养之地（铜仁）的地理元素，探寻其地理文化精神，以此表达他对这片土地热爱与景仰之情，开启铜仁地域诗歌写作的先河。

一般说来，乡土是一个诗人诗歌的开始，同时也是一个诗人创作的亮点。法国文艺理论家丹纳的《艺术哲学》，阐述了地理（地域）在文学艺术上有很大的作用：用当下的话讲，就是地域对文学艺术创作的重要作用，很多作家的成名作，或者说终生的主题，一般是从故乡开始。尹嘉雄的创作与丹纳的观点不谋而合，不知道是否受到丹纳理论的启示，还是长期生活的这片土地给予他厚重的馈赠。我想，或许这两方面的因素都有。在当下，诗歌成为一部分人玩弄文学的亚文化形态：下半身、垃圾、口水诗、废话等五花八门的诗歌派别林林总总，像蝗虫一样吞噬着中国的诗坛。很多年轻作者盲目追风，而尹嘉雄却有自己独立的思想，另辟蹊径：他把笔融入自己足下的土地，写出了属于自己、属于自己土地的诗歌——《铜仁词典》，为黔东青年诗人创作提供了一个难得的写作范示。

顾名思义，《铜仁词典》是写铜仁词汇的作品。诗集蕴含诗人对这片土地的倾注，表达出对这片土地的一往情深。如《铜仁》："铜。群山裸露的黎明／流水穿过我的家门／被青草描绘的大地闪着光／铜，可以铸成一口钟，一把剑／而我，希望是一座城池。"在该首诗中，诗人首先对铜仁的"铜"进行文化层面的诠释，"铜"成为一种历史文化变迁的符号，然后吐露出诗人对铜仁的敬仰："啊，那么多世代相传的匠人／把仅有的青春耗费／镂空花饰的人间／百年千年，在叮叮当当中撞出火花／铜铭刻下我的姓氏／如果不小心打翻器皿／泼出的就是我透明的爱。"与其说是诗人对这片土地的热爱，不如说是诗人的心对这片土地的融入。铜仁是一个给了尹嘉雄生命与生命成长的地域，这里的每个地名就成为他诗歌书写的对象。他之所以书写，是因为这里的土地灌注了他生命的文化意蕴。无论"黄土坎"，还是"文笔峰"，在他的诗歌里都凸显出思考。如《黄土坎》："锦江边消失的一个瓦罐／装着我曾经深爱的桃子林／铁匠铺，杂货店，还有咩咩叫唤的山羊／秘密坑坑洼洼，童年的路途上／有我住过的鸟巢。"锦江边消失的一个瓦罐、桃子林、铁匠铺、杂货店、咩咩叫唤的山羊、童年的路途上住过的鸟巢……一个个过去时态的具象，成为诗人书写的对象。表面是在书写过去的物事，实际上是探寻一种即将失落的文化符号，同时，在这些文化符号里探寻一种生命的答案。在全球化背景下，铜仁和别的地方一样，延续上千年的传统文化将面临颠覆的危险，诗人只有唱出一首无奈的挽歌："到处是长势良好的商业／玻璃幕墙。老板桌。笑脸……／注意：不是喂养蚕宝宝的桑叶／红绿灯眨着眼睛，斑马线／牵着一根无形的绳子／在这高楼的峡谷中间／川流不息的回忆，奔腾不息……"在日趋城市化的今天，铜仁的传统文化面临着消解，"黄土坎"已经成为人们永远的记忆，成为铜仁历史上一个曾经的地理名词："我已经把时间交了出来 / 我忘记的，比记得的多得多。"诗人在思考，而且也牵引读者思考。如《文笔峰》："站在高处，成为一个制高点 / 这是无法逾越的顶峰了吗？"诗人不单是表述一个地理名词，而是从地理名词思考其背后的文化内涵："为什么喜欢登临绝顶 / 遍山的石头也说不清。"诗人把无生命的石头赋予生命的象征，唤起人们对文笔峰的关注，这就是诗人的高明之处。《西门桥》有些卞之琳的《断章》意味："站在桥上 / 眼睛里雾气吹散 / 如果想打捞一些青铜的黄昏 / 摘取水中的古老花纹 / 你就要屏声静气 / 用内心的丝线垂钓……"但让人明显地感到他又不是片面的模仿《断章》，而是有自己独特的思考，他没重复别人，也没重复自己，这是一种创新的精神——一种地域写作的精神："失踪的岁月清辉 / 被太阳这枚图钉钉在那里 / 手拍栏杆，谁也不知道 / 人群之中藏着日夜兼程的马蹄。"特别是"太阳这枚图钉"的诗歌意象具有新意，所以是尹嘉雄的诗句而不是别人的诗句。"独爱此时的孤单 / 我知道我正在作为象征 / 从一滴墨汁里启程 / 看似随意的行踪 / 注解着我在家园 / 心若海浪的一生。"西门桥成为尹嘉雄人生解读的文化载体，也给人以思考的命题：他不是在为写桥而写桥，而是"注解"铜仁的"地理词典"，不单纯是地理名词的字面意义，而是从地理名词的注解中寻找精神的文化影像。

尹嘉雄是一个热爱家乡的诗人，《铜仁词典》是对诗人本身最好的解读。读他的诗集，自然而然地想到艾青的《我爱这土地》的"为什么我的眼里常常含着泪水，因为我对这片土地爱得深沉……"因为不爱土地的人，是写不出真正的诗歌来的。尹嘉雄在铜仁人们司空见惯的地理名词里面，寻找历史的文化碎片，然后用他的思考把历史与现实连接起来，在诗歌里进行文化打望，构造成为黔东文化领域里一道独特的风景。当人们漠视自己生存土地的时候，尹嘉雄却在铜仁地理名词里锻造着自己的诗歌因子，他就像一个大海里辛勤捕捞的渔夫一样不停地补着渔网，在铜仁的锦江河畔捞着人们永远看不见的鱼。他站在《花果山》《大十字》等地感叹，钻进《白马洞》《锦江》《铜岩阁》等呐喊。用铜仁人们熟悉的地名营造着他的诗歌，把他的思想和心灵世界展示给受众。如《锦江》："在浅灰、银白、金黄的光线里／在繁星拱卫的村庄旁边／告别芦花柳絮／启程前往洞庭／锦江带着我的思绪穿过了／无数座山，无数个黎明／／肩上的行囊，是谁绣出日月远眺游子？／手搭凉棚，是谁步步紧跟／布置滔滔的故乡？"河流的意义何尝又不是人生的意义？锦江仅仅是一个写作的载体，于诗人而言是探索人生意义的流动场域：一方面是对生命的感悟，另外一方面是对家乡河流的歌唱，锦江是铜仁的母亲河，写她的诗歌不少，而真正像尹嘉雄这样充满感情的诗歌是屈指可数的。真正的诗人应该是一个抒情的歌手。抒情是诗歌的重要的元素，是诗歌创作承载的使命。那些所谓不抒情或者冷抒情的诗歌，其实是一种表现手法上的卖弄，严格地说还算不上诗歌。不妨可以这样说，一个对自己的乡土都没感情或者没敬畏的人应该不是真正的诗人。而尹嘉雄面对锦江，发出心灵的喟叹："青铜之钟，每一次高举／耳朵里就铺展开被风吹皱了的思念／蜿蜒成我的图腾／我血液里的黄河长江／／它现在，只留下了一根飘带／标明去向的箭头／它希望新的一日：能够找到秘密之所在／继承阳光、风雪、激流／然后代代相传。"我想，锦江应该是尹嘉雄的诗魂，是他魂牵梦萦的乡土河，这条河流给他的诗歌以启示，给他的生命以启迪。

尹嘉雄诗歌书写对象包含铜仁的独特词汇。如《搓衣板》《牛刷条》《掉歪》等等，他书写的目的就是解读出铜仁历史文化意蕴。如《牛刷条》："大雨好像不知停歇／将回忆无限放大／深入纵横的掌纹/牛刷条如今是那么和蔼/其实，谁都尝过"笋子炒肉"/不打不成材，传家之宝闪着光芒/遍布民间。"乡下父母教育孩子的传统方式在诗歌里进行了调侃似的注解。让每一个曾经的乡下孩子感受到真切。

尹嘉雄的诗歌书写对象触及铜仁的各个部位。无论是过去的地名，还是现在的地名，都是他诗歌的构成元素。他的思绪与诗歌的光芒在铜仁的各个角落游荡照耀，然后把铜仁的地名羽化成为靓丽的诗行。如《火车站》《蔬菜队》《开发区》《飞机场》《电影院》《超市》等等。由此可以看出，尹嘉雄的诗歌具有地理特征的同时，还有时代的印迹。如《火车站》："最大一块阳光撒到广场上/并反射，印到每一个微笑的脸庞/火车的速度/我为之陷入的想象。"社会进程使铜仁又滋生了一些新的地理名词，照耀着该地域的律动："风尘仆仆的火车/奔跑的城市/从梦里来，还要赶赴/安放璀璨灯光的下一站。"让人读到了一个地域流动的色彩，新诞生的地名，成为一个地域前行的现代足音。尹嘉雄在目光炯炯地打量着，然后从他的诗歌流露出一种文化憧憬。如《开发区》："即使一切变成了白灰/我还是要把天上的月亮放大/在棋盘一样的马路上/不厌其烦地讲述梦想。"开发区是一个新的名词，成为一个地方发展的希望，成为一种现代经济的新鲜元素，同时也是一个地方成长起来的地理元素。尹嘉雄关照它，就是关注一个地方变化和发展，他不仅仅是从传统的地名里考察文化动因，而是从日新月异的新名词里仰望地理名词的变迁，从中寻找自己诗歌创作的意象。如《飞机场》："越来越远，直到回忆都找不到线索/追赶。打滑。使不上劲反向的弹簧最终拉满/像一把力量惊人的弹弓/将迷恋家乡的孩子/射向从没有去过的地方。"在《铜仁词典》已经融入现代元素，为传统的《铜仁词典》增添了一些新景致与书写内容。

尹嘉雄不仅关注铜仁物事，而且还非常关注铜仁地域的人。从历史上在铜仁生活过的严寅亮、贺龙、周逸群等到平常生活里的"老张头""退休老头杨文章""钻工小张""擦鞋女""板车夫"等普通平民百姓的生存状态，体现了地缘意义上的生命关怀和生存关怀。著名诗歌评论家吕进认为：一首优秀诗歌在于生命关怀和生存关怀。同时也在他的《诗，生命意识与使命意识的和谐》里强调"从近年的新创作观察，优秀诗歌总是生命意识与使命意识的和谐。"历史虽然成为了过去时，但是，从历史人物身上让人看到人生的价值。如《严寅亮》："目送小船远去的书院/曾经驻足的铜岩/都等待着他，灵气出鞘/抖出星辰、日月、峡谷、高山/和一条喂养相思的河。"如《擦鞋女》："这一年，她生活在城市/却始终梦见乡下的树林/和灶边的米汤/这一年，关于远方/她多了一层理解/夜晚堆积着交谈的人声/而最终都被黑夜的鞋油/涂抹，变得空空荡荡。"这是诗人对自己生活地域上的一个普通人的文化关照，表达诗人对这一弱势群体的怜悯与同情，彰显出诗人的大爱。

尹嘉雄的《铜仁词典》涉及铜仁地域的物、事、人等多个层面元素或者词汇，是对一个地域诗歌创作的一种大胆的文化尝试。无疑，他选择的写作对象及其创作道路是正确的。一方面是书写自己熟悉的地域物事与人文，另一方面，是对自己足下的土地进行全方位的人文关注和思考，向世界展示一些铜仁特有的文化词汇，也融入他对自己生存地域的文化考量。因为这是尹嘉雄第一次写作尝试，写作路径还有一些图解的意味，同时诗集里个别句子还比较生涩，诗句欠自然。相信他已经悟出其中的不足，会在他今后的创作中加以改进。书写地域是尹嘉雄的一大优势，也是他应该不断开拓的诗歌领域。地域写作是尹嘉雄诗歌的起点，也应该是他诗歌创作高点。

（《铜仁日报》"梵净山周末" 2011 年 10 月 18 日）

诗歌中的个体言说

——读梁沙的诗歌

梁沙是石阡"90后"的诗歌女作者。从代际的层面而言，属于比较典型的个体表达的一代。当下不少的媒价坦言，"90后"是充满自我意识的一代人，其主观意识浓厚而饱受争议。而诗歌是诗人的言说方式，凸显作者自我意识与对生活的感悟，显然，梁沙也不例外。作为"90后"女作者，已初见成效，作品散见《民族文学》《山花》《贵州作家》《贵州日报》《贵州都市报》等刊物。在石阡"90后"的诗歌作者中优势比较突出：在诗歌中找到属于自己的言说方式。

写作是个体精神的文化表达，每个作者都是在寻找适合自己的表达方式。由于作者生活的地域与文化背景不同，显然，他（她）的表达方式和语词也有一定差异性而显现出作者的个体特征。相对而言，女性作者的笔调细腻，往往呈现出一种柔美言说。而作为诗歌作者的梁沙的作品中很难看到这种姿态，相反吐露着较强的复调。梁沙诗歌中常以主观"我"介入写作，使自己言说成为中心磁场。如《风吹过》："以温暖的姿势来到你面前 / 看着光阴一天天老去，默默地 / 老成旧城里用麻线纳布鞋老人额头上的皱纹 // 只能听到风吹过的声音。世界连成一片 / 我就守着一棵没有叶子的树 / 在每一个黄昏里点燃蜡烛，在深夜熄灭。"视角不断转换，从客体进入本体，然后进入自己的主观世界，开始作者内心言说："我是以温暖的姿势来到你面前的 / 只是你一直低头走路 / 错过后就是过客了，长发还未及腰 / 那些曾经的话就僵硬了。像鱼刺卡在喉咙 // 你看到的，是我选择给你看的。"作者在言说过程中，闪烁着一种精神光芒。诗歌作为一种个体化的文体，包含作者对客观世界的解读与认同。如《你看到的，是我选择给你看的》，把人生的外在与内在的因素相联，现实生活中，人外在表现与内心世界往往有一定距离，人们表面看到的不一定是真相，作者抓到了人们的本质："在你们含情脉脉的时候 / 我就不说话。沉默凸显了你们的亲昵 // 花都开好了，一只白色的蝴蝶开始忘我 / 绿叶都用来做背景了 / 比如，此刻山崖上悬挂的青藤 / 用力的在遮掩些什么。"现实中，很多东西被遮蔽，人们袒露在别人面前的却是另外一副面孔，丧失自我，人的多面性暴露无遗。作者就是从人们司空见惯的日常生活中找到属于自己的表达。"我们有一句话的距离 / 抑或是一杯酒的腥辣。不想说那么多 / 一个人看着远方 / 风吹过，在我眼里都是遍野花香。""一句话的距离"就是作者的发现，此话的背后潜藏着作者深刻的思考。《静若止水》就是最好的阐释："那些解释都是多余的 / 不善言谈的女子，很多时候是静止的 / 像一湾水。清洌洌地 / 掩映着人间的绽放凋零……"作者表面上把一些毫不相干的意象巧妙地组合，实质上却是表达同一指向："静若止水"。"在我把自己装进黑色袋子里时 // 那些心思开始枯萎，梦大朵大朵地飘进水里。"诗歌不是单纯的描摹物质与精神的镜像，而是从镜像中找到照耀人心的光芒，从而达到一种诗意的境界。如她的《空镜子》就是在一种漫不经心的叙述中体现出自己的一种藏在"空镜子"的想象："放低姿态，低成一粒尘埃 / 当风吹来的时候 / 体温就薄了 / 薄如一地月光。轻轻就碎了……"诗意化描写之中蕴含着作者的内心世界："我开始怀念村庄/阳光明媚落满了山冈/一些光阴死去。在我的身后/逃离的影子没有找到可以藏身的地缝/众多亲人的目光长成泥土里的草/一半枯黄，一半翠绿。""空镜子"与"村庄"没有联系的两个物质（一个是可以移动物质，另外是一个不可以移动的物质）通过作者的思绪连接，表达出诗人内心的低语。

诚然，每一个有所作为的诗歌作者都在寻找属于自己的表达方式，而且每一次写作都是一次超越自我的冒险：从自己精神导向出发，挖掘自己内在的文化因素。梁沙创作的每一首诗歌都是一次心灵的探险，如《想象这是为了我》，从虚拟的心灵中寻求一种精神泅渡："当我做好这些时人们已经走远/也许我知道蝴蝶在树叶上的原因了，就是这样/在景色里落后//个拐角处，一个白衣少年站在石头上/我后面的路走进他眼里，延伸到绿。"虚拟的生活空间中，不少人能觉察到属于自己的绿就是一种生命的境界。作者以自己对生命的态度而找到了属于自己的诗歌。梦与醒是人生命状态中不可避免的现象，作者从人们日常的生活现象中找自己内心出口："红色行李箱里挤满了各种表情/半寸长的铅笔在卖书人手里勾划一个句子/头发和勾勒的线条打一个结。"梦中的场景缓缓进入作者的视野与她的思想交织，构成一种属于自己梦境与现实："我是个罪人。我把泥沙洒进清水里/我把摔碎的碗片埋在黄土里/像埋葬一个死去的人/给自己一个耳光，狠狠的。高跟鞋一直叫疼。"梦是现实生活的意念再现，梦是现实，醒的时候仿佛是梦，人生就是介于梦与非梦之间。作者就是从现实中看到生命的本质："我不敢走回梦里，我看到父亲落叶一样黑的眼睛/和磨损的铜牙。他咬着旧报纸上我的名字，并且咀嚼/用村里的癫子撕扯生肉的力道。"村里作为诗歌意象多次出现在梁沙的作品，也许有特殊的指向性，是作者生命的村庄还是精神意义的村庄？我想两者皆有之，物质的村庄和精神方面的村庄相辅相成，形成作者永不褪色的生命烙印。如《空气一动就是风》表面是写一种自然现象，但作品中却包含作者思考："一个被人们忘记规格的牛皮纸盒不甘地搅动空气／当然，这是徒劳的／当她说心静自然凉的时候／她被一串奔波的汗水出卖了……"作者从一些自然现象中寻求事物发展的本质，而借此抒发自己的内心感观："家乡在她的口中四季常青／低头走路，仰天流泪／仿佛呼出的那口气能让空气不那么淡薄／／也许是期待着的／就像我期待38摄氏度的广东能下雨／更像梦里的那一壶绿茶。"诗歌最后一节看似蕴含突兀，却有些作者匠心独运的大胆言说，使诗歌脱离一般女性作者细腻的表达方式，跳跃性的书写，让作者的个性得到充分张扬。跳跃性的想象，给人耳目一新的感觉，就像夏天一阵突如其来的风，让人感到格外的凉爽。如《末班车》："在公交车上数站台是无聊又有趣的事了／在没看到他之前。可以是实用的……"作者把生活细节书写得真切，把普通人生活中某一时间段的行为写得真实，表达与别人不同的感概，两个十分形象的比拟表达出人意料的境地："粗糙的手和老树根／攥着城市的脉动／蛇皮袋扮着幸福的鬼脸。"既表现生活，也表达出作者内心的独特感受，而且以新颖的意象，让人产生诗意的怀想。

　　诗歌的本质是言说，而且是作者个性化的言说，在日常生活中发现诗意化的对象，把一些平常的物事进行理性的观照，然后发出自己的声音。如《老姐妹》就是从日常生活中找到书写的因子："两个老女人对比使两个女性相似与不同：相同的是她们的白发／不同的，是走过多少路／老姐姐怕感冒在六月天戴着毛线帽子／／老妹妹买了一个十五块钱的饭／／缺了一颗门牙里漏出半颗白菜／／两枝枯枝充当了行走的脚／半个屁股悬在座椅上／下凹的眼球里装满了冬天／或许，和他们衣服一样的黑白。"两个不同女性的形象显而易见，给读者留下较大的考量空间，让人想象两个不同老女人的生活状态和精神情结："铁路上掉了一块鸡蛋壳 / 小心的捡起 / 像一只羊啃食秋天的草根。"作者在找到不同于他人的言说，就是具有了自己诗歌的发现。如果一首诗歌没有作者新的发现，那么可以说这样的写作显然有些失败。每一次写作就是一次发现。如《老栗树》就有属于作者自己的发现："侯鸟把青年人打包 / 种子和梦赶在春天以前做好奔跑的姿势 / 稻谷的骨头裸露在山上 / 老农让自己弯成镰刀，割断公路 / 把春天别在补丁的草烟袋里。"其中几个充满奇特诗境意象，是作者诗歌创作的表现，也就是诗人的诗歌语言发现。优秀的诗歌语言就是打碎传统的语言，颠覆传统语言的表达，达到前所未有的阅读效果。如《一片落叶点亮了冬天》就是一种出其不意的诗歌意象："你不说话，手指和夜融合 / 敲响鸡鸣。爱人 / 和镜子里的堂屋 / 把骨头丢进火坑，夜里游荡着不安……落脚点。碑文咀嚼着过往，在冷风面前 / 一片落叶点亮了冬天。"不同凡响的意象之中包含作者的言说指向内核，如《时光里的恋人》就是佐证："空是说不出的。在你没有出现的时候 / 把花朵装进脚印里，你说每个人都有一朵花 / 我就把自己盛开成花的清香。"作者要表达什么，读者只能根据自己思维与阅读经验驰骋想象，不同的受众有不同的感受。《时光里的恋人》克服传统的"情诗"似曾相识的勾勒画面而令人想象："种下一粒种子 / 在六月的暴雨里等待发芽 / 麦子成熟时向日葵笑着看风吹过 / 我的思念就瘦成了影子 // 你来不来都还在。"

梁沙的个体言说中还充满乌托邦式的精神色彩，如《心愿》："我看到夕阳染红白色的教堂 / 西边背风的草。努力向着阳光的方向 / 回到某日的年久失修 // 我放弃青春的婀娜，直到抱不住自己 / 多么不合时宜啊，但我愿意 / 愿意突然变老 / 老得只能在我的小木房里看着花朵说话 // 还要一湾清水喂养成群的蜜蜂，和飞不动的鸟……上帝走在掌心的阡陌里。不言 / 相信你也知道 / 我在祈祷一件可以飞翔的外衣。"可见,梁沙已经形成了自己具有个性的言说方式,这是值得肯定的创作趋向,但她的诗歌创作中只是一味彰显意象,一方面注意诗歌意象的刻意营造,放弃了诗歌内部的逻辑构建,往往让人感到作品有故作之嫌,另外一方面作者的阅读量不足,语词表达有时不尽人意。诗歌创作是诗人每一次超越自我的艰辛历程,未来的路还很长,希望梁沙多读书,勤写作,不断探寻,争取有更大的收获!

（《石阡文学》2014 年第 6 期）

精神的独立话语

——读隐石的《个人时代的证词》

隐石是黔东大地较有潜力的一个青年作家，在各级报刊上发表了一定数量不同体裁的文学作品。他将近年发表的文学作品集成《个人时代的证词》[1]出版，对他过去的创作进行了选择性的小结。在这部文学评论随笔集里，我窥探到一个青年作家的文化精神固守的独立话语，给物欲化时代的心灵以慰藉，同时，也给当下书写者提供了某种意义上的文化启示。

《个人时代的证词》分为四个版块："纸上生活""批评激情""书友闲记""附录"。每一个版块虽然书写的方式有所不同，但大多作品从不同角度表达自己的文化精神，突显出他这个"70后"文学青年的精神文化认同，从而形成了隐石特有的书写文化世界。

"纸上生活"是隐石对当下部分文学作品的文化解读，而提出了自己的文学独立观点，表现出"不唯书、不唯上"独立的人文价值取向。在《夏天的阅读生活》里就张执浩的长诗《美声》和北村的长篇小说《愤怒》进行理性的探讨，最后提出了自己的观点："文学，作为语言艺术的文学，它要求我们作家有更高远的追求。"作为文化人，应该有独立的精神，自由的思想，这才真正具有某种人文精神的坚守。如果一味表达一些人云亦云的陈词滥调，这样的解读就会失去文化意义。这篇文字同时也对吴恩泽的《平民世纪》、林贤治的《胡风集团案：20 世纪中国的政治事件和精神事件》、海男的《县城》等作品进行写作意义的文化解读。

"吴恩泽先生的《平民世纪》，在当前的话语背景下，在展示非常时期的平民的生活画卷方面，已达到了一种极限。" "一个人的文学之路是否与他的本性有无关？" 在对这些创作现象的评判中，闪现出独自思考的精神光芒。就"纸上生活"的文本状态而言，隐石的阅读面比较宽泛。王寅、余泽民、格非、海德格尔、孙郁、高尔泰、余华等中外作家的作品和观点在《夏天的阅读生活》里综合对比考量，展示出他的阅读层面和文本阅读的理性追求。从形式到内容进行全方位的艺术掂量。在当下文学流行网络"快餐"文化语境下，隐石固守自己纸质文本的寂寞阅读，冷静思索后并阐发出自己文化审美取向，这是一种较高文化解读品质。

在"纸上生活"中，还有他对于爱情仔细的阅读。通过《与狼共舞》《廊桥遗梦》《情人》《我坐在彼德拉河畔哭泣》等中外作品的解读，进行苦苦思索，然后感悟出人生的爱情观，突显作者广阔的传统与现代文化视野，再现对吴恩泽、王家新、文琨、博尔赫斯、李敬泽、麦家、何士光等作品文化意义的诠释，尽力拓宽自己的阅读深度与领域，梳理各色文化内在的精神实质。"常常在现在的生活夹角里眺望，眺望之后，每每都感深深的懊悔和实落。" 是的，在物欲横流的当下，坚守自己独立的精神世界是何等的无助，特别是在大众趋同时代，更需要读者有超常的勇气。从这个层面上说，隐石是值得推崇的。尽管他的一些观点满含愤世嫉俗，甚至有些还值得商榷。但这不影响对他文化精神坚守的评判。

如果"纸上生活"是隐石对一些作家的文本发表自己真知灼见的话，那么"批评激情"则是出自作者对当下一些作家的文学作品的尖锐批评。字里行间呈现出作者的文学解读能力和批评取向。从他批评陈应松的《马嘶岭血案》的《对文学中"暴力展示"的一点比较和感想》阐释出了他的文学创作观。在市场经济和世风日下的生存语境下，有一部分作家，为了迎合某些人的阅读口味，一味的对于暴力进行大肆的渲染，以获得一些廉价的喝彩。作者对陈应松的《马嘶岭血案》、莫言的《檀香刑》等作品暴力夸大描写，引用普鲁斯特的《驳圣伯夫》的经典话语进行批判："人所具备的本质和深处的一切，真正达到内在的真实，艺术品才有可能成为永恒的东西。"同时也对这类作品的深刻反思："对暴力的精细、带把玩和推崇性质的描写，目的只有一个：吸引读者的眼球，让读者直接从文字中获得感官刺激和心里猎奇。"同时对比了《鲁迅》的《药》和福克纳的《沃许》、科塔萨尔的《凤尾船或名重返威尼斯》陀斯妥耶夫斯基的《罪与罚》的杀人或者死亡的描写的对比，最后作者提出了自己精辟的见解："据我的理解，我们的作家直接传承了世界上伟大的人文思想，他应该思索人类的苦难，充当良知和道德的发言人，表现人在困境中的奋斗，展示人的英雄气概和尊严，提倡文明、博爱、理性和秩序；他应该具有一种悲悯情怀，一种对全人类的终极关怀。"

在他的"批评激情"中，他对黔东地域作家的文学批评有独特的见解。不如对安元奎、完班代摆、末未、罗漠、许义明……对于《乌江盐殇》、对于黔东诗人群体的批评，基本克服了语录似的空洞精神独语，而是黔东地域作家的文本出发，比较客观地阐述文本的内在精神。"一个热爱家园的游子，在荒芜了的乡村寻找哺育自己的母亲，寻找像时间老去的歌谣和已经淡色碎花摆裙，从而完成一个儿子对母亲的感恩。"应该说，这是目前对安元奎"乌江文化散文"较为妥帖的评价。再对完班代摆的两部作品批评："显现出作者极具风格的多样笔调，他以对现实对象的主观感受和凝视，展示了人在自然、历史和文化中的存在，展示了故土的风光和历史的沧桑。"在我阅读完班代摆的《松桃舞步》之后，真切感到隐石的评价较为中肯。末未是黔东地域一个被看好的诗人，我曾经在一篇文字里提出是黔东的一种"诗歌现象"。"末未抛弃了满世界的世俗音乐，他在暗夜里固执地靠近灵魂的低语，触摸个体生命上那些纵横的伤口。"隐石对末未诗歌的评论是道出根脉。他对罗漠的小说集《乡村与城市边缘》的评述非常得当："他以自己的写作，对视这个个体灵光普遍消逝的时代，提拔自己的精神生活，在另一重意义上建设自己灵魂眺望的远景。"当传统文化被人们漠视的时候，隐石对《乌江盐殇》的价值进行了文化肯定："盐道：文化传承现场阐释。"在另一层面上表达作者的传统文化心态。

"书友闲记"是作者关于自己一些文友生活和交往的随笔。该部分文本写得比较真实，且不乏调侃的笔调，他自己心迹的自然得到了文化流露。记录的文友赵卫峰、钟硕、丁香木、安天富、刘照进等文化的生存境况。同时还有自己家里的一件哀事、童年及跃跃欲试的爱情时光等事件等，既有友情描绘，又有事件的书写。表现出个体生命和群体生存的精神关怀。《哀事》叙述大哥的在工地的不幸，整篇文章充满着一种挥之不去的感情，读后让人泪水涟涟。"我敬重安天富身上的一股侠气。那种侠气让我想起村庄上的秋天，那种旷远、高迈的精神气象。"让安天富这个人物形象跃然纸上，也让读者读到作者的真诚。无疑，他这一系列文字既慰藉当下人疲惫的心，也表现出一些普通人生活的真实状态。

"附录"是《个人时代的证词》里不应该被人轻看的文本。在我看来，这更是体现了隐石对文学、艺术事件较为细致的洞察与宏大的人文表达。表面上看来是两篇综述性的文字，实际凝聚着他对黔东这片地域的文化考量。《2004：我所理解的黔东当下诗歌》，一方面给黔东当下诗歌做阶段性的小结，另一方面对黔东未来诗歌进行展望。"文学的发展是一个不断探索向前的进程。它拒绝任何的故步自封及妄自尊大。作为黔东当前年轻的写作群体，他们处在最有爆发力最具才情的时段，也处在最易满足和见异思迁的摇晃时期。"《2006年，从作品看黔东的艺术》中，作者从文学、书法、摄影、绘画等作品的层面入手，进行客观的分析和考察，对黔东的艺术提出了两点具体的建议："必须保持先锋探索的精神势头，以取得与外界更大的交通空间；必须深刻地扎下根来，吸取古典传统的营养，使自己具有厚重的地气，这样才能长出茂盛的枝叶。"

隐石的《个人时代的证词》，是他近年文学创作的一个重大收获，表达了他对当下文化背景下独立的文化精神话语。这是他的第一部文学作品集。其中某些篇什，过分注重对传统语言的一些颠覆，甚至显得比较生涩，在阅读上造成较大的跳跃性。也许这正是他行文的创新与优势，永远保持独立精神与自由思想将是他写作道路上的一番追求。

参考文献：

［1］隐石. 个人时代的证词［M］. 北京：中国戏剧出版社，2008.8.

（《贵州日报》文化评论 2010 年 3 月 26 日）

乌江地域的文化阐述

——读安元奎的散文集《行吟乌江》

乌江是一条相对闭塞而神奇的河流，孕育了流域众多的民族，也孕育了该流域源源不断的地域文化，得天独厚的地理、人文环境造就了这个地域的优秀作家，也就是文学意义上的乌江作家。我曾在土家族文学评论家易光的《固守与叛离》中一篇叫《乌江文化与乌江作家群》里读到这句话："乌江文化孕育了乌江作家，成就了乌江作家，这是乌江作家被动地接受恩赐的结果，更是乌江作家主动选择的结果。"最近读到贵州思南土家族作家安元奎的散文集《行吟乌江》，我在一定程度上理解了易光先生有关乌江作家的地域寓言。从《行吟乌江》中就窥见了安元奎对乌江的热爱和感情，读到了乌江文化的独特神韵。

元奎属于土生土长的乌江子民。即他对乌江地域文化有自己的定位。《凭吊绿荫轩》讲的就是乌江边上彭水与北宋大诗人黄庭坚的历史，叙述与议论相结合，解剖历史的同时，也添加了作者的哲学思考。时隔 900 多年之后作家来这里拜谒绿荫轩，所见所闻、所思所想，作者顿感"心中有一隐隐的疼痛。"让人以思考，商品社会里传统文化的失落："绿荫轩的盆景化，其实是文化边缘化的隐喻。"这可能就是作者对乌江文化较理性的反思。《美丽无罪》借乌江边下游最后一个城市涪陵盛产荔枝的历史考证与唐朝的杨贵妃生活的关联，凸显作者自己独特的人文史观，否定传统的政治文化世俗观。表面看来是在评价历史调侃现实，实则是揭示自己新的哲学史观，抛出了作者的新命题。

《行吟乌江》让我们明显地看出作者的心在随乌江河水的历史节拍律动：他的血脉同乌江是一体的。在乌江河里倾注他的情感。以《虚拟的船号》为例，以收集乌江船号为"楔子"。船号实际是一种乌江传统文化的象征符号，长期受到乌江地域恩惠的安元奎对即将丢失的乌江传统文化有着一种无比留恋与惋惜："如果十多年前来乌江，你还可以在江畔听到那些野性粗犷的船号……而今纤道和帆船定格为永远的历史，那些船号一如历史的余音，正在幽幽的远逝。""会唱船号的老人已经所剩无几了。"有关乌江船号，我曾与一个搞摄影的朋友去过思南的乌江边考察而知，但当时我并没有安元奎的这种心境，也并没有引起我的注意。读了他的这篇文字，我才感到一次深深的遗憾。船号作为乌江文化的一种象征，乌江传统文化的消失，究竟给我们带来了些什么？这应该是每一个热爱乌江的人都关注的问题。安元奎以一个乌江之子，兼乌江文化人的身份提出这个问题，这表明他对乌江一种虔诚的心态。另一篇《徒步乌江源》，我的理解不仅仅是徒步去考察乌江源头，而是在寻找乌江文化的源头，或者说是在寻找乌江文化的根，博大精深的乌江文化的根在哪里，从哪里来，又要到哪里去……也许才是这篇文字的主旨所在。《湖光山色映高原》写的是一次在乌江上游游览东风湖的况景，借景抒情，赋予该文不同寻常的文化意义："乌江是贵州高原的母亲河，乌江中游又是我的生养之地，我对乌江怀有一种敬畏与依恋交织的特殊情结。""河是有生命的，河的存在本身就是一种生命的形态。"这难道不是作者在借乌江倾吐自己的感情吗？可以说，这是他给乌江作家提供的文化心态和生态的一幅文化图景，让人无限的景仰。

《行吟乌江》这部集子中，不难看出安元奎他最大的优势就是从乌江文化中，捕捉自己的描写对象，以《淇滩，涛声依旧》为例，他以乌江边的一个古镇淇滩为写作背景，把涛声这一自然现象物化，讲述淇滩的过去、现在……无情的岁月将昔日的辉煌碾得粉碎，在日趋现代化的今天，我们将如何对待这一个即将逝去的古镇，这正是作者要我们引起思考的问题。乌江孕育整个乌江流域，也曾经造就了乌江昔日的繁华，如乌江古镇龚滩、古镇洪渡……这些乌江上的明珠，在他诸多文字里时闪时现，如《潮打空城寂寞回》写作者从沿河抵达龚滩的所见所闻所想，以他传神而又优美的语言叙述，向世人传递了古镇龚滩人当今面临的生存危机和古镇人固执的情感信息。《洪渡谒访汉砖窑》讲述作者到洪渡与古老的汉砖窑"零距离"接触的见闻和感悟。与其说是谒访汉砖窑，不如说是在亲近历史、思考历史。更准确地说，是在揭示乌江曾经被人遗忘的甚至尘封的那一段历史。这表现出一个乌江作家的责任感和使命感。如果没有对乌江——自己的母亲河有着难舍的感情，是写不出这样的作品来。

从安先生的作品中，我深深感到他是那么的熟悉乌江历史与文化，他的不少作品中或多或少表现出了乌江地域的独特人文景观。如《人神同娱的游戏》，介绍了花灯的《盘歌》《二人转》《打闹子》《扯谎歌》《采茶调》等，准确地说，这些民风民俗是乌江历史文化的长期积淀、闪烁着传统文化的精华。之所以能够流传下来，是因为这些传统文化在乌江流域有着强大的生命力。如《走近傩坛》就是讲述乌江中游残存着的一种古老的文化——傩，这种民间的驱鬼酬神的活动，可以说，表明了一个地区民族传统文化心理状态，从表面的形式到内在的里核呈现出一种民族进程的神秘感。其中的图腾与憧憬是一个民族挥之不去的精神寄托。特别是《思南方言乱弹》，这篇调侃地域方言演变的文字，赋予了社会进程的现实意义。"归一""手之舞之""垮脸""杀广"等，在这些独特的地域环境的方言中，让人读到了乌江地域人民的智慧和精神创造力。

从安元奎的《行吟乌江》之中完全可以看出，他受惠于乌江和乌江文化，是比较突出与具有代表性的乌江作家。因为他的大多数文字都与乌江密切关联，他对乌江地域文化的阐述，给我们展示了乌江文化广阔的图景，他以自己的人文精神和哲学思想去关注把握乌江文化的现实和存在，表现出强烈的地域艺术特点。可见，《行吟乌江》不单是在讲述乌江的民风民情，同时也在传承乌江文化弘扬乌江地域的民族文化。

（《贵州日报》2009 年 11 月 20 日文化评论）

乌江地域文化的另一种阐释

——田永国、罗中玺的《乌江盐殇》的文化解读

乌江是一条神奇的河流，是贵州的母亲河。千百年来，这条河流延续着该流域的物质文化生存，创造了一系列的文明与历史传奇，但是随着时光的流逝，一些曾经的辉煌和繁荣已经湮灭在历史的长河之中，成为了传说和远去的历史背影。乌江曾经是乌江流域的交通大道，可以说，与南方的茶马古道有同样的历史价值、经济价值和文化价值，但是，由于历史的淡忘，渐渐演化成乌江地域上的历史痕迹，消逝在人们的视野里，这是传统文化的失语，或者说，无情的历史打磨，成为了一种历史碎片，散落在这一片曾经热土上，让人感叹。在时间的考量中，一些有识之士，已经开始将他们的思考融入被人们淡忘或者漠视的地域。田永国、罗中玺的《乌江盐殇》[1]，掀开了曾经失落的一段乌江文化，将人们带回了悠远的岁月，聆听到了乌江久远的涛声。

乌江：叙事的文化路径

乌江是一条古老的河流，成为《乌江盐殇》的主要叙事的文化路径。该书对乌江的起源和经济文化价值进行整体的客观考察。乌江作为叙事的经，乌江流域的地理名词和社会人文景观为纬，交织叙述，展示出乌江流域的社会风俗图景，与其说是写乌江盐

道，不如说是乌江的百科全书，给读者全方位地表现了乌江流域的历史文化进程。

该书没有从乌江的源头出发，而是从乌江的出口开始写起，盐仅仅是表现作者对于乌江的一种物质文化符号，以盐作为叙述的主线条。把盐作为一种历史文明的代码，曾经是咸国、巴国富裕的根本。作者没有单纯的为写盐而写盐，而是把盐作为一个地域社会发展的产物进行文化的历史打量。在浩淼烟波的乌江文化里寻找着历史足音。从它的发源地出发，然后进入乌江盐道。古希腊的哲学家柏拉图认为："盐和水、火一样，都是人的生命最原始、最神圣的构成要素。"

乌江是贵州大地的第一大河，也是输入贵州的四大盐道之一，涪陵作为乌江终点，也是乌江盐道的起点，这里被称作涪岸。这里不仅仅是贵州盐道的一个起点，实际上也是川东南（现在渝东南）、湘西、鄂西的古盐道。只不过最远处只到贵州境内的乌江沿岸的盐码头，应该说这条延续了上千年的乌江盐道给该流域的人民带来了福祉，解决了该流域人民的淡食之苦。乌江福佑了这里的人民，是大自然给这广袤大地的恩赐。

《乌江盐殇》对乌江在贵州的发展史的作用进行比较客观的定位："在陆路不通的古代社会里，乌江是贵州通往外界的重要水路，是古老的商道、盐道，也是传递大山与外界信息的文化渠道，在贵州历史上有着十分重要的政治、经济、文化战略地位，故有'黄金水道'之称。"

地理名词：乌江盐道的时空穿越

乌江是一条非常凶险的河流。在河上有着许多的急流险滩，给古代的乌江盐道早成了难以想象的艰难，考验着该流域人们的智慧。乌江纤道就是乌江纤夫的的历史杰作。"乌江纤道，以无比雄浑的方式在石头上刻上了先人们的奋斗碑记，是纤夫的灵魂定格在绝壁上的真实写真，是千百年来山峡纤夫的血泪和乌江水运史的见证。"

《乌江盐殇》让我们结识"唐宋洪杜""巴都涪陵""绝壁古镇龚滩""古镇思渠""寨英古镇""沧桑淇滩""新滩""潮砥""黔东首郡思南""夜郎古都""河闪渡"等自然地理名词，每一个地理名词的背后都暗藏着许多的历史故事和悠远的民间传说，也是古代乌江盐道的驿站，让不少的商人在这里发家或者破产，演绎当时悲欢的人间故事。同时也给我们展示了万寿宫、禹王庙、王爷庙、盐号、背老二等乌江流域的人文地理名词。

黔东北的门户洪渡早在公元 619 年就设置洪杜县，是黔东历史比较悠久的一个乌江口岸。"龚滩本身就是一个很神秘的地方，它犹如刻在岩石上的水文资料，将她的经历片段刻在同一平面，每一道划痕都记录着一个或惊心动魄或平淡无奇的事实，是一串史实沉积。"从作者阐述的乌江流域的地理名词中，深深地体会了乌江地域里的文化蕴涵意义。比如对新滩的描绘满含着历史的沧桑感："如今，这里却寂静得仿佛空气都要凝固，时间不再流动。只有街口的那座斑痕累累的盐仓在默默地诉说着当年物资和食盐运输的兴盛与发展。"

作者的笔调是深沉的，仿佛是在为乌江唱一支无奈的挽歌。在历史的时空里寻找着即将消失的文化残片，在文化残片之间寻找着一种失落的文明关联，从中发掘着一种本来的文化价值。"思南，一个以山水为悬念的城镇，厚重的历史在这里千回百转间，荟萃了乌江神秘的山水，浓缩了乌江丰厚的历史人文。漫步在思南的街道上，那略显狭窄的街道和一条条直通江边的古巷，透过一堵堵古墙和石阶，让我们仿佛走进了历史幽暗的纵深……"

事实上，《乌江盐殇》通过乌江流域的地理名词的解读和历史的回放，是给我们阐释了文明在时空穿越的过程中湮灭和另一种文化的浸入，让原生态的文化被外来文化异化，本原的文化走进历史的记忆。"风清渡口，曾经繁闹一时，现在仅存数十级阶梯。一艘旧式木船，还有一只打鱼的小舟，散落在渡口，更加增添了几分零落残梦般的惆怅。"不管我们承不承认，历史就是这样的无情，不经意在岁月的凋零中成为记忆中的某些碎片。"然而，随着着乌江盐道向贵州的腹地不断的开凿、通航，河闪渡也因此失去了经商的有利条件而渐渐走向衰落……"

人物：乌江文化的传奇

荣格说："集体无意识。"这仿佛成为了人类历史上的一个经典。在人类发展史上，最早的文明一般在大河流域。河流文明是人类的起源，古老地域原住民是创造文明的主体。《乌江盐殇》这部地域性的文化专著，在关于乌江盐道的叙述里，始终把乌江岸边的人物作为文化的表现对象。从巴子蛮的传说到喻娘酿酒、饶百万、背老二、华老板、冯南英、崔百万、熊老板、李思英、水云、李佑兰、田秋等等，一些在乌江流域留下深刻记忆的人物。是这些曾经在乌江里支撑了乌江文明的人物，成为了乌江历史里的人文载体。每一个人物的背后都有一个辉煌的或者辛酸的故事，共同构筑成乌江的人文景观。

乌江是一条充满神奇和文明的河流。巴子蛮的传说使乌江流域的文明时间向历史的纵深里跨越了一大步，应该说，乌江的文明同当时中国的黄河文明在同一起跑线上。长期以来，由于此地交通闭塞、自然险恶等因素的影响，其人文被尘封在历史的烟雾里。《乌江盐殇》第一次比较客观的揭开了这里的历史文化的神秘面纱，无疑，这是对乌江文化的一种阐释。饶百万家庭的兴衰史事实上就是一部乌江文化的沉没史，表明一种地域文化在外来的强大文化冲击下的衰败。背老二的辛酸故事，其实就是乌江地域普通劳动人群的生活历史，是一个地域文化的传播的无名英雄。在历史的语境下，一些不为人知的人，创造了乌江盐道的奇迹。华老板的诚信，是乌江先民亘古的遗风，表现了一个地域人们的本性，其中蕴涵了一种民族的文化精神。水云的故事，让人感到了在乌江文化背景下人生的悲剧。在这个悲剧里，又滋生了人们的无奈和历史的苦难。田秋是乌江文化的传播者，同时也乌江文化的一种开拓者，在历史的长河中，文化的兴起，与一些仁人志士有着历史的关联。乌江文化与外来文化的融会，促进乌江文明的发展，与田秋应该是分不开的。李佑兰、李思英等乌江女性人物表现出一种生生不息的文化状态，其间体现出了一种浓农的地域文化精神实质。华老板的故事表达的是一种文化的变故，或者说一种文化被另一种文化征服，从表现出了人生的悲情。正应了长期以来流传在乌江流域的谚语："三十年河东，三十年河西。"历史就是这样，风水轮流转呵！在乌江上被淹没的人物故事，在《乌江盐殇》里重新展示出来，放置在当下的文化语境里，让人们重新打量，也许，这就不仅仅是表现某一人生存的故事，而是从唤起人们的记忆，在或悲或喜的人生里探寻着文化的因子，让我们思考些什么。

风俗：乌江文化的历史沉淀

乌江是一条充满着文化的河流。在特定的地域形成了特定风俗文化，其中包含了积极民族文化因素。民族风俗是指一个民族特有的民间风俗习惯，是指一个国家或民族中广大人民在长期历史生活过程中创造、享用并传承的物质生活与精神文化，是人类在日常活动世代沿袭与传承的社会行为模式。可见，民族风俗是一个民族历史进程中形成的一种独特的文化现象，是这个民族不同于其他民族的生存习惯。其涵盖了社会生活的各个层面，涉及民族图腾崇拜、婚嫁、生产劳动、丧葬等日常生活各个领域的行为。《乌江盐殇》的作者没有单纯地写乌江盐道，而是通过"乌江盐道"这个历史文化载体充分表现乌江地域风俗文化，把乌江地域风俗作为一种文化再现形式，多角度、多方位地演绎出来，给人们以思索。

《乌江盐殇》谈到沿河的男青年订婚时的礼物里就有半斤盐。事实上，在乌江流域的婚礼上，洞房花烛夜里也是要添盐的，这有延长爱情或者延长生命的寓意。洪渡的筏子寓意着"发子"，在早期是乌江船夫的心里暗示和文化图腾。寨英舞滚龙的风俗就是民族的期盼因素，其中包含了一个抵御侵略的民族崇尚的人文特征。木船的祭祀，就是乌江船夫对航行平安的期盼，表达了特定历史背景下的乌江文化心理流露。思南的花灯、花烛、花土布、花甜粑等民间习俗，其实就是该地域人们对生活的一种美好憧憬，其中包孕了民族的文化因素。或者说是传统古老的文化因素在日常生活的文化沉淀，或者说是历史文化的演变过程。还有情歌表达了乌江流域人们对于爱情的诠释："大雨来了我不愁／蓑衣斗笠在后头／蓑衣来自棕树上／斗笠还在竹林头。"望娘滩、龚滩、蛮王洞等传说，其实是乌江文化在特殊历史话语里一种心理文化的凸现。

乌江船号子是乌江传统文化里最早的音乐元素。也是乌江船夫的一种久远的声音："手扒石头脚登沙／长年累月把船拉／把头鞭子头上打／水霸船主把油刮／穿的衣服像刷把／吃的臭饭掺河沙／死了以后没人埋／丢进河里喂鱼虾……"作者对乌江船号子进行了文化意义上的解读："号子在船工、纤夫与险滩急流的搏斗中发挥了巨大的作用，它蕴涵了黔东北船工纤夫们特有的精神价值，思维方式和丰富的想象力。"

从土司制度到最后的土司，标志这个地域一段历史的终结。土司初夜权的消失，标志着乌江流域的一种文化打上了一个句号。从制度的消解到一种文化的埋葬，这是历史的进程中无法阻挡的，外来的文化强音带来了足音。

还有下里巴人、摆手舞、竹枝词、山歌民谣等无不显现出乌江流域民族文化的精神风貌。长期以来，亘古的风俗和乌江的涛声奏响了乌江历史文化的进行曲。尽管在历史尘埃里，已经变成了过去的音符。

结语：《乌江盐殇》的文化意义

《乌江盐殇》是一部比较全面描绘乌江流域的自然、历史、人文风景的学术著作，以乌江盐道作为阐释乌江文化的载体，真实记录了乌江航道的历史变迁，给乌江盐道做了比较准确的文化定位。在我看来，《乌江盐殇》的意义在于对乌江文化的阐释，其文化意义远在乌江盐道的经济价值之上。

"文化是一种构架，泛指包括各种外显和内隐行为模式在内的人类的一切的物质的存在成果，它的核心是来自历史传统。"[2]

一般意义上的文化，只限于可以用符号传导的人类创造结晶。从这个层面上考察，乌江文化是相对应于现代文化和外来文化而言，它是以物质文化、精神文化和制度文化等广袤的内容涵盖了一个地域能动的创造，具有某种时代特征。乌江文化，应该是该流域各民族在长期的历史进程中形成的文化积淀，包括了非常丰富的内容，是本地域民族特有是文化现象，同时又包含因外来文化影响而转化成为的文化状态。《乌江盐殇》正是从这些层面进行文化探寻，包含文化内在实质展示和文化自审，是乌江文化在当下的历史现场的整体演示。

参考文献:

[1] 田永国、罗中玺.《乌江盐殇》[M].贵阳：贵州出版集团、贵州教育出版社——我的贵州丛书，2008（4）

[2] 关纪新.多种文化资源对新时期土家族文学的滋养[M].北京：民族出版社，2006.

（《贵州文艺界》2009年11月20日头条推出、《山花》2010年第9期B版）

心里的乌托邦

——读孟学书的小说《流浪者碎语》

近些年来，我在一次次的阅读中，产生了对当下一些文学作品的失望。因为我们所处的时代是一个非常混沌的时代，物欲横流，文学作品失去了应有的社会功能。就整个文学界而言，出现了缺少社会关怀的优秀作品，说白了就是缺少生命关怀和生存关怀。最近读了孟学书的小说《流浪者碎语》[1]，让我看到了当下文学作品中少有的生命关怀和生存关怀。

《流浪者碎语》是一篇带有魔幻色彩的小说，但只要细心阅读，就不难发现这是一篇反映现实生活的文学作品。它书写了一个流浪者——残疾孩子贱狗的生存状态以及这个小小流浪者对一种美好生活的期盼。写人性，写一个从贫穷农村走向城市的"活垃圾"的某种理想——心里永远的乌托邦，表现一个作家的社会关怀及对生命价值的拷问。

贱狗：残疾根源？

《流浪者碎语》是以一个残疾流浪儿童的口吻叙述的作品，小说从主人公在城市生活写起，主人公是一个失去了双腿的农村儿童。出生在乌江的支流跳墩河岸，残疾的原因是因为去帮村长的崖上核桃树取一只风筝，因产生幻觉而掉下摔伤双脚，因家里没钱去医院及时治疗，而落下了失去双脚的残疾。这对于这个贫困的家庭无疑是一个毁灭性的打击。父亲长期患肺结核、关节炎，母亲又患肝炎、胸膜炎、关节炎等疾病。本来贱狗是这个家庭唯一的传宗接代者，在父亲为给他采草药的路上一命呜呼，他就被村长推向了陌生的城市。从这一些故事细节的叙述中，看到了长期"官本位"对一个普通少年儿童的摧残。"那年秋末的那天下午，村长的崽放风筝缠到了那棵高大的核桃树上去，要我上去给取下来。我没有办法，谁叫他的老爹是村长？他仗着老爹的背景，霸气十足，凡事都得听他的，不得抗命，否则会有很多麻烦事情找上你，叫你的日子难过。于是，在村长的崽命令下，我没有犹豫，立即脱鞋上树。"村长的崽在一个偏僻的乡下在自己的同代人中有一种至高无上的权力，何况他的老子，这才是贱狗和他一样生存的底层农家孩子的不幸。

村长说："贱狗在家也不能够照顾你，干脆送孩子进城。"

娘老子说："城里又无亲无戚，他又不能打工。"

村长说："让贱狗到城里讨钱。"

"村长，我们家世代再穷还没出叫花子讨过饭。"

"嫂子，你听我把话讲完，去不去由你定。"村长接下来说，"讨钱又不是丢人的事。嫂子，你要这样想，贱狗成了这个样子。说不定是老天爷的安排。你想，从那么高的树上摔下来掉在乱石上他都还有命……"

这些对话，让人心灵产生震颤。这正是一些普通的底层人没有认识到自己真正悲剧产生的根源。应该说，村长才是贱狗这个贫困农家孩子悲剧的真正酿造者，应该承担这个悲剧的主要责任，然而他却利用他"治下"农民的愚昧和本真，将一切归结于命。他"治下"农民的愚昧与麻木，才是我们这个社会的真正可悲之处。作家把他的笔深入到这一个层面上，那就是给我们提出了一个非常警醒的社会问题——法制和人权的问题。在我们的现实生活中，"人治"往往代替了"法治"，底层人的生命往往被漠视。才是社会某些角落里的真实写照。

村长成为了农村权威的象征，俨然是一个地方民众的主宰，他利用当地农民的传统文化心理，酿造贱狗彻头彻尾的人生悲剧。"村长说，说来也是，要不，干脆请杨家寨的杨瞎子来算一算？""我娘老子说，没有算命钱。""村长说，算命钱我出。""杨瞎子是我们故乡方圆百十里有名的算命先生，在我们故乡，杨瞎子的话比我们村账还管用。"读到这些非常冷静的叙述感到一种前所未有的悲哀。在当下，村长不但不承担自己应负的责任，还通过所谓的算命来为自己推脱责任。"杨瞎子接着说，这孩子本来就没啥福分也该投身城里，却被如来大佛误投了乡下，投到你家，所以从高树上掉下来摔成这个样子，命中注定，不去城里活不长。去城里，吃的还是清闲饭呢。这些命里说得清清楚楚。"

多少知道一点法制知识的人都知道，贱狗残疾的责任应该由村长来负。而村长把这一切归结于命，这是多么的荒唐。贱狗显然没有看到这一点，贱狗的父母也没有认识到这一点，贱狗家乡的人也没有认识到这一点。迷信思想还根深蒂固地存在于一些农村普通人中，真正毒害了那个特殊地域的不少人，成为这个时代的真正悲剧的诱因。

城市"活垃圾"

是谁将贱狗推向城市的？是村长。贱狗也似乎意识到了这一点，但是他没有意识到这背后更为深刻的生命内涵。

"我被村长花钱请人送进城的。送我进城的人将我送进了城市，抱我下客车之后就跟我告了别。临走时他又告诫我，记住村长的话，饿了就爬到卖东西的地方要吃的。"

城市流浪者是生存社会的一个特殊群体，每一个流浪者都有各自的背景。城市流浪者被称为"活垃圾"。而贱狗进入城市，就成为"活垃圾"。他这个长期生活在乡下的残疾儿童还没有真正认识到自己的可悲之处。"在人行道上不停的爬着、爬着，欣赏着这个城市的美景，享受着着这个城市酿制的醉意。"在充满着对于这个城市的诗情画意，似乎看不到一个失去双腿的残疾少年的痛苦。在日趋物欲化的时代，城市并不是像充满田园牧歌似的乡村。"躺在靠边的人行道上，我下意识地摸了摸身上，身上没有一个子儿，也没有一点能吃的东西。"这就是贱狗在城市生活的不幸惨状。后来，我们惊奇地又发现，他对城市的美梦好没有破灭。因为"在村长提出送我进城时候，我就联想到从村口高大的核桃树上摔下来的过程中产生的美妙幻境里驼背老头说的话。孩子，你纵然去不了天国也要去城里，运气好会遇上贵人，便有乡下羡慕的福享。""我想起了驼背老头的话，孩子，你纵然去不了天国也要去城里，运气好会遇上贵人，也有强过乡下里人的日子过。于是，我就盼望这贵人早日出现，那么，我想继续爬吧，说不定很快就遇到贵人了呢。我于是就拖着既饥饿又疲乏的身子，为了遭遇贵人而继续前进。"这些富有儿童心理的真实描写，完全符合儿童心理特征。尽管读者有些恨这个叫贱狗的"活垃圾"的愚昧，但是我们从他的心里还能看到一种不灭的希望。

城市是别人的城市，就是我们进城打工的农民工在城市里会受到城市某些人的漠视，更何况贱狗——这个失去双腿的"活垃圾"？似乎我们看到了他——贱狗的期望的破灭。"而这时的我已经饿得受不了了，已经累得几乎爬不动了。我这发现我的想法太天真了，世间哪有天上无缘无故的掉馅饼落钞票的好事啊。"当小说主人公从自己的县城爬到一个建筑工地找一个破屋休息一晚的时候，他被看棚工拒之门外，在自己梦里回家里时候，又莫名其妙地被一辆小货车拉走，在一个破旧的工棚里好不容易讨来仅有的一点钱被人抢了。他去向当地派出所报案。"我又遇到了在我们县城半夜里遇到的情况，两个陌生人走向我，不问青红皂白，一人一手提我，硬是将我拖到一个黑暗处，把我丢进黑暗处的全封闭的小货车上。凭经验判断，我又将转移到另一座城市去了。""我后悔不该来这并不属于我的城市，我于是痛恨村庄长，痛恨邻村的杨八字，痛恨故乡那高大的核桃树上掉下来的过程中的美妙的幻觉走的驼背老头，如果这座城市是陷害我火炕的话，那么他们便是将我推向火炕的恶人，我恨透他们……"这些发自主人公内心的独白，凸显这个残疾儿童的认识开始觉醒。

国家曾颁布《城市乞讨流浪人群的管理办法》，但这个文件在一些地方似乎是一纸空文。"接二连三遇到小货车将我拉走转到别的城市的情况，我现在已经不知道转到什么方位的城市，不知道这个城市离故乡有多远了。"这就是贱狗——这个失去双腿的"活垃圾"的生存现实。我们在作者梦幻交织的叙述中，知道了城市"活垃圾"的构成类别。一类是严重弱智被亲人抛弃者；另一类是心理抗打击能力极差而又偏偏遭遇爱情不幸、或者官场不顺因而逃避现实的精神病患者；再一类就是智力正常，心理健康，只因身体严重残疾而不能依靠体力劳动维持生活者。这些因为种种原因被家庭或者社会抛弃者流落在城市，属于社会的弱势群体，这是我们这个时代比较令人痛心的社会问题，这要涉及到国家的社会保障和社会福利问题。作家将他的笔深入到这一特殊群体，体现他的悲悯情怀和一种社会责任感。

不难看出，这是具有一篇反讽意义的小说，以魔幻的形式揭示了现实社会中存在的社会问题，凸显作家的与生俱来人性与良知。

心中永远的乌托邦

在这篇小说里我们没看到主人公对生活彻底失望，作为一名残疾儿童，对生活还有美好的追求——一种非常朴素而本真的生活原色的追求。

贱狗在一次遭抢的过程中，结识了癫哥，通过癫哥给介绍了一个根本不存在的"老大"，尽管是癫哥虚拟的一个社会人物形象，就是这个虚拟的人物成为贱狗心灵的精神偶像。癫哥通过虚拟老大的口吻，组织和控制贱狗等人的乞讨。天真朴质贱狗还认为是他生命历程中的贵人。"但我们有老大作靠山，我们乞讨的钱不再担心被人抢走，我们行乞时也不担心被同行欺负，""我们行乞不仅有铁纪律，而且还有任务，不是行人施舍多少就是多少，我们必须有两百元以上的钱交给癫哥。这是一个刚性的任务，必须完成。"从中可以看到的是一个新时期的"丐帮"。"我们达到指定的相聚的地方后，将乞讨的钱悉数交给癫哥，再由癫哥交给老大，用于实施我们蓝色的梦想，以尽快结束我们的乞讨生涯。""我们从癫哥的口中了解了这个宏伟的蓝图的基本构架，便是通过几年的努力，我们的老大要在一个繁华的大都市的郊外依山傍水的地方，买一块很宽很宽的地皮，修建一座很大很大的花园似的残疾人福利院，这院长当然由我们的老大当喽。我们老大院长要请专职的园丁伺候院里花草树木，让院里一年四季，百花争艳，芳香扑鼻。我们的老大院长要在院里建各类加工厂。要把天下所有的残疾人都接到（条件好后再考虑另两类的丐帮兄弟），让他们自由选择他们适合于他们干的回儿，让他们有固定的非常可观工资拿，有宽敞而且特别舒服的房屋住，有可口而营养丰富的东西吃，饮食起居由非常漂亮的女服务员为他们服务。有缘分的还可以娶妻子，传延香火……你说，这个蓝图美不美。"

毫无疑问，癞哥给他控制下的城市"活垃圾"勾画的未来美好蓝图，一个非常典型的"乌托邦"。而贱狗们却在为他们的美好蓝图而不懈地奋斗，在实现着他的人生价值。

癞哥借虚无的老大作为行骗的幌子，不仅描绘了一幅未来的美好生活图景，而且还给他们以"人权"的引诱，"听不懂？我告诉你们吧，比如说，可以争取大家选你当村庄长、乡长甚至县长、省长。"其实，在我们的现实生活中究竟有多少人在关心这一特殊人群的政治权利？癞哥看似简单的许诺，就让这些本身苦难的人心甘情愿的为他卖命。

癞哥正是利用这一特殊人群的无知，进行皇帝新装似的欺骗。"癞哥一再的强调，我们目前的任务的共同努力，让老大修建残疾人的福利院的宏伟蓝图早日实现。为此，我们必须抛开所有的私心杂念，一门的心思找钱，就是连思乡找爹娘老子都不准。""贱狗"他们被骗了，而且是用了他们善良的愿望欺骗。我想这正是这一篇小说揭示的一种社会悲剧。当下社会，这种利用人们善良的愿望进行欺骗的社会现象不在少数，虚无的老大在哪里？应该引起我们思考。

癞哥是一个彻头彻尾的大骗子，欺骗了这些本来在生理上的弱者，利用他们让人的同情生存状态，为自己聚财。"那么，仅仅我们癞哥管理里的三十来个人每月的创收便在一百万元以上，每年的总收入便在一千二百万元以上。"可以看出，癞哥控制三十来个城市"活垃圾"，是他挣钱的活工具。

"癞哥突然消失了。这是我们万万没有想到的情况。"但是这又在我们读者的意料之中，如果像癞哥这般的吸血鬼不消除，那么，将让"贱狗"们永远失望。

癞哥成了"贱狗"们生命中的一大生活支柱，在没有癞哥的日子里："特别孤独催生我对于潜伏已久故乡的怀念，接下来怀念有癫哥的日子，怀念失散的伙伴们。""有癫哥的日子，我们拥有蓝色的梦幻——希望我们早日住到老大为我们修建的残疾人福利院里去……"残疾人福利院里的生活成为"贱狗"们心里永远的乌托邦。当他看到癫哥被政府抓。"癫哥犯了什么法了？他们要将癫哥怎样？我要给癫哥作证，癫哥是好人，不能让他们给抓走。"这表明小说主人公无知纯朴的心理状态。我想，社会除给这一特殊人群提供需要的物质生活外，还应该关心这一特殊人群的精神需求。最后，贱狗为去"解救"癫哥，被人们踩死了，一个城市"活垃圾"完成了他生命的最终归宿。

我们这一代人究竟从哪里来，我们究竟将走向何方，这是人们长期迷惑的一个终极社会问题。作品进行了回答：当一个人自己生命的故乡破灭之后，他又将回到心灵的故乡。"我才不管她是冬天还是春天呢。我只是走我的路，目标是流向乌江的跳墩河。"我想，这也许是作者要告诉读者的思考。

另外，这篇小说的最大特点就是现实和梦幻的交织叙述，表现出一定的文学艺术感染力，明显地具有魔幻主义的表现手法，这正是这篇小说的成功之处。

参考文献：

［1］孟学书．流浪者碎语［J］.黔东作家 2007（5~6）．

（《铜仁日报》梵净山周末 2008 年 4 月 12 日）

喧嚣时代的真情呼唤

——评侗族诗人罗中玺的爱情诗集《梦中的彩云》

当下的诗歌越来越让人感到不解，不是缺乏真情就是故意卖弄技巧，纯粹的文字游戏，让我对当下的诗歌产生"敬畏"。不少人赠送我的诗集被我束之高阁，成了我书架上彩色的装点。而黔东侗族诗人罗中玺先生的爱情诗集《梦中的彩云》[1]，却让我读了好几遍，让我感动的就是他诗歌里那一份难得的真情。

诗歌的使命是抒情，也就是抒发诗人自己的真实感情。只有真情实感的诗歌才能够震撼和净化人的心灵。这是古今中外的优秀诗歌作品所证实的论断。好的诗歌就是抒发诗人没有虚情假意的生命考量。罗中玺的爱情诗集《梦中的彩云》正蕴涵真情这个元素，因此他的诗歌才打动我们的心灵。爱情是人类文学创作永恒的主题。试想，一个没有爱情的诗歌园地，一定是非常苍白的诗歌园地。爱情诗切忌无病呻吟，故作孤独，高深莫测。罗中玺的爱情诗完全抛弃了这些爱情诗里常见的弊病，而是从自己内心出发，将自己真挚的感情融入诗的灵魂之中：在物欲横流时代，保持着自己生命本真的情怀，发出自己心灵的对爱情的深沉呼唤，这就是他爱情诗有别于其他诗人情诗的"硬通货"。如他的《在这样的夜晚，梦你》："多少年的寻找多少年的等待／我的心在经历一场剧痛／没有你的日子里／我整日借酒消愁……"一个失恋青

143

年的状态活脱脱地出现在我们面前，你能说这不是发内心的呼唤吗？这就突显了诗歌创作里的"真"：抒真情，敢于坦露自己的内心世界。爱情是人类生命的延续方式，也是生存过程中的生命体验。在物欲横流的时代，要寻找真正的爱情谈何容易？严酷的现实造成了多少的怨男怨女，美好的爱情往往残存在人们的梦中："我真不知愿这一切就结束了／不想让你的一切／飘散在无沿的荒漠／飘散成一面可望而不可及旗帜／飘散成梦想的蜃楼／不想让以往的真情／融成浑浊的泪水／洒落在无始无终的眼里流无尽的伤悲……"现实生活中的爱情难得寻觅，只有梦中呼唤了，也是生活里非常无奈的事情。读罢罗中玺的《在这样的夜晚，梦你》这首包含生命原色情调的诗歌，我就想起了亘古流传于武陵山区的一首情歌："稀蓝背篼眼眼多／背起背篼找情哥／早晨找到天黑尽／不知情哥在哪坡……"这首情歌是一个武陵山区少女对自己真正爱情发自内心的呼唤。正因为人们生命中缺乏真正的爱情，才会有这样的歌谣传世。恩格斯在《恋爱、婚姻、家庭》里说：爱情是附丽于生活的。无奈的生活就会导致无奈的爱情，现实状况就是这样残酷，只有我们的诗人才能从自己心灵发出自己声音。

人生何处不相逢。曾经的爱情已经成为一段无望的历史，在与曾经的恋人相逢时，该是怎样悲喜交加的复杂心态。罗中玺的《相逢》真诚地表达出这种非常复杂的人生邂逅："随你而至夏日的雨／飘了过来／以斜斜的枝条／抽出一片无色晶莹的泪滴／于渐次欣悦的视野……刷亮了这个曾炎热和泥泞的季节／而终于使彼此的目光／在犹豫和惶恐间不泯的灵魂中／冲开理智闸门／汹涌着所有被禁锢的情感／你的温柔更在激流的瞬间／与我融汇同一片碧蓝／此刻惟有鼓动的感觉飘升起来／随着你长长的秀发／飞扬着这个季节的色彩／飞扬出天空发辽阔……就这样总想停下来／看你撑一把绿色的小伞／如荷叶衬托您娇娇的美莲／在你阔叶的边缘／我愿作一滴圆润的水珠……"这发自内心的独白，让人读到了久违的真情。特别是该诗的结尾更是大胆地呼唤出："靠近我！靠近我！"这六个字反映出了在喧嚣时代对爱情的呼喊！他这首诗歌虽然没有戴望舒《雨巷》的缠绵情调，却具有裴多菲情诗中的大胆追求。显然，这首诗是诗歌发自心灵的诉说。"靠近我！靠近我！"这句平凡诗句，可以说，完全可以与舒婷的《神女峰》有异曲同工之妙："与其在崖畔展览千年／不如在爱人的肩头痛哭一晚。"正如安尚育先生所言：思想情感体验的复杂与人生感情内容的丰富性，是罗中玺诗的特征。我一直认为，真挚的抒情总比那些遮遮掩掩的虚伪抒情要好得多，甚至也要崇高得多。诗歌最大的敌人就是矫揉造作，虚情假意。我们这一代人承载了太多的生命负担，爱情的远去，让我们在灵魂的深处有多少对理想爱情的渴望。我和罗中玺是同龄人，一个喧嚣的时代在我们心灵上打过挥之不去的烙印。所以说，我有理由相信他的真诚。他是一个把理想的爱情追求作为诗歌的亮色来表达的人，其实不妨可以这样说，就在他的爱情诗歌的写作道路上，体现出一个诗人的人格立场，从而使他的爱情诗歌显示出独特的诗学魅力。

诚然，罗中玺的爱情诗，具有一种真实的生命意识和体验，是对世俗传统精神的叛离，表现出一代人的人生态度。《孤独的时候，我只想喊你的名字》就是佐证："今夜我就这样站着／与梦幻一起／站成雾般的迷惘／站成子夜的天籁／于空虚中于孤寂中／轻声呼唤你的名字……"让我们读到了对爱人富有刻骨铭心的思念之情，感人肺腑的声音跃然纸上："你听见了么千里之思念外／你是否感应到我焦灼的急切呢／渴望听到你柔柔的回声呵／渴望看到你娇娇的芳容呵……"这样的诗句只有对生活十分真诚的人才能写出来，才能从诗人的心底里呼唤出来，他把两性之间呼唤的愁绪和感情的渴望用自己的诗歌表现出来，尤为真切、淳朴，读后往往会引领你回到自己的恋爱时代，领略自己曾经的忧伤和思念之苦……也许这正是诗人的审美追求。《我终于听到了你的回声》

就是带有这种意向："我终于听到 / 你的回声依旧亲切 / 依旧怯怯有万般的羞意 / 从无边经年的夜的深处荡来 / 是荡来的一片温馨的月光 / 在我暗了半边的心头 / 所有积滞的云 / 又重新荡出了一份明朗……"诗歌表现内心情感，是内心思想的一种精神律动，这种剖白似的话语就是表达了诗人内心的真诚。《当梦你的时候》就可以见证诗人的写作状态："当梦你的时候 / 真让人怀想起过去的日子 / 怀想过去的亲吻……"当今之世，世风日下，物欲横流人也横流，真正的爱情被无奈的现实所漠视，只有我们的诗人在发出自己微弱的呼声，呼唤着应该属于自己的美好爱情，让我们看到诗人心灵的悸动，也看到了世俗生活在我们这代人心里挥之不去的投影。如：《相思于荒漠》《吻》等诗篇就呈现诗人的心灵剖白，在朴实无华的语言中，揭示出诗歌创作的思考取向。

古来今往，爱情诗如林，要写出自己的独特之处，应该另辟蹊径，罗中玺似乎已经注意到这一点，他力图用自己的真情来打动读者。《你要走了》："你要走了 / 落雪飘着苍白的寂静 / 岩浆奔涌过的 / 我们心中古老的火山口 / 过早结冰凌……你的眉毛像一把锈蚀的剑 / 无情地刺进 / 我眼角的阡陌 / 不认识我了 / 我们曾经爱过的 / 含怨的青春。"一对曾经的恋人分手，离开时的那个非常令人痛心的场面在这几句诗歌里演绎得淋漓尽致，现实生活中有多少的痴男怨女重复过这个非常让人揪心的场面，在他的诗中一览无余。如《无奈的结局》再现一个人的爱情悲剧："谁知道会是这样的结局 / 我是再也走不出去了 / 昨日那处属于你我的误区 / 尽管我们曾有的温柔 / 细腻地织出一张幻想的翅膀 / 却也最终挂在 / 今天的痛苦林……"在这样的结局背后我们应该做一些什么？罗中玺在他诗歌里一点也没回避这个问题。《我每日都在等待奇迹的发生》《你是我永远的记忆》等诗歌，都明显地表达出对美好爱情的期望，把痴男怨女的心灵刻画地非常入神，体现一种理想主义的爱情观。事实上，我们已经不可能回到人类童年时期纯真无邪的时代，就像我们无法重复我们的生命一样，但是，人为自己理想的爱情呼唤又将我们带到了人类的古朴淳厚的年月，胸中充满了对爱的真诚追求和向往，这也许是一个诗人向我们表明他的终极爱情观。

爱是幸福也是痛苦的，相爱的人不能够完美的结合，这也许就是我们生活中最大的爱情悲剧。罗中玺的爱情诗歌已经关注这个层面的社会问题。《你结婚的时候》表达失恋者痛苦心境："那是在感情沉落的三月／我看见一轮被放飞的圆月／歪歪斜斜／沿着车轮漫上你远方的屋顶／而我的心和你那里齐鸣的鞭炮／开裂成最悲哀的碎片／被遗弃在无依无靠的荒野／任由你的欢乐／无情的覆盖……"平凡的爱情具象与巧妙结合，恰到好处地表示出了让人痛苦的时刻，读这首诗歌的时候，我的心在默默地流泪。我以为，打动人的诗就是好诗。《你说你来看我》《在你的柔情里》《你是我的光源所在》等都是情真意切的爱情诗。如《无言的结局》："爱情已远歌声已断／在这忧伤的时刻／你还要我说些什么／与你相识我原本就渴望／你成为我今生今世的生命……你还要我说些什么／当你的背影隐秘在门之中／往日的歌声一如穿过一段情／穿过一段心碎的走廊／沉没又浮起。"试想，当我们面对这种"无言的结局"的时候，那该是呈现怎样的心态？在现实生活中，这种爱情结局并不少见。诗人的任务是揭示这种生命现象，让我们去体味、去思索。如果我们读了这样的诗歌还麻木不仁，那才是我们生命中最大的悲剧，这种体味和思索是一种非常高贵的情感，只有具备了这种情感，我们才会去追求真正的爱情。

真正的爱情是美好的，美好的爱情又值得我们一生一世的向往和怀念。在罗中玺的爱情诗表现这一类题材作品很多，如《中秋月》《最后的一片天空》《为你失眠》等，特别是《那年冬天》，诗人通过对那年冬天美好爱情的无限追思，表达了诗人对一段美好爱情的回想："当冬天的萧瑟／迢遥的告知风中盘旋的雪片／满天忧郁的思维／就向月光舞蹈／在越积越厚的大雪中／我与怀中娇小的情人对视片刻／大地就突然断裂……你纤柔的手指／为我卸下了半生的忧伤／爱情穿透我多年平庸的生活／渐渐成为迷茫中唯一的远景……"还有《致远去的恋人》《冬天我们离别在黄昏的路口》《只有与你悄悄离别》《我似乎听到你的声音》等这些写优美爱情的诗篇，都会让你感受到诗人真诚的声音，诗人选取了一些非常优美的诗歌意象，表达对爱情挚烈的思索。试举《我似乎听到你的声音》："你的声音纯情的似水／有柔曼的柳丝穿过……我惊喜的泪清清亮亮／滴垂出星群般灿烂的渴望／听你远来的水声／涌作锦江的水流／从梵净山焦盼的眼里流出来／流作一0万年不再凋零的青草桃花与树叶……"这些感人的诗句，演绎了古典爱情似的追怀，传达出诗人坚贞的真挚情怀，显现出多方面的美质，庄重典雅的气质和健康和谐的诗歌底色，虽然在语言的深处隐藏着某种苦涩的滋味，但就诗歌的本质而言，它提供给人们的是一种纯美的享受。如《只有与你悄悄离别》："那潺潺的锦江河／地球像莹莹的泪水／汩汩流着我无望的凄凉／溅乱星光于每一个夜晚……"

诚然，罗中玺《梦中的彩云》是喧嚣时代爱情的呼唤的优秀诗歌，呼喊出诗人真诚的声音。但还有一些诗歌值得我们探讨，个别诗句过于直露，破坏了诗歌的审美价值，但是瑕不掩瑜。我以为，他的这部诗集突出了真情、表达了真爱、追求了真美，是我们这一代人中难得的爱情诗佳作，美化了社会环境，也美化了我们这个物欲化时代的心灵。

参考文献：

[1] 罗中玺．梦中的彩云［M］．香港：天马图书有限出版公司，2003.10.

（《铜仁日报》梵净山周末 2010 年 6 月 22 日．《石阡文学》2015 年第 2 期）

一个地域的一段文学记忆

——读《铜仁，刻在水的名字》

铜仁是武陵山区一个水边的温柔城市。千百年来，演绎了无数文人墨客的真情吟唱，留下不少感人肺腑的文字。随着城市化进程的日益加快，行政区划的演变，原铜仁市改为碧江区，在此前夕，原铜仁市文联主编《铜仁，刻在水的名字》[1]，对过去的铜仁市留下一段文化记忆。通过铜仁市内外作家书写铜仁的文学作品，唤起读者对一个消失地域名称的文化与历史记忆，具有一定的文化现实意义。

没有文学的地域是一个悲哀的地域。铜仁是滋生文学作品的一个深厚地域。《铜仁，刻在水的名字》就是一部文学的历史见证，从中我们看到了铜仁文学的光芒——让一个地域闪耀着文学的光芒。

《铜仁，刻在水的名字》一部地域书写的文本集，以铜仁地域指向与社会进程交织，全方位地展示铜仁山水景物。从中寻找到历史的足音。由"古韵别裁""云彩江声""歌生水上"三部分组成。编辑者力图从不同文本中对铜仁这个水上城市的文明与文化仰望，挖掘一个地域悠远的文化根脉。

"古韵别裁"选编贾平凹的《说铜仁》、喻子涵的《十里锦江并序》以及段振良、刘新华的《铜仁赋》、吴光权的《铜仁美》等文本。从各文本的标题就可以体味出对铜仁的赞颂。铜仁作为一个地域文化的符号，成为不少作家心里挥之不去的文化坐标。贾平凹的《说铜仁》成为新时期铜仁的一道文化风景，"黔中独美"在作家心中形成对铜仁的地域文化解读。喻子涵的《十里锦江并序》以诗意的语言打望铜仁"十里锦江"，从内心涌出对锦江的真情感悟。段振良、刘新华的《铜仁赋》是以传统文体"赋"作为写作的体式，表达对铜仁的热爱之情：前者表达了对铜仁的文化自信，后者表达了对铜仁的文化自觉。情真意切，古典韵味充满文中。吴光权的《铜仁美》以中国传统古诗的形式对铜仁吟诵，有诗的韵律、歌的情感，使读者的目光在铜仁各景点流连忘返。

"云彩江声"选编26位作者的29篇散文。这些散文基本以铜仁的山、水、城等景观为写作载体，表达对铜仁的真挚情感。散文有虚构与非虚构之争。我一直认为，真正的优秀散文应该是真挚情感的理性表达。吴恩泽的《铜仁城寻根》以深邃的目光探寻铜仁的历史文化，打量铜仁的过去、现在和未来的历史进程，让我们从铜仁的历史变迁感受一种历史行走的节拍。喻子涵的《铜仁十二记》在铜仁景点的诗意记录中，从景点位置与沿革考察，表达他对铜仁自然敬畏与仰望，从心灵的自然深处对人生深切的体味。龙岳洲的《锦江遐思》对铜仁母亲河的驻足凝望，所思所想，构成一幅锦江优美意象画。罗漠的《雨急东山》与外一篇《雪》。前者是雨中东山的体验，对东山雨景的感慨，后者是对铜仁雪景的切身感悟。景是一种外在的东西，让读者感受的是躲藏在背后的东西。唐玉林的《雨急东山》融景与感一体，勾勒出一幅"雨急东山"水墨画。唐亚娟、田儒高、乖蹇的《那夜，那沙洲》虽然同游同题，但是每个人的着眼点不同，唐亚娟的作品情景交融，田儒高作品具有一种梦幻感，乖蹇却是触景生情，若即若离的生命感召游离其文，灵空淡然。周政文的《茶园山诗絮》

则是对铜仁的茶园山徐氏历史文化的变迁描绘，对历史的无限留恋与感叹，历史的厚重感油然而生。赵幼立的《茶园山行》表达游茶园山情景与感悟，从历史的碎片中嫁接着历史的经纬。杨国胜的《漫话铜仁》是选择铜仁具有代表性特征的"铜仁水""铜仁桥""铜仁人"为载体对铜仁的自然、人文景观进行书写，"三点一线"的所思、所感都融入字里行间，铜仁人文面貌已见端倪。隐石的《走进中南门选四》以现代的笔触融入历史文化思考，在历史的长河里惋叹人生。在历史的长河中，生命不过是自然的匆匆过客，地域文化是历史的根须。毛之侠的《神奇美丽的锦江外一篇》《六龙山纪略》。前者是对铜仁母亲河锦江的风景描写、流程进行考证，从心里对锦江称颂；后者则是对六龙山的神奇抒发话语，饱含了作者的一片深情。采薇的《渔色记忆》是对童年时代锦江捕鱼的回忆，现代语境下对传统文化的反思。一些传统在历史的叹息中消失，让人感慨之余只能是成为一种遥远的过去。天堂的《锦江上的嗓音——吊桥》则对铜仁锦江吊桥的感喟，摇曳着沉浸在历史沧桑中的文化独白。桥对于一个水上城市应该是一种历史文化的名片。我们握着这张文化的牌，在张望中沉浸于回忆。张西铭的《铜仁：贵州开"史"的地方》对大明边城进行了文化考证，用时光之手发掘远去的历史，让人读到铜仁的历史是一部厚重的神奇大书。龙凤碧的《一锦、一绣一秋水》以女性细腻的笔调，对锦江的景点做丝丝入扣细致地描摹，让人依稀窥见到一卷飘渺的梦幻色彩锦江的工笔画。吴书林的《异石园大坪坡》对和平乡的大坪坡自然景观进行介绍，对一个不为人知的风景的心灵书写，生在远山有近亲。刘道学的《中南门，一座傍水而居的古城》对铜仁古城中南门的历史进程进行和风细雨似的窥探。邓有民的《峡谷屏风》是对铜仁天生桥的大自然鬼斧神工般的美景而感叹：自然力量为一个地域造就神奇而无伦与比。腾敏的《三江公园，宁静轻抚喧嚣》对三江公园和铜仁现代生活产生的心灵的慰藉而歌。三江公园是一个城市生活嬗变的历史见证。一个公园相对一个城市而言，可以说是一个历史阶段的符号。丁香木的《独想》对梵净山的感悟，在后工业化时代，人们坐在梵净山里享受一种人生难得的清净，也是一种人生境界。尹嘉雄的《心中不朽的青铜》是对铜仁历史沿革和铜仁生活的状态的书写，唤起人们自然而然地产生一种对铜仁的热爱。谢常庆的《白话铜仁公园》是对铜仁公园建设发展进行历史性的回望，反映出铜仁文化景观的历史变迁，铜仁人们文化生活的泰然提升。晏武芳的《桃源深处的铜仁》则是以"仁和""山水""大气"对铜仁进行文化层面摹拟，行文中贯穿"仁者乐山，智者乐水"传统文化的意蕴，激发作者对铜仁的感怀。采薇的《行走在铜仁的四季深处》是对铜仁四季景象的书写，让我们感受铜仁四季不同的无限景致，由衷地向往铜仁生活。

　　铜仁是一个滋生诗歌的地域。这里自然景观与厚重的人文历史，都是诗歌承载的元素。铜仁是一座水上的城市，诗歌大多与水有关联。"歌生水上"由尹嘉雄的《铜仁词典》、丁香木的《老街》、隐石的《雾中的铜仁笼罩了一个的命运》、向笔群的《锦江八行》、采薇的《铜仁印象》、吴光权的《铜仁流韵》等作品组成。《铜仁词典》对铜仁的地域名词在一定历史语境下进行了诗化解读，把一些司空见惯的地理元素诗意化，似乎打着一张张铜仁的文化扑克，赋予一定的历史文化意义。《老街》是对铜仁历史的某种记忆的瞭望，在历史缓缓前行中唱了一段无奈而刺疼的咏叹调。《雾中的铜仁笼罩了一个的命运》掺杂着铜仁对现代人生的独特思考，表达的内涵在诗之外。《锦江八行》是锦江上的部分景点的诗意展示，跃然纸上空茫的感觉打破水的宁静，心的感慨。《铜仁流韵》则是对铜仁风景的书写，一种现代格律诗的韵味笼罩在烟波浩渺的铜仁，让人产生一种久违的无限遐想。

《铜仁，刻在水的名字》是对一个地域景观与文化的文学书写，是铜仁历史沿革里留下一段历史的文学多重奏。感谢编写者，为读者提供一段历史的文学写照。我们完全有理由相信，《铜仁，刻在水的名字》将成为一个地域的文学见证，成为过去的铜仁文学的永恒记忆。

参考文献：

［1］铜仁市文联.铜仁，刻在水的名字［M］.北京：中国文联出版社，2011.11.

（《贵州日报》2012 年 4 月 27 日文化评论）

一曲黔地楷模的颂歌

——评马晓鸣的组诗《四滴鲜血一滴汗水》

　　马晓鸣是一个现实主义题材为主的诗人，常选择与生活社会相关的题材为创作对象，他获得贵州省首届网络文学大赛二等奖的组诗《四滴鲜血一滴汗水》就是典型例证。组诗选择新中国成立以来感动中国 100 位英雄模范中的五位贵州籍典型人物为书写的对象，包括王若飞、邓恩铭、旷继勋、周逸群与李春燕等，四滴鲜血指前四位为新中国成立而牺牲的烈士，把鲜血献给了中国的革命事业，鲜血成为象征意义的诗歌意象。一滴汗水就是新时期的模范李春燕，汗水成为新时期的精神代码。诗人饱含赞美的笔调，歌唱了贵州籍的英雄人物，表达诗人的爱乡爱国的情怀。在当下，诗歌一味张扬自我的时代，诗人的英雄主义主题诗歌书写，无疑具有一定的创作现实意义。

　　王若飞是共产党早期的领导人之一，特别在抗日战争时期和重庆谈判时期功勋卓著，后来因从重庆谈判返回延安途中飞机失事，为中国人民的解放事业献出宝贵的生命。诗以柳亚子为王若飞的题词"慷慨王郎并四豪"作为书写的因子，以《王若飞：慷慨王郎并四豪》为题书写王若飞烈士遇难的不幸事件："那年的重庆硝烟密布 / 王若飞在一张谈判桌前 / 向他的对手开炮 // 那年的一架 / 机飞不回延安了 / 它已和山西兴县的泥土合二为——位只想把

苦难掐掉的人一位 / 山脉联成一体的人 / 他的痛在黔中蔓延、在大地蔓延……"寥寥数语，将先烈的短暂生命历程和生命光芒与灿烂，以柳亚子写下：慷慨王郎并四豪 / 短短的十二个字是王若飞短短的一生。英雄逝去，但英名常存。半个多世纪之后，我们缅怀英雄，无疑具有社会的现实价值："在贵阳市达德学堂 / 我看见先生与黄齐生并肩 / 站成一尊雕像 / 一拨拨人在这里默哀、合影 / 许多年了，人们仍流着春天的泪。"作者的感情是真挚的，真挚中饱含一缕缕的哀思。诗歌的使命在于真情表达，没有真情的诗歌属于无病呻吟的伪诗歌。

邓恩铭是共产党的创始人之一，曾与毛泽东、张国焘等人出席中共一大。1931 年，年仅 30 岁的邓恩铭在山东济南被国民党杀害，为自己的理想抛头颅、洒热血。诗人以《邓恩铭：水一样生生不息》为题，巧妙地把烈士的民族成分融入诗歌里，以非常朴实的笔调，书写了英烈的一生，凸显了英雄崇高的气节："把时间潜回 1931 年 4 月 5 日凌晨 / 在济南纬八路刑场 / 是黑漆漆的枪口和麻木的表情 / 这样的场景没有影响邓恩铭写诗的灵感 / '卅一年华转瞬逝，壮志未酬奈何 / 不惜唯我独先死，后继频频慰九泉。' / 他最后的一件事就是吟完这首诀别诗 // 我这样安慰血雨腥风中的祖国和人民 / '请不要为邓恩铭的 30 岁痛惜、哽咽 / 水族的儿子，他的血会水一样的生生不息！'"英雄慷慨赴死的气概跃然纸上，短暂的生命释放照耀历史的光芒，触动着我们的灵魂，成为感人的诗篇。

旷继勋是红军早期的将领，为中国工农红军的创立做出卓越贡献，曾受到毛泽东的高度赞扬，后来在巴蜀被张国焘秘密杀害，没死在敌人的枪口之下，而是死在自己人的手里。这无疑是一个时代的悲剧。但是历史是公平的，人民没有忘记他。历史对他进行了公正的评判，诗人以《旷继勋：让某些人闻风丧胆》为题歌颂英雄崇高革命者风范:"在冲锋陷阵中,旷继勋用他的死/赶走了死。曾在大上海打江山/在洪湖地区闹革命/我们的旷军长让某些人闻风丧胆/同饮乌江水,我感到了小小的自豪//在1933年5月17日/旷继勋的七尺之躯被一杆枪盯住/在四川一个叫洪口场的地方/旷继勋吐出最后一口气/就再也回不到乌江边了。"诗人为历史唱了一曲挥之不去的挽歌,同时也为一个逝去的英雄正名:"毛泽东用他独特的湖南话说/'旷继勋同志是好同志。'/而我想说:'可惜他死得太早了/可惜他们都死得太早了'。"历史的重新的评说,成为英雄路径上迟到的阳光。

周逸群是红军时期的重要政治工作者,也是贺龙的入党介绍人,是中国革命史上赫赫有名的英烈,曾经与贺龙等人创立了洪湖革命根据地,为中国革命事业献出了年轻的生命,把自己的灵魂放置于他长期战斗的根据地洪湖。诗人以《周逸群:洪湖水上长莲苔》为题进行歌颂,表达了诗人对英雄的景仰:"'湘鄂西红军和苏区创建人/中国工农红军高级将领/贺龙入党介绍人'/我只记住了他简介的部分/后来我认识了党史专家唐承德/他建议用报告文学记下烈士的一生/因为诗歌太短//'洪湖水上长莲苔,莲苔年年把花开'/洪湖仍然传唱的歌谣和周逸群有关/和1931年5月有关、和贾家凉亭有关/和一颗不长眼的子弹有关。"诗人以叙事与抒情的笔触,抒发了他对革命烈士的崇敬之情。

李春燕是当代贵州一个偏僻地方的乡村医生,为当地村民的健康牺牲了"小我",成为感动中国模范人物,在平凡的岗位上做出不平凡的业绩,被多家媒体报道。诗人以《李春燕:没有翅膀的天使》进行书写,诗歌标题本身就有一定的诗意:"文字记者可以这样开头:/一名苗家妇女手提篮子/她不是去田间地头采摘蔬菜/大塘村一村民卧病在床等她//柴胡、青霉素、针管在提篮中叮当作响//电视记者可以这样开头:/一边是乡亲的病,一边

是赊欠的记录 / 把耕牛卖了、把结婚戒指卖了 / 赤脚医生李春燕筹钱买药的痛 / 从博爱卫生站荡漾开来 / 然后出现一副完整的中国地图。"一个普通乡村医生的形象描绘得非常丰满，细微的生活细节往往是最能打动人的，就是从李春燕日常生活鲜为人知的细节，读到了一个平凡人的不平凡的人生，从而让人肃然起敬："写诗的兄弟可以这样开头：/ 沧桑的脸、操劳的心 / 有着飞翔的名字，没有翅膀的天使 / 当地村民可以这样介绍：/ '小病扛，大病顶，实在不行把巫师请' / 这首流传在的贵州从江县雍里乡的歌谣 / 被李春燕治断了根。"李春燕不但医治好农民的病，而且医好了一个地方落后的传统文化精神，将社会的文明之花开在贫瘠的土地上，才是本诗最有意义的歌唱。

《四滴鲜血一滴汗水》彰显出贵州人文精神和高尚品德，谱写出一曲黔地楷模的颂歌。弘扬了主旋律，为黔中大地的英雄人物喝彩。时代需要英雄，英雄需要歌唱。诚然，这就是马晓鸣的组诗《四滴鲜血一滴汗水》创作的价值所在。

（《贵州日报》2011 年 5 月 27 日文化评论，原标题《歌唱英杰》）

在人生的视野中展示其性情

——简评许义明的《两如楼词笺》

　　许义明先生是当代乌江流域词的集大成者，曾写出不少优秀的传统诗词，把传统文化在这片土地上发扬光大。他出版的《两如楼词笺》[1]就是佐证。词作为一种传统的文学体式，在当下沿用这种传统文体的人已经不多，写词有词牌，是词作者遵循的规则，同时也需要作者具有传统的文化功底。快餐文化流行的当下，写词是一件费力不讨好的事情，而许义明先生却在这条道路上孜孜不倦地追求，不断耕耘与收获，在乌江文化的场域有了自己的一席之地。

　　如《两如楼词笺》，内容十分丰富，词牌多种，表现出作者不凡的写作才能和传统文化功底，同时也展示了作者对中国传统文化的认同和独自理解。在当下，传统诗词领域一度出现了"老干体"，游离各种大报小刊，多为歌颂类型的游戏文字，以至于词开始走向中国文化的边缘，而义明先生的作品中却很难看到这种类型，也让我们看到了他匠心独运的艺术追求。词牌包括阳关曲、忆江南、鱼歌子、长相思、浣溪沙、西江月、临江仙、江城子、声声慢等三十余种，内容涉及地域风情、时令歌咏、赠友、针砭时弊等等，显然我们可以看出，义明先生已经在词的创作中找到了自我，展示了自我，同时也超越了自我。他把自己的性情融入了真实的人生与乌江山水，更是融入了他生命中的真挚和豪放文人品格。

书写地域的风情在他的词中占最大分量，如《点绛唇·乌江荡舟》《浣溪沙·凤凰山》《沁园春·咏思唐》《金镂曲·乌江行吟》《暗香·鹭洲泛月》等等。地域作为人生的起点与终点，是不少作家诗人写作的载体，乌江流域是义明先生成长的乡土，理所当然成为他歌吟的土地。如《金镂曲·乌江行吟》写得大气磅礴，表达他对母亲河的热爱之情："倾倒银河水，过千峰、蜿蜒九曲，浪吞云际，激越风雷草海，直去扬子江里。"大有苏东坡"大江东去"的气势，令人难忘。字里行间显示出词人的阳刚之气和对母亲河的顶礼膜拜之情。试想，如果没有宽广胸怀和文字驾驭力，很难写出这样的文字。人们常说，写词需要才情，不是当下流行的口水诗歌，只要分行的文字就认为是诗。而作为传统文化传承者，义明先生显然在这个方面是一个苦苦的践行者。地域与作家诗人（词人）的创作有着密不可分的天然关系。一方水土养一方人，宏大的武陵山区造就了他率真的性格，乌江河打磨他不断追求人文精神，在属于自己的地域里不断开拓与耕耘，最后形成沉甸甸、金灿灿的收获。如《临江仙·感悟乌江大桥修建》："江浪冲天呼啸起，瞬间地动山摇……高车骏马过虹桥。人间旺相，百姓乐逍遥。"地域之变，激起他心潮澎湃与地域律动。同时，他的词中还写有梵净山、千佛洞、仙女山、桃花源等地域词作，其作品情景交融，虚实相间，抛弃无病呻吟的伪写作，凸显出他作为诗人的本质和率性，立足于山水，感怀与真情。不是单纯的歌咏山水和景象，而是把自己的心与大自然融在一起，可谓天人合一，水乳交融，没有斧凿的痕迹。自古以来，山水诗词占有很大比重，不少诗人都是寄寓山水，书写自己的人生感悟。

赠友和唱在义明先生的词中占有很大的分量，可见他是一个尊重朋友、重视友情而具有一定品格的文人，在中国传统的诗人中，李白的《赠汪伦》成为千古绝唱，感动不少人。而作为赠友的典范。而义明先生也具备中国传统文人的精神境界，常曰：文人相见一张纸就是这个道理，赠以朋友文字就是对朋友的极大尊重。如《浣溪沙·相会罗老弟以赠》《浣溪沙·题送永良兄》《南歌子·寄文学兄》《瑞鹤仙·致何士光先生》等等，从他的作品中的注释来看，有老有少，有官员也平民百姓，可见许义明先生人生交往的圈子极广，从标题来看，体现了他对友人的尊重，无论年龄大小，均以先生、兄称呼，传承了中国传统文化中的人文精神。如：《浣溪沙·题送永良兄》，从中也看到一个乌江汉子的真诚："虚度浮生若梦游，挺身直面看春秋，用心浪里驾轻舟。长记艰难寒与暖，曾知忧患怨和愁。鹊声欢闹上枝头。"对其人生的劝慰，揭示了生活中的感慨，给人心灵以安慰。可见作词人真诚和豁达乐观。如《满江红·悼涂志祥校长》，一方面讴歌一个普通中学校长的精神和成就，另一方面表达作者的深切怀念之情，感人至深，试想，一个对朋友没有真挚情感的人很难写出这样的肺腑之言。和日常生活中的"老干体"大相径庭。我一直认为，文人的创作与他的文化品格有天然的关系。许义明先生作为一个长期生活在乌江流域的土家汉子，民族的传统精神是他创作的支撑，作品在始终渗透着地域的文化因子，同时也包涵了他的做人准则。如《行香子·冬日寄家昌兄》，是写给长者的词，一个童心未泯、喜好书文的老人顿时在读者心中栩栩如生："又是生辰，又遇春分，何曾老，稚趣童心，砚台尚润，纸稿留痕。"读到该词的时候，让我想到枯木逢春这个成语，老有所为老有追求，是词人赞许和歌颂的，同时也劝慰人们保持豁达的心态，在自己爱好的领域有所作为，同时健康长寿。这就是词人对自己认定兄长的祝福。作者的情感凸显其中，让人读后倍加温暖。

　　词人生活在现实中，作为具有丰富人生经验的许先生，他对现实生活有自己独特的文化见解，对当下的一些不正之风敢于鞭答，作为一个在官场摸爬滚打几十年的文人，比普通人多了一定的担当意识。有评论家认为，优秀的作品总是充满着对生活和生命的关注。义明先生的山水之作，赠友唱和之作，饱含生活的热情与精神的动力。而他的的《定风波·广电局为赚钱而要求配解码器》是针砭时弊，表现出一个具有正气的文人性格，直截了当地揭露当下现实的不正之风。作为一个词人，具有人的良知，敢于说出自己的真话，这就是当下文人所缺少的骨气。在很多一味歌功颂德的语境下，他敢于站出来替百姓说话，这种精神难能可贵。与其说是一种词人的真性格，不如说是一个文人品格的文化流露，其中的"戏法掌中随意耍""只要孔方兄常在"的词语入木三分，直指某部门的"花招"，读后让人解气，这就是词人品格，杜甫的"朱门酒肉臭，路有冻死骨！""大庇天下寒士与欢颜"等表现他所处于的那个现实的文人情怀，而义明先生敢于直指某些社会弊病，敢于发出自己的声音，演绎着一个文人"达则兼济天下，穷则独善其身"的传统文人情怀，在当下已经不可多见。

《两如楼词笺》是义明先生在一个地域上耕耘的心血之作，表现他对这片土地和这片土地上人事、物事的人生打望，包含着他人生的文化追求和精神阐释，集中体现出他真实人生品格和性情。作为一个乌江流域的文化批评者，希望有更多文化研究者来关注他留给这片土地的文化遗产。由于义明先生长期生活在偏僻的乌江岸边，处于中国主流文化所排斥的边缘地带，关注他的词作的人还比较偏少，因此，他对词的创作成就常常被人低估，但是我始终相信，时间将证明他的作品存在和流传。

参考文献：

［1］许义明．两如楼词笺［M］．北京：中国诗词出版社，2004.12.

（《铜仁日报》梵净山周末 2015 年 10 月 22 日）

乌江场域的历史展示

——读田永红的长篇小说《盐号》

 乌江是贵州的母亲河，乌江的律动凸显着贵州的经济文化发展。在明清时期，随着外来经济文化的影响，乌江流域的经济文化发生了前所未有的变化，最明显的符号就是产生航运经济的载体——盐号。据有关专家考证：乌江流域的盐号上百家，各自有其兴衰史。"盐号"作为一种过去式的经济文化符号，成为乌江河岸的一段历史悠远的记忆。但是作为曾经的经济支柱而起到至关重要的发展标志性的历史遗迹，在文学作品表现中却寥寥无几，田永红的长篇小说《盐号》[1]算是填补了这一领域创作的空白，给我们展示乌江流域"盐号"内在的生存历程，通过书写盐号的故事，展示过去乌江历史场域的社会形态。

 作者在小说前言里说：以国家文物贵州省思南县周和顺盐号发展历程为原型创作，也就是作家的创作原型来自乌江流域"盐号"，作品内容具有真实性的价值，当然文学作品毕竟是艺术作品，不能与生活打等号。同时也不是生活的某种翻版，而是从生活中抽取具有价值的、有意义的写作元素。小说以塑造从四川龚滩到思南的龚白虎开"盐号"作为小说主要叙述的路径，把乌江流域的广阔生活图景融于小说叙述的背后，把小说故事置于乌江历史文化的进程里考查，力图全方位地展示乌江流域的历史变迁，超出一般小说创作上的简单故事叙述形态，构成乌江流域历史的一部百科全书。

"盐号"就是指乌江油盐古道之川盐经营店，是乌江流域经济长期发展的产物，是中国自给自足的自然经济向商品经济发展的典型产物。"盐号"经营从四川涪陵拉到乌江中下游河岸的"巴盐"，也有不少的盐号参与"川盐"的营运与其他乌江农产品的经营，也就是把乌江流域的桐油、五倍子、茶叶等产品运到涪陵，换回川盐。明清时代，在不产盐的贵州各地，盐比较金贵，甚至是一些家庭财富的象征。于是，乌江流域不少人经营"盐号"发家致富，如沿河的崔百万、肖百万及思南县周和顺盐号等就是典型的例子。"盐号"作为一种历史的经济符号语境淹没在历史的烟波里，而田永红就是从历史的碎片里，寻找小说创作因子，通过人物的塑造把一个地域的经济符号展现出来，唤起人们对乌江流域的历史记忆。

小说时代为清朝末期到民国抗日战争的一段极其复杂而战乱频发的历史背景下，乌江流域思南县城之"龚家盐号"的兴衰历程，把一个家族的命运与社会发展的命运紧紧地连接在一起，将家庭与国家的命运连接在一起，把官场与经济发展连接在一起，同时也展现了盐商与盐商之间的关系，有盐商勾结不法官员，尔虞我诈，或盐商勾结盐商打击对方，仿佛就是真实社会生活的历史再现，让人看到那个时期"盐号"生存的艰难。也让人看到了乌江人生生不息的人文精神。勾勒出乌江风俗画，让人回到悠远的历史场景里流连忘返，仰望着乌江强大的历史动力与乌江历史曾经的脉动，历史的偶然性与必然性巧妙地连在一起，构成了小说宏大的经纬铺排。一个家庭命运的几经沉浮，几代人多舛的命运，最终认识到有国才有家，龚氏后代参加抗日，完成一个家族命运的书写。小说多层面、多角度地表现了乌江流域的政治、经济、文化的形态，凸显乌江流域各色人们的精神面貌。小说从下水经营桐油、茶叶与上水经营盐巴的乌江传统的经营模式进行经济层面的书写，实质上表现19世纪中后期到民国时期乌江流域民营经济发展的特定模式，这种经济在夹缝里生存的艰难历程，遭到官方土匪外国资本主义经济的挤压，民营经济面临十分困难的局面。小说一方面展示了乌江流域经济的缓慢嬗变，另外一方面又揭示了家庭的命运与国家命运唇齿相依，家族与国家的命运相互链接，经济发展往往与政治局面休戚相关等真实境况。

　　龚白虎作为贯穿小说里的主要人物，白虎这个名字有一定的象征性，白虎是土家族人崇拜的化身，是一种民族精神的象征。白虎是土家族人崇拜的英雄。我想，作为土家族作家的田永红肯定有这样的寓意。龚白虎有着乌江普通人的吃苦耐劳、坚韧不拔，同时又有乌江汉子的狡黠，也有传统土家族人的耿直，也有传统商人的诚信品质……属于小说里的典型人物形象，有着复杂的人生经历，代表一个时期乌江流域人物的多重性。小说里表现龚白虎与梅梅的爱情，也表现了龚白虎偶然救了"号军"头目的性命，莫名其妙地被人送来一船盐作为报答，传奇的因素在小说里体现，同时也表现出中国传统文化心态：好人有好报的良好愿望。龚白虎作为一个外乡人，靠他的精明与诚信、吃苦耐劳而在异乡找到自己的立足之地，其实就是反映一个时期乌江流域经济发展的必然趋势，靠自己的真挚赢得爱情，靠自己的诚信赢得财富，但是在当时历史背景下，显然也不会一帆风顺，而是充满着磨难与艰辛。盐号成长的曲折经历充分表明，在当时的社会体制之下，民营经济有着明显的脆弱性。显而易见，家族史其实就是一个地方的一段发展史。优秀的作家往往是通过一个家族的历史变迁表达一个地域的变化，把一个家族放置在地域变化发展的节骨眼上，无限地缩小与放大，从中探寻着历史印迹，表达作家的创作价值取向。"正是这种历史感使得一个作家最敏锐地意识到他在时间中间的地位,意识到自己的时代。"[2]小说作为一种文学作品,应该顺应或者表现时代的变化,从时代变化中发掘人们的精神风貌与取向。龚白虎作为小说主人公,历经几个朝代,经受很多社会的风雨,最终彻底明白了人生的真谛。这不能不说是小说人物的复杂性与多元性。

龚白虎的人生经历,是一个时代个体经营者的缩影,娶梅梅与思潭两个女人,反映了在当时乌江家族的传统思想,多子多福的观念在其心理的不断延续,也展现了这两个乌江女性的善良而独特的人性。一大一小的两个女人相安无事,确实也是一种乌江流域的文化现象。一方面写家族的经济发展,一方面写家族的人丁兴旺,实质上就是对一个家族历程的文化打望,作家力图从一个家族进程中探索到乌江流域人们的生存史,小说最终的书写其实是表达出一种人文情怀。晚辈承赵、承潭各自不同的人生际遇,说明一个家庭在一定条件下的命运归宿与历史发展的必然性。

白号军起义表现出在半封建半殖民地社会的解体下,人们觉醒,给小说增加了一定的历史感。在此背景下,贵州乌江流域的小县城——思南也出现抹不去的历史痕迹。匪患出现,表现出中国经济的破产与局限性。龚白虎的盐号与政府和外来势力的较量与抗争,也写出乌江流域人们对洋教的抗争,最终将法国传教士赶出思南,表达出乌江人民的爱国主义思想,同时也表现了乌江流域人们不屈不挠的精神品质。

小说表现了一个时代地缘的经济文化模式的产生与生存状态,展示一个地域的经济文化信息,同时表现了一系列不同家庭的命运,力图从中告诉读者,该思考什么。或者说,从一些社会现象里挖掘社会发展的本质,把历史感、现场感融入社会的语境里,把乌江流域在一个历史时期的经济政治文化通过小说的方式展现给读者。小说中多次出现有关巴人的传说，把古代巴人的故事与乌江流域民族的性格融为一体，作者试图从民族传说中寻找到一个民族的精神因子。同时在小说中有意识地描写乌江流域的婚俗、葬俗、摆手歌舞及其他社会生活的场景，力图把乌江流域的文化通过小说载体传达出去，还有盘歌、花灯等民间艺术等传统文化表现形式，特别是乌江船号子凸显了一个河流民族的心理状态，把一个民族坚韧不拔的精神通过历史的场景进行文学再现，从中挖掘出乌江流域民族历史的内核。作者在给笔者的信里写到：我的小说力图从民族文化活性资源与民族精神融在一起。可见，作者是有意识的在小说创作中探索民族文化精神。

　　小说毫不隐晦地书写兴盛盐号老板熊崽与官府勾结，敲诈勒索、鱼肉其他盐号、无法无天排挤外来盐商，把肖树林等外来盐商赶出思南，最终家破人亡。还有阴险毒辣的熊崽、吴滚刀等人勾结洋人设计陷害龚白虎，反映一个时代背景下，中外势力对本土经济发展的摧残，具有一定的历史暗示性，同时也具有一定的历史必然性。小说延续了中国传统文化思想，好人有好报，害人者终害己，熊崽、吴滚刀等人遭到惩罚，仿佛就是一种人生无法抗拒的宿命。同时，小说也没回避书写龚白虎等人设计报复熊崽、吴滚刀等人，让人感到真实历史的再现，从而克服小说创作中虚假的书写，合乎人的本性。人本性的恶与善就在一念之间。善与恶在人性中相辅相成，成为当下小说的重要书写内容。熊崽的儿子被枪毙之后，龚白虎准备为其收尸，也表现出人善良的一面，两个家庭的长久恩仇在一定时代语境下悄然了结，使小说更增添几分传奇色彩。特别儿子熊海与父亲熊崽不同人生的取向，更是增添了乌江流域人物的性格复杂性，表现出两代人的不同命运。虞芳、熊洋为了家产，告密自己的亲人，作为共产党人的熊海被枪毙就是表达人性的自私，为一己的私利，不惜出卖自己的亲人。

熊海莫名其妙地死在家庭争斗状态之下，不仅是一个人的悲剧，而且也是一个家庭的悲剧。"白虎回到家里，越想越不是滋味，觉得中国世界变了，骨肉相残……"这是对当时社会的反思，或者说是一种传统文化在新的历史语境下的落幕。传统的乌江文化处世哲学面临着世俗的挑战。小说就是从些细微的变化中，表现出一种深邃的思考。后人龚承潭、熊洋与悦兰之间微妙关系的转变，特别是龚家盐号的继承人龚承潭与悦兰是同学而且相恋，表现出龚吴两个恩怨家族的和解。因为这两个人在贵阳上过中学，受到现代文明的浸染。暗示着一种文化对另外一种文化的颠覆。龚承赵毅然投笔从戎，参加抗日战争，不再是把家族的兴旺作为人生的主要奋斗目标，而是把国家利益放在第一位。凸显乌江流域人们思想的一次重大转变，使小说有了更加深刻的社会意义。作者站在历史的高度审视经济社会发展的动向，增加了小说创作的历史意义。

梅梅就是一个乌江女性的典型人物形象，她对爱情忠贞不二，但又撮合自己的丈夫与思潭结合，有一种三从四德背景下女性的传统思维模式，在某种程度下是一个可敬可佩的人物，同时也是一个悲剧性的人物。特别是梅梅的妹妹松松，也暗恋龚白虎，被人卖到妓院，然后当土匪的压寨夫人，当龚白虎遇到灾难的时候，毫不犹豫地挺身而出。一个质朴而又具有传奇色彩的乌江女性通过她的几句话表现出了自己的爱憎："哥，当年思潭追你的时候，其实，我也爱着你，那时，你娶她无外乎要她给你生几个儿子，难道，我就不能为你生儿子？"一个敢爱敢恨的女性形象让人不能忘怀，古代巴人的性格跃然纸上。

小说人物有达官贵人，也有普通的船民，有为了爱情而落魄的大家小姐：如远嫁湖南的龚婉、思南市民陈赤洞、朱大仙等，作者把人物放置在历史的语境下，使小说人物或悲或喜，个性鲜明，勾勒出具有地域特色的小说人物群像。特别是人物的语言，更是带有明显的地域烙印，如："这天竹竹又来看梅梅，她是从妈妈的病房来的。梅梅迫不及待地问：'妈好点了吗？'""怕熬不过这一冬，她要吃鲜鱼，我跑遍了思南全城没有一人卖，天寒地冻的，谁敢下江里捞。"接着，竹竹又说："爹还怪我们不是男儿身，要不就可以下江了。还怪自己老了，不是也可以去。硬是——没得怪的。"从梅梅的妹妹竹竹的几句话，很显然可以看到当时乌江岸边人们重男轻女的思想观念，同时也表达出一个乌江女孩在强大传统社会生活中的无奈。小说就是通过语言表现人物的形象，把人物的性格推到了某种极致。作者善于从小说语言的细节之间把握人物的心理因素。

小说的结构比较复杂，除以龚家盐号作为书写主要脉络之外，还融入了思南其他盐号的兴衰史，同时离奇的故事与古代的传说相互交织，给人亦梦亦幻的感觉。也把当时社会中的大事件巧妙地联系在一起，如清朝灭亡、民国的诞生、军阀混战、土匪的泛滥、红军的传说等等，以龚家盐号在乌江县城思南变化的故事，展示乌江流域的历史进程。把历史语境下的社会生活图景进行多维度地书写，体现出作者不凡的叙述功力。特别是历史进程全景式的描写是这部小说一大亮点，也是作家写作最为成功之处。显而易见，《盐号》的写作成功不单纯是对盐号的书写，而是通过"盐号"这一载体书写乌江流域的经济、政治与文化的发展历史，使小说具有一定历史厚重感与社会意蕴。作者在小说里没有人为拔高小说的人物形象，而是通过小说的细节进行逻辑性的推进，使单纯的故事性作品具有了一定的文化分量，把丰富多彩的乌江故事融于历史的语境里，像一只迷人的艺术万花筒，将不断变化着的乌江传奇人物展示在读者的面前，构成"乌江文学"小说创作里的风景线。

田永红是一个长期经营"乌江文学"的作家，在近30年的文学创作生涯中，基本是立足乌江流域文化变迁的书写。小说集《走出峡谷的乌江》[3]曾经获得第七届少数民族文学骏马奖。"乌江文学"写作是他的起点，也将是他写作的高点。《盐号》的创作成功再一次说明了这个道理。

参考文献：

[1]田永红.盐号[M].北京：中国戏剧出版社，2012.4.

[2]托.史.艾略特论文选[M]周煦良译.上海：上海文艺出版社，1962.（3）.

[3]田永红.走出峡谷的乌江[M].北京：中国文联出版社，2000.8.

（《铜仁学院学报》2013年第2期、《贵州政协报》读书2014年2月14日）

"乌江作家群"的沿河文学版图

——评新世纪乌江作家丛书

一

有关"乌江作家群"的界定学术界有一定争论。在我看来，乌江作家群有广义与侠义之分，广义的乌江作家群，应该是乌江流域的各民族作家。包括贵州、重庆的渝东南、鄂西北若干县份。在这个地域，生活着土家族、苗族、汉族、侗族、彝族、仡佬族等民族，显然，生活在这个地域的民族作家都属于乌江作家群的范畴。而侠义的"乌江作家群"就是指乌江主流两岸以乌江为创作题材的作家群体。而在贵州范围内，一般都是以贵州的乌江作为参照而划分的乌江作家群体。从当下流行文学板块研究的定性考察，我对"乌江作家群"更倾向于广义的乌江作家群的界定，贵州的"乌江作家群"是乌江作家群的重要组成部分。由此派生了"乌江文学"的概念，乌江文学应该就是以乌江流域为创作题材的文学作品。从目前一些有关乌江作家创作现象的研究表明，乌江流域的作家不一定以"乌江题材"为创作对象，由于个人的生活阅历和创作选择不同，创作题材不一定能够贴上"乌江文学"标签。因此，我从地域文学研究的角度定性，认同"乌江作家群"这个广义概念，更加有利于对整个乌江地域文学的载体考察与局部分析。

广义的"乌江作家群"应该由以下三个作家群体组成：一是贵州的乌江作家群，一个是重庆的乌江作家群，再一个就是鄂西乌江作家群。这三个以省界定的"乌江作家群"一同构成"乌江作家"群落。同时，在贵州又有几个相对独立的"乌江作家群落"或者文学板块，毕节、安顺、遵义、铜仁西五县等相对独立的乌江作家群落（板块），铜仁西五县又以思南、沿河两个县较为明显。沿河作为位于乌江岸边的县，具有相对的文学独立性，但是他们作为乌江作家构成的重要版图，越来越清晰意识到文学意义上"乌江作家群"的存在价值，文学群体的自觉和自信开始凸显，以沿河土家族自治县精品文化工程龙头为主，出版"新世纪乌江作家丛书"（10 部文学作品集），由中国戏剧出版社于 2017 年10 月出版，整体包装推出沿河新世纪创作成果，包括了沿河本土作家与沿河籍的作家作品，立足文学群体的有效整合，以集团的力量冲击中国文坛，以达到某种预期的群体性效果。

沿河是一个重要的散文诗创作县份，被业内人士称"散文诗之乡"。新世纪乌江作家丛书出版五部散文诗集，是沿河创作成果的重头戏，喻子涵的《孤独的太阳》、冉茂福的《雪落村庄》、赵凯的《涉水而居》、陈顺的《穿越抑或守望》、侯立权的《七色之外》；散文集出版有刘照进的《沿途的秘密》、崔晓琳的《以后之前》；小说集出版有田永红《洋荷坳》、晏子非的《夜奔》；诗歌集出版有谯达摩的《摩崖石刻》。从总量上看，基本上代表沿河文学创作的各种文体，从质量上看，代表沿河新时期创作成就，展示了沿河文学代表性的整体实力，勾画出沿河新时期文学创作的版图。

沿河作为一个县而言，编辑出版新世纪乌江丛书，在黔地新时期文学领域是一个开拓性的文化举措（文学活动），为评论家提供了可以研究"乌江作家"的文学范本。长期以来，"乌江作家群"重创作而轻评论的运作模式，让人们低估了"乌江作家群"的实力。就贵州而言，乌江文学就是贵州文学，这是一个贵州作家与我交流的时候谈的观点，当时我不以为然，后来我仔细地思考了一下，事实上确实如此，乌江是贵州的母亲河，贵州大部分都处于乌江流域，从广义的乌江文学而言，乌江文学就是贵州文学，"乌江作家群"就是贵州作家的典型代表。从这个层面上讲，沿河乌江作家群落在整个贵州"乌江作家群"中具有一定研究价值。"新世纪乌江作家丛书"的隆重推出，就是对贵州文学版图的研究起到抛砖引玉的作用。

二

散文诗是沿河新时期文学创作的主要文体。我曾在有关媒体上就沿河的散文诗创作现象进行评价，当时我看到一种不可否认的文学事实——散文诗崛起。沿河为什么出现这种文学现象，当时我进行了思考。喻子涵的《孤独的太阳》曾经获得少数民族文学创作骏马奖，无疑对沿河散文诗创作具有促进作用。一个地域的领军人物就可以带动一大批作家的创作，开始由跟随到自觉创作。喻子涵的带头作用不可低估，喻子涵作为贵州省散文诗创作的领军人物之一，同时关注故乡，常常向外界推介家乡的散文诗人，曾给沿河的散文诗写了不少评论，还向省内外报刊推介沿河散文诗人及其作品。

《孤独的太阳》是喻子涵代表作品，获第五届全国少数民族文学创作骏马奖。"新世纪乌江作家丛书"再一次推出，无疑是经典重现。《孤独的太阳》（组章）是喻子涵的发轫之作，包括《门》《太阳》《网》《燃烧的日影》《火》《即将离你而去》《蓝色的村庄》《太阳下的祭典》等篇什。诗人就是借太阳表达一种人生的态度，人生在经历无数的磨难之后，一切就归于坦然：

"我永恒地凝望着，真理和爱的光辉，解下我沾满泥泞和血渍的外衣。在黄昏或者黑夜里，你灿然的微笑，掀起沙漠和血液，满天星斗和枯草，摇荡着不安的灵魂，像一枚精致的卵石不自觉滚向海边的沙滩，等待穿紫衣的少女走来。"《太阳下的祭典》表达对太阳的顶礼膜拜："世间万物的创造者与毁灭者，你万万不要抛弃他们！你那仁爱无私的明澈沉静的光辉，点燃他们倦怠的灵魂，驱除他们忧郁的孤独，以你吹息万象之气翩翩走进他们虚弱萎靡的梦境，恢复他们的激情和力量、欢乐与繁殖。"

诗人呼唤着太阳的光辉。同时《孤独的太阳》注重色彩的描绘，其实就是一种心理状态的诗学体现，色彩使他的创作具有现代意识。《孤独的太阳》表达了喻子涵早期的精神追求，反映了他的人生观念，始终表达了生命意识与关怀意识。

目前，在贵州还出现超越《孤独的太阳》的散文诗章，或许《孤独的太阳》对后来者创作散文诗有一定启示与借鉴。

冉茂福的《雪落村庄》也是优秀的散文诗集，村庄作为一种书写的意象总是出现在他作品中，当下，村庄作为一种乡愁的文化载体，总是在一些作家的文本中反复出现。但我要说的是，有些作家的村庄属于纸上村庄，而不是心灵的村庄。村庄应该具有心灵与生命的形式，而冉茂福的村庄应该是具有双重意义的村庄。他笔下的村庄事实上就是他长期生活的乌江流域的乡村。

冉茂福的散文诗属于乡村书写的形态，他的写作从自己的地域开始，把自己生存的地域状态与自己生命的感悟作为写作的经纬，相互交织，形成一种自然的文化景观。乡村作为一种文化追逐方式，从自己赖以生存的乡土挖掘出人生的经验，把自己的灵魂放置于乡土滋养。喻子涵认为，冉茂福的散文诗是"生命，灵魂，故乡，是构成《守望乡村》这部散文诗集的基本内容。"乡村成为不少作家诗人笔下的景观——纸上文学，根本没有深入乡村的内部，而是凭着自己的写作经验进行一些浮光掠影的模拟，把乡村写成一种苍白无力的文化模式，而冉茂福却在力图避免这些现象，从乡村的内部寻找自己思考的文化内涵。

"你的生命属于大地和天空，那里有不尽的梦想。"（《深秋的雨》）

"黝黑的土地，揭示生存的哲学。"（《无声的汗粒》）

"我们在收割的田野，去寻求生命的皈依。"（《收割的田野》）

"金黄的稻穗，我梦中的家园。/在金黄的稻穗里，沉睡一个幸福的灵魂。"《一束稻穗》）

从村庄中寻找"家园意识"，是冉茂福散文诗写作的一大亮色。"浑厚、沉郁的音乐，野性的唱腔，如金黄的稻穗。"（《民歌的记忆》）生命的皈依，成为生命张力。乡土的人文精神成为一种生命力坐标。生命感悟成为一种无法忘怀的精神阵地，瞬间的意象勾勒成为生命的涌动，虚幻与生命的体验融为一体，让自己的灵魂在村庄湖泊洗澡："在蔓延星星和月亮的夜晚，你敲瘦了我的思绪，带来了满腹的愁怀。在季节的枝上，纷纷坠落、摇曳。/如一曲卷帘幽梦，在李清照的词里雨疏风聚。/或者在边草无穷日暮的意境中迷失了方向。透过你的天空，在无数潮湿的叶片上读诗写诗。/我的目光迟钝，寒山寺里的钟声，涨满了我的河床，一些生命体涌动如潮。/我是疲惫的彩虹，丢失了五彩斑斓的外衣；我是被岁月拔掉羽毛的鸟儿，远离了飞翔；我是被时光剥蚀的船，失去了远行的梦。/在夏日的滩头，/在无眠的夜，/拥着一片孤独，倾听雨声。"（《在客田镇听雨》）

喻子涵所言：茂福的散文诗也不是直言其事、直抒其情，而是在有所指与无所指之间，调动无际的想象，选取相关的物象，进行诗意的展现。冉茂福的散文诗十分注意诗意的虚实相间，具象与意象的有效结合，同时也注重语言的表达与行文的疏密相间。

赵凯是立足地域写作的散文诗人，他的《涉水而居》，就是以水为意象，他笔下的水，我以为就是贵州的母亲河乌江，从前乌江就叫乌水，作为长期生活在乌江岸边的土家族诗人，显然水对他有特别的意义，甚至达到了顶礼膜拜的程度。乌江多次出现在赵凯的笔下，是那么的神奇与博大，仿佛是一种人的精神象征，《穿越乌江》其实就是一次生命的考验，或者是一次生命的洗礼。

"生命的流程就在这蓝色的血液里。"

"从高原起步，生命的号角一路吹响。从简单的音符演奏成浩瀚的壮歌。撞击与弹奏，几千年历史的迁徙定格成永恒的风景。"

"几千年啊！惊涛骇浪磨亮祖先的眼睛，使他们更加关注这条河热爱这条河守护这条河。"

"狭窄的江面，挤出土家人的哲思，在缝隙里，生命的触角疯狂生长，像桅杆，竖立一面永不倒下的旗帜。"

"于是我们属于这个江面，属于昼夜不息谱写生命的涛声。"

"血缘共存，我们的河流畅然流动。"

"可掬的生命之源，激情澎湃，昼夜不息……"

《石板桥》显然是书写地域文化存在的生命过程和生活的变迁，"桥"其实就象征了一种生命的延续，地域人文精神的拓展。"

"梁家女匆匆地上路了。"

"走过石板桥，光滑如女人肌肤的桥。"

"唢呐声声里，梁家女止不住甜蜜的啼哭。于是梁家老汉说石板桥是一条踩不断的桥，是一条能走出去又能折回来的桥。梁家女哭着出去又笑着回来。"

"老汉死了，桥还在。"

"梁家女老了，桥还在。"

"小木屋变成了小洋房，桥还在。"

赵凯的散文诗基本形成他自己的创作个性与特色，把地域与民族文化纳入了他的写作视野，在现代化的背景下，不断融入大地、故乡、乡愁等文化内涵，吹出了乌江流域的一支悠远笛声。

陈顺的《穿越抑或守望》，他的穿越就是一种对生存、生活、历史的把握，守望就是对生活生存的某种反思。生命、河流、故乡、灵魂、记忆等构成了他创作的主题词。往往是心灵深处的思考与抵达。陈顺不像冉茂福、赵凯那样注重地域的书写与表达，而是注重生命的体验与感悟。如《月光的石板桥》《零落在在村庄的记忆》《在春天的视野里行走》《生命的秋天》等作品。

"逝者如斯，曾经眼里的寻觅，是隔着年龄疯长在石板桥下的童话。一如鲤鱼跃身上岸茫然四顾的哀伤。"

"月影倾斜，桥身倾斜，光滑的石板在时光的打磨下舒展成一段平淡无奇的往事。往事中，一个少年正匆匆从岁月的缝隙间长大，身下是一座老气横秋的石板桥，在柔和的月光下静默。"

"棱角不再。烦恼也悄然间散失。"（《月光的石板桥》）

岁月的流逝，生命的感悟跃然其间，历史悠然在桥上溜走，让人感到无奈与惶惑，把生命的底色展现出来。

"秋天的旅程铺满细碎的阳光，淡淡的红色夹杂着粉红色的低吟弥漫在一望无垠的稻田。一把把镰刀锋利出乡亲们那双双空洞的眼，掩饰不住的喜悦摇曳出久违了的幸福和甘甜。落寞的父亲忍着收获的失落，疯长的记忆却漫过了他无数次挥舞镰刀和锄头的笑容。"《生命的秋天》

秋天的景象与人们在收获季节的生命律动表达得淋漓尽致，让读者感受到秋天的味道，在场感较强，生命的体验浓郁，形成了一种生命的精神磁场。

"儿时的天空湛蓝如洗，穿过时间的童谣里贮存着父亲如醇的关爱，一根扁担、一把锄头是父亲的精心打磨，一生的角逐击败一次次洪涝和旱灾。与父亲同在的日子明朗而纯净，彻底的祥和胜过了邻居家丰富的佳肴。一袋袋旱烟松软而坚实，家的温馨少不了父亲的味道和辛劳。随之而来的痛漫过村庄的脊梁，生命的羸弱撼动着他昔日的坚强。"

"生命在缄默中流动，或好的、或坏的，紧紧交融在一起，有万钧之力却只有趋势没有结果。临江而立，我看见无数个'幽灵'飘来。那凄厉的叫声里蕴含着生命的呐喊，许多时尚的人在叫声中倒下，流连于浓浓的血腥味里，我掂出生命的重量，量出了玫瑰到刀锋的距离。方知：握住了一片枫叶，未必就拥有了整个秋天。"

"星隐了，水静了，只有严肃的思考穿透现实的魔网了。"

"理念凌驾于江上，眼睛被一种势利刺痛，在远处挤出来的灯光里，我看到无数个躁动的灵魂不安地探出头来。"

"有沙滩作伴，又何必伤感是一弯下弦月。"（《码头随想》）

陈顺的散文诗里始终离不开他自己的生命感怀，秋天成为他散文诗里的一种文化象征，始终洋溢着对生命的热切期盼，或者说对生命极限的苦苦追求，属于灵魂行走似的作品。在这里，我要特别提到他的《姐姐，我用温暖的文字渡你》，以真挚的笔调书写了姐姐善良又艰难的人生，如泣如诉，将生命意识和亲情进行有效的文学表达。抒发出人间的真情与真爱。

侯立权是入选作品中唯一的女性散文诗人，以前，没有进入我的研究视野，最近读她的散文诗集《七色之外》，我才对她的作品有了一定的接触与了解。《七色之外》代表她近年的创作成就。作为一个长期生活在乌江流域的女子，按照一般的常理推论，她的写作与地域有关，但是她的创作却出乎一般人意料。她的散文诗中的关键词是时光、温度、历史、跫音、几何、心灵、姿态之类的写作意象，除了《苗王城》（组章）有一定地域元素以外，基本都属于心灵求索的写作。一般而言，人们对写作划分有不同的形式，一是生活写作，一是生命写作，再就是心灵的写作。侯立权应该属于后者。如《低处的回声》："阳光匍匐，隐忍的大地背负沉重的忧伤。言辞吞下大把大把的川连。夜的天空碎落，山路朝着远方。低处的回声究竟是什么？"作者在历史的长河中反复追问。心灵的追问力图达到一种哲学的高度，其实，古今中外，不少诗人作家的创作都是追求一种哲理，从形而上的高度写作，不妨也是一种创作的模式。侯立权对生命与生活的思考，已经上升到人类的思考，这就使她的写作有了一定高度。

新时期以来，不少女性作家陷入"私语化"的写作模式，自怨自艾成为某些女性作家写作的套路，而侯立权却跳出了这种写着模式。那生命的情意漫过那片青色，无需太多的前因后果。俗世的烟火熏烤，所有的事物已经沉寂。事实上，诗人总是想从历史跫音中寻找到某种答案，如《那些脚步走来》："历史是秋叶的落花，韶光远逝。"把写作当成了一种对历史、对生存的追问与反思，目的就是让读者介入作品的思考。如《贞节牌坊，那些记忆性疼痛》："那是一个石头说了的岁月，那是臆想构架的世界。那些晦涩的图案，虽已看不清那些狰狞的面孔，却似岁月深处的触角，穿越我忧伤的目光，穿越我颤栗的灵魂。"

诗人对传统糟粕文化的现代反思，其实就是对历史上某些约束女性的不平等的思考与反叛，把一种历史的文化现象上升到生命意识与生存意识的写作。确实以她女性独有的视角进行考察，使没有意义的文化符号在她的写作中成为一种价值判断。舒婷的《神女峰》对传统忠贞爱情的反叛，其实就超越本身写作的意义，而侯立权《贞节牌坊，那些记忆性疼痛》也就是对传统文化的多重反思。把她的思想根植于她的思考之中，使她的创作具有一种女性写作的意义。

三

"新世纪乌江作家丛书"出版的散文集有刘照进的《沿途的秘密》、崔晓琳的《以后之前》，代表了沿河新时期散文创作的成就。刘照进的散文在贵州乃至在中国西部都有一定影响。崔晓琳是新世纪沿河创作的后起之秀，一手写散文、一手写小说，在两种文体创作中都取得不菲的成绩。

刘照进的《沿途的秘密》由两个部分构成。第一辑《暮色合围·故乡·异乡》，第二辑《光影同尘·创作谈》。第一辑《暮色合围·故乡·异乡》由《顺水漂流》《一条大河拴住的小城》《目击》等十七篇散文组成；第二辑《光影同尘·创作谈》由《没有退路的选择》《月光依旧朦胧》《尊重每一个词语》等六篇组成。基本代表了刘照进近年的散文创作收获与创作感受。有人把刘照进的散文归类为"新散文"创作，也有人把他的散文归集为诗性散文创作。在我看来，这两种归类都有其局限性。我对刘照进早期的创作，定位为"边缘的美学"，他的创作介于两者之间，只是用现代散文的创作手法表现地域的文化精神与他对生命、生活的感悟。《一条大河拴住的小城》就是将自己生活的小城诗意化，以写诗歌的意象描写自己心中的河流，其实就是地域与诗性的有效组合。《陶或易脆的片段》就表达了这种创作追求。陶及片段仿佛是作者心中的一种美学载体，一种被人遗忘的存在于民间文化载体：在民间，陶通常被称为窑罐。一件普通的陶通常昭示了它命运的浅薄：隐身底层，与泥尘和寂寞为伍。作品寄托了作家的一种内心思考：一种民间文化的没落与缺失。同时，也透露出了作者对一种没落的民间文化的留恋和无奈的心情。另一篇散文《匍匐》也同样表达了他一贯延续的哲学和美学思想。匍匐被理解为一种生存的象征。"我同情他们的遭遇，可我有时也缺乏扶起他们的足够的勇气。"字里行间露出了作者的人生良知，或者说是生命历程中的忏悔。《缓缓穿过》写的是他一个人靠在河堤的石墙看河流静悄悄的穿过县城的心理状态。所思所想，所见所闻，最后折射出自己的人生价值观。特别是《空鸟巢》，是对生命的尊重和思考，同时是一种人性的回归。作为人类的朋友，燕子的亲近是一种假象，亲密里渗入了可疑的成分。恶毒的举止来源于对未知事件的好奇，对悲惨的结局的出现毫不在意，人类的心灵永远无法装下对弱小生命的尊重。可见，刘照进的散文不是单纯标新立异，而是从比较现代的表现手法中，把故乡、生命、生活等融入自己的思考中，隐含着他对人类生活的忧虑与阐释。

刘照进不仅在散文创作上有所成就，而且在散文创作过程中有自己独特的体会，对当下散文创作提出自己的思考，《没有退路的选择》其实就是他自己长期创作的感悟，就是自己创作过程中的真切感受，其实他散文创作的经验之谈，特别是对文学"软骨症"的批判，体现出一种精神。《尊重每一个词语》就是针对当下散文创作中语言词汇恣睢的问题提出思考，同时体现出他散文创作的一贯追求。《走的人多了就是坑》就是讲散文的创新问题，不要重复自己与别人，保持创新精神与探索意识的重要意义与价值。对当下的散文创作理论建设有一定的见解和贡献。文学前辈吕进先生有这样一种文学主张，建议搞创作的人做一定创作研究，可以丰厚的自己作品，在以后的创作过程中弥补自己的短板。

崔晓琳的散文集《以后之前》由"旧念""琐语""碎思""情觉""别处"等五辑构成。在我看来，"旧念"就是对自己生活的过去式的一种书写：如《老街》《母亲的大摆裙》《少年》《对一条街的故事》等，一看这些作品的标题，就知道是一系列怀旧之作。如《老街》："老街一直以灰色颜色存在，像儿时一条洗旧的连衣裙，暗淡、枯萎，却又压在箱底，舍不得丢掉。"

作家对"老街"的描绘非同凡响，让人耳目一新。《母亲的大摆裙》唤起人们对生活的一种记忆，特别是一代人对现代文明的追求，具有明显的历史印迹。而母亲的大摆裙，它是让人产生联想的，可以是浪漫、华丽，也可以是温柔、婉约，更主要是来自远方，仿佛把那令人窒息的生活打开了一个缺口。散文是一种注重叙述的文体。怀旧题材的写作成为当下散文创作的一大亮点，作家往往是在怀旧中寻找自己一种久违的乡愁。如《衣念》就是对外婆与母亲同时裁缝生活的悄然回忆，一件手工缝制棉衣让人感到一种久违的温暖。因为是伴着外婆与母亲亲手缝制的棉布衣裳长大的，我其实就是他们手中的一件衣。

　　"琐语""碎思"之中的作品，在我看来基本都是一种类型的作品，都是作家生活中的所思所想，或者是作家对生活的一些感悟。如《离别》《一些小忧伤》《家有二姑娘》《不如唐僧》《孙悟空的眼泪》《酒中小趣》等作品。生活犹如万花筒，人作为一个个体，生活中总有一些让刻骨铭心的物事纠缠自己的内心世界，如《离别》："喜欢车站，喜欢在离别的人群中拾起那份失落的期待……属于我的离别多是车站，在宽广喧闹的车站。我是一个伤别的人，却多是充当幸福的远行者。当客车飞驰而行，车窗外万物长驻，风景是流动的，心绪是流动的，而离别这一刻却成为了永恒。"作者把离别时的感悟写得十分纯粹，流动的风景中有几分苍凉，把一个女性心情写得入木三分。如《月月的蝴蝶》对张爱玲时期生活进行解读，而感悟："那个时期女子如开在悬崖上的花，偷着艳丽而秃废的美丽，不做英雄，却不可不爱美人，在一点上，旗袍功不可没。"

　　情觉是写作家书写情感类型的作品，是作家生活一些颇感温馨的生活印记。如《寻找丢失的记忆》《爱在原地》《人近中年》等作品。人是有情感的理性活物，生活中很多因素往往会打动自己。《寻找丢失的记忆》原由是结婚的仪式，每一次有姑娘出嫁的日子，母亲最惧，其中的缘由作者进行阐释。《人近中年》是人生的一种感慨，这是每一个人都要经历的人生历程。说是一场浩劫，也不过是到中年时人人都经历变数，我们致爱的亲人都发出警告，开始迫切地感受到生命的短暂与无情。《爱在心口难开》书写外公与外婆的大爱，平常的行为不是用语言能够表达的："冷暖两心知，几十年来外公都在伪装着他对外婆的依赖，他的柔情需要一个坚强的外壳。而外婆的忍让，我想只是她比谁都清楚，他——爱在心头口难开。"

"别处"一辑之中几篇散文写风景与历史，其中渗透着作者的思考。如《思念开始的地方》《邂逅传奇》《醉苗王城》《边城小记》等。作者力图从历史中找到生活的答案。如《去见一个宋朝的女子》："戏里的女子粉面桃花，裙摆轻盈，妩媚的小碎步，步步让人神魂颠倒。"作者在古戏里感受历史上一个女性的生活状态，具有一定唯美的情怀，在穿越历史中表达自己的情感。

四

田永红《洋荷坳》与晏子非的《夜奔》两部小说集，基本代表了沿河新世纪小说创作的水准。两个作者有相似之处，出生在沿河，而离开沿河在外工作。但是相同的生活经历没有形成相同的创作类型。田永红的地域比较浓郁，他的作品基本都是取材乌江流域普通人生活的状态，把这里的民风民情表达得淋漓尽致。而晏子非的小说基本都是书写底层生活的状态，表达他们的喜怒哀乐或者对生活的无奈、无助。他们两个人书写风格不同，但是也不妨碍他们对沿河地域文学的贡献。

应该说，田永红集作家与文化研究者于一身，他的作品具有强烈的地域性，田永红小说集《洋荷坳》是以作者的故乡洋荷坳为背景创作的一系列短篇小说，包括《神骗》《卵朝天》《七月半》《今生今世》《傩魂》等十一篇小说。《神骗》写一个骗匠在计划生育面前遭遇的生活冲突，一是自己与社会发展的冲突，二是与青年一代的精神指向的冲突，主人公最后在历史大潮面前不得不缴械投降。《卵朝天》以乐天老汉进入城市面临的困境，最后为了自己儿子买房子而去工地打工，最终死于非命故事，老人以自己生命为代价得到的赔偿，为儿子买房子。写出了城市化进程中，一个快乐的乡下人最后在城市丧命的不幸遭遇，事实上就是一种文化的消解，或者说乡村文化面临的巨大的挑战。"他突然想起看房子的那天早上，父亲忧郁的表情，急忙就把她的手抽了回来，狠狠地骂了花喜鹊一句：'你就知道儿子，儿子，良心被狗吃了。'"

《七月半》写了满公与牛的故事，其中包孕着地域的传统文化与生命的意识。一个老人对牛的敬重的故事，就是一个地方传统文化的延续，也表达出主人公的不解："满公想，牛总比人好，牛死了肉可以吃，就有那么多人欢天喜地地围拢来；而人死了，不仅不给子孙们增加收入，还花钱找人抬去埋掉，如今哪里找人去抬，哪里又有土地让你入土为安？"在城市化的进程中，乡村文化开始走向没落，作为这片土地上的主人，面对消失的传统，他们该如何抗争，我想这一切都无解。田永红就是从家乡这些普通人的生活中找到自己创作的因子，引发人们的思考。《傩魂》写傩公罗二爷的人生经历与人生追求，作者同时把地域民歌、习俗巧妙的融合进来，展示一种地域文化的魅力。我想作家不仅仅是为了展示地域文化，地域文化的背后应该潜藏着更加深层的文化内涵。

晏子非的小说集《夜奔》由《夜奔》《彩虹》等十部短篇小说构成。从篇什而言，属于短篇小说的范畴。从题材来看，都是底层关注书写类型。就这些作品来看，晏子非创作不追求鸿篇巨制，而是小处见精神。《夜奔》写一个传统小知识分子在当下的生存况景，一个管技术的副厂长朱长民在"下岗潮"的背景之下，生存的无奈与无助，作家就是从"小人物"身上寻找社会进程的轨迹，成为底层人们的代言人。《还债》写的是乡村农民进城打工死亡的故事，两个打工仔之间的还债包含双重意义上的还债。乡下人生命消失之后，一切又归于平静，再现底层生活的原生态。《晕眩》也是一篇关注底层人生活的作品。一个叫秋萍的农村打工妇女为自己养女潞潞筹钱买钢琴的故事，小说塑造一个忍辱负重的农村女性形象。在普通人生活中，总是那么的不幸，总是伴随着人生历程。《阳光下的葬礼》就是书写一个文学狂热年代的诗人寒隐、紫烟夫妇自杀的悲剧。其中延伸出一系列的社会因素，而且还被自己好友利用，好友的葬礼成为某种人换取功利的一个场域。《灭亲》有双重的指向，一是姐夫与姐姐一道害死姨妹，这种灭亲的指向显而易见；一是作为丈母娘的茂登伯娘向公安部门举报自己的女儿女婿。在当下这个经济社会，人们基本上丧失了人性，但是一个普通人忍受着双重的痛苦，最终指正自己的女婿。底层人的无奈与良知得到凸显。

五

当中国面临"知识分子写作"与"草根写作"争论不休的时候，谯达摩提出"第三条道路"诗歌写作。诗学理论《第三条道路：却顾所来径，苍苍横翠微》对"第三条道路"的诗学观点及其创作实践进行精辟而全面的概述，毫不隐晦地表达他的创作思想。

诗集《摩崖石刻》是谯达摩近年创作的代表作品。诗歌相对每一个诗人的创作而言都具有一定的地域性。作为高原之子，谯达摩诗歌具有内显与外显的基本特征。诗歌意象包孕高原文化基本形态。构成诗歌的外在形式也同样具有高原的粗犷与大气。高原的气势从诗歌的结构就有所体现，诗歌中始终凸显高原之子的情感，如《穿睡衣的高原》："此刻睡衣醒着，而高原沉睡。/惟有漫山遍野的羔羊/从云的乳房汲取奶水。//此刻溶洞潮湿。没有语言，只有麻酥酥的震颤。/幽谷的泉水冲洗了她。她蹲坐在光滑的鹅卵石上，开着喇叭花和秋菊。"

高原的状态，高原的精神和高原景物，以"穿睡衣的高原"诗歌意象，一个无私奉献的母亲形象在诗歌中塑造，诗人的感恩之情油然而生。博大的高原成为诗人生命中的宗教。

谯达摩的"第三条道路"的代表作是《第一波罗蜜》，包含他长期创作的地域文化精神与"佛学"意味的融合，其实就是一种传统诗歌的精神抵达："天亮了，我最初听见的是几声鸟鸣/几片琉璃瓦即将飞翔/然后在阳光中倾斜，破碎/留下一地羽毛。天亮了吗？/天亮了，天亮了！……//此刻，但愿神圣成为我的话语/如是我闻。一时佛在舍卫国。/此刻抵达故乡的第一缕阳光/披着神的衣裳/天亮了吗？天亮了，天亮了！"此刻第一缕阳光抵达故乡，一个人有生命的故乡与心灵的故乡，而谯达摩诗歌具有真实故乡指向性，人是精神就是一种皈依，生命的归宿，成为谯达摩诗歌的灵魂追求与抵达："我的故乡——谯家岩/那里围绕着富饶，围绕着明朗，时间的顶峰/顺着顶峰而下/我的亲人一生与云雾为伴/与炊烟为伴/仿佛他们来到这个世界/就是为了享受一月的雪花、二月的凉风、三月的细雨/四月的犁铧、五月的青草……"诗歌中反复出现"我的故乡——谯家岩"诗句，表现出诗人的故乡情结与乌江文化元素，也表达诗人对故乡的一种不舍与遥望。尽管谯达摩的诗歌具有浓烈的宗教意识，但乡土情怀在《摩崖石刻》里占有很大比重。

六

"新世纪乌江作家丛书"出版的十部作品集，基本代表新时期沿河文学创作的成就，勾画出新时期乌江文学之沿河文学创作的最新版图，同时也是新时期沿河文学创作的新起点。我们期待着，沿河新的丛书的问世——当然是超越这个时期作品的问世。

（《贵州文学》2018 年第 1 期、《新世纪乌江文学研究》）

生活视野的真实书写

——评张羽琴的散文创作

　　张羽琴因"乌江文学"而进入我的视野，长期以来我比较关注乌江作家的创作。她的散文《瓦窑记忆》获《梵净山》刊物奖（其实，我一般不看获奖不获奖，主要是看作品本身是否具有阅读的价值），有文友不断向我推荐张羽琴和她的作品。因此，我利用清明小长假抽空阅读她的部分散文作品，总的感觉是具有生活原生态和自己的观察。当下，不少作者受到其地域的某些领军作家的文体影响，东施效颦，一度丧失了自己的创作个性。而张羽琴却恰恰相反，有着自己独特的叙述方式，没有被当下流行的散文叙述所污染。作为地域的写作者，应该有自己的创作主张与认同，摒弃那种趋同化的创作模式，才会写出真正属于自己的作品。

　　散文的写作没有什么模式可言，也没有什么作品可借鉴，每一个人的创作应该属于他自己的写作范式，别人写什么诗性散文你去跟着别人转，你永远也走不出自己，别人写文化散文你去模仿，那将永远被抛在别人的后面，最后丧失了自己的创作个性和光芒。我一直认为，散文的创作必须真实，应该具有作者生活地方的元素，而不是拼凑堆砌一些假大空的文化词汇或术语。显然相对作者自己而言，或许是无效的写作。

　　张羽琴的散文创作立足生活的真实，这就是她写作的可喜之处，没有一味的凸显所谓的知性和诗性，而是透露出自己生活中的某些细节，就是这些细节让她的散文具有真正生活的味道。《浮生》写出一群女孩生存的状态："许多年前，我家的小作坊里，招纳了一群性格背景完全不同的乡下女孩。如花的年纪，却有双粗糙的手和单纯天真的眼神，像渐次绽放的桃朵，没有华服首饰，只有逼人的青春气息，也没有偷懒的理由，因是计件工资，每个人都卯足了劲。"生活的在场感显而易见，这就是张羽琴对生活的观察和书写，寥寥数语，勾画出一个生存画面，让她的创作个性得到彰显。一群乡下女孩生存的写照："村寨的人们，大多用5瓦的灯泡。钨丝微微发红，甚至不如油灯明亮，使我总觉得黑暗处有狰狞的妖魔，女孩们的父母总是憨笑。说农村的电弱，灯泡大了带不起，就这样每月都要块多钱的电费呢！"作者在生活中的感受和生活在场性体现作者的创作取向，对远去生活的反思。根据我的阅读体验，作者可能具有这样的生活经历，她把这段经历作为生活的精神诠释，将生活图景在创作中升华。作为散文创作者，应该是现实生活的挖掘者，从生活碎片中找到属于自己的文字表达，才是真正的创作。一个故事让这个作品有分量："又点了一支烟，不再跷二郎腿，半边身子倚在桌子上，用一种漠然的声调开始讲诉往事。因为难以为继，她那老实的父亲第一次壮起胆子，四处借贷，凑得一千块钱学种蘑菇的技术，没想到上了当，欠下了自觉一生还不起的债务，无计可施的父亲，在大年三十夜里，用一根绳子吊在了牛圈围栏上，原本就憨傻的母亲，根本没有能力撑起整个家，作为大姐的她，因没有文化，打工也只能养活自己，而年幼的弟妹，在村人的同情里饱一餐饿一餐，长得像地里没有施肥的禾苗，穿得像无家可归的叫花子，一时间，家，成了风浪翻卷里的破船，随时可能沉没。"《浮生》背后的故事谜团得以解开。生活的沉重感得到完全的释放。作者写作的意图就是以故事把读者思绪延伸到一段生活琐事，引申出作者的思考。诚然，这就是张羽琴与所谓"黔东作家群"叙述的不同之处。刘锡庆认为：作家有自己的个性，散文又极其自由，任何人写散文又是从特定的"情境"出发而不是从条条框框出发的，这样就使散文的写作很难划一、很难概括、很难说了。因此，我对散文的写作主张个性化的写作，反对千篇一律的写作模式。每个作者应该有自己熟悉的生活或者在自己生活视野里打捞沉淀的生活，真实的书写自己的生命感受。

一个作家的创作成就与这个作家的创作视野有着十分密切的关系。有的人一辈子追风，写一些应景之作，数量可观，但始终没有引起读者的关注。就是作者缺乏独特的生活观察与书写，最后只有陷入平庸。张羽琴是一个生活的细心的观察者，一所几乎被人们遗忘的乡村小学进入了她的视野，于是就有了散文《大山里的学校》。全景似的描写很有气象："山很高，高得顶住了天。大山的膝盖上，五间青瓦盖顶的土坯房站成一排，半月形的土坝子被踩得溜光，锈迹斑斑的铁片被铁丝吊在一棵桂花树上，四个民办教师，一群燕子般来回飞跃的孩子，这就是三十年前的安家山小学。"一幅画面油然而生，这是作者书写的高明之处。一幅粉墨画勾勒出高山小学外景和存在路径。高山小学的轮廓研究凸显在读者面前，自然会引起读者的关注，克服常规的叙事模式。作者如果没有观察力，很难写出这样细致入微的文字。"地里的庄稼收割完毕，开学的日子也就临近了。在崎岖的山道上，一队队小小的身影排成蚂蚁出征的行阵，背着鼓鼓囊囊的袋子，大小高矮不等的一行人，在暖洋洋的阳光里，忐忑、兴奋、蹦跳着向同一个地方汇集。袋子装着稻子或包谷，充抵半个学期的学费，学校是收购站，老师们是收购员，他们收下粮食，也收下这些天天在山坡放牛打滚的野孩子，用知识来兑换，用耐心将其打磨。"

地域文学的个人阐释

《大山里的学校》是对往事的文化追忆，其中蕴含作者对生活的真实体验，把体验中的文章发散成为心中印迹，然后表达出作者对待生存的态度。好的文学作品都是对生活与生存的关照。当下不少作者沉浸在自我的精神陶醉之中，一味表达自己的内心哀怨。而真正有写作智慧的作者却是抵达生活的深处，展现被人遗忘甚至消亡的生活状态。《大山里的学校》写作者的一段小学求学经历，表现了一个时代山里孩子的生存状态和心路历程，及一些普通民办教师的生活际遇。《大山里的学校》应该是人生生活的一个载体，承载山里孩子的精神世界，同时也闪耀着乡村教师的生命光芒。不难看出，作者的思想在生活视野闪烁一种生命乐章。因为她有这样的生活经历，才会在很多年后，把她的笔墨洒向高山小学。尽管作者有不少的外在描写，但是也不失真。对一个曾经高山小学消失的留恋，其实就是对其生活的留恋，同时表现了生活真实的细节，保持人们生活的原生态："我突然打算拜访一下欧老师，向婆婆问询欧老师的住址，好半天她才醒悟我口中的欧老师是欧某某的父亲，'死了，好多年咯。'老婆婆一边用木耙子将摊在地上的包谷犁出一条条纹路，一边漫不经心地回答。'安XX呢？'我问的是曾经被揎掇来给我接伞的那个男同学。说起安XX，老婆婆的眼睛陡然亮了一下，砸吧了几下皱皮橘子样的嘴，连声音也拔高了一些：'也死了，到广东打工从工地上摔下来摔死的，赔了十几万呢！老婆婆一脸的羡慕。'"在市场经济的背景下，一些人的眼光却和人与生俱来的本性大相径庭。作者的表达在对话中完成，给读者留下当下的生活场景和人们知性。

张羽琴是一个生活观察的用心者，常常把日常生活中的物事作为自己的写作对象。如《烘笼》，烘笼是当地冬天的一种取暖工具，作者用自己眼光打量之后，从中寻找到一种生活的启示："原是要扔掉它的，一个没有收藏价值，也没有市场价值的东西，占用着本不甚宽敞的空间有些不值。或许这样一件旧物，最终拨动了母亲的某一处记忆，幸存了下来，没有像那些完全无用了的废物一般被彻底抛弃。"其实，作者就是在探寻一种人们的价值观。我不知道烘笼是如何进入张羽琴的写作视野的——也许很多年前，张羽琴就是一个提着烘笼上学的女孩，这个即将消失的物件也许给理论无限的温暖。作者表面写烘笼，其实就是在书写生活和对当下生活的反思。文章的言外之意是得到心灵的绽放，烘笼承载爷爷奶奶的温暖和愿望。烘笼仅仅是一种生活的喻体，从中体会生活中消逝的味道。烘笼在作者的记忆中铺排开来，由此及彼，文情并重，凸显作者对烘笼的人生感悟。在生活中，我们曾经生活视野中的东西已经在岁月的打磨之下无形地消失了，失去了人的本性和精神价值。更多的时候，我们也显得十分无奈。有时，作家也会在无奈中书写。《家在绿水烟波内》是对时光流逝的精神书写。如《远去的时光》中对河闪渡的时光解读，让时光下的河闪渡有一种淡淡的历史痕迹：在河闪渡还不是河闪渡的时候，他叫葛商司，附近还有葛彰司，合起来有个正式的大名是葛彰葛商长官司。或许是乡野之人不文气的叫法，随后将葛闪渡音化成河闪渡。在现今河闪渡的水面之下，躺卧着许多青石栈道，曾经的阡陌原野，古时商号的残砖断瓦。作者写河闪渡的目的在于表达对时光流逝的心灵注解，无助无奈的思维形态形成一种写作纬度。"河闪渡被抛弃了。没有了人声，一切就悄悄败落，慢慢破损，直到，只剩下故事可以讲诉，直到，被一道堤坝拦住的乌江，一点点将那些佐证故事的物事纳入怀中。"河闪，在本地的意思是闪电，在岁月洪流中，数百年的繁华，也不过一个瞬间。面对红尘滚滚的时代潮流，文人墨客显得无能为力，只有感叹和抒情。《情姐下河洗衣裳》是写美好爱情的一种咏叹调，流露出作者对自由爱情在一个时代的注释："而下河洗衣裳的未婚女子，则不愿与之为伍的，她们多端了木盆选择僻静点的地段，或许为着某一个约定，也或许要找一个地方静静地回放某个细节，在那个并不自由的时期里，为了爱情敢于惊世骇俗者却不少见，他们的传闻，被锁在深深浅浅的皱纹里，虚虚实实。"在时代的长河之中，有多少怨男怨女在只有在他们的表达之中消逝在时光苍茫之中，理想主义和现实主义悄然脱节："在乌江日夜的流淌里，早就流向远方，洗衣裳的女子，早就为人母或为人祖母，也或许已经躺在某一块草丛里，与日月星辰为伴了。"《涨水蛾的舞蹈》是一篇具有象征意义的散文，作者把雨季涨水蛾的舞蹈和仡佬族、苗族的舞蹈巧妙地联系在一起，表达的是一种前赴后继的文化精神而超越本体写作。"在河闪渡的古码头上，灵秀的女子，健壮的汉子，双手各持一个鼓槌，仡佬族的蹦蹦鼓，取材山中棕树枝干，敲出古老的空灵、沧桑，踏着节奏欢腾、跳跃、刚劲、柔美，这是欢庆还是与天神的交流？"而作者写涨水蛾与仡佬族、苗族人的舞蹈具有异曲同工之妙："涨水蛾在盘旋，在灯火处，它纤细的身姿忽隐忽现，合着音声，舞姿轻盈。谁也没有在意它，只是一只蛾子，一只短短存于世间的蛾子罢了。"尽管生命各有不同，但是生命的精神可以同日而语，也许正是作者想表达的创作主旨。两个真实场景的再现对比，其实就是作者写作技巧的契合，形成了一种文化内核，通过渲染、烘托来显示并强化了创作的主题，变"自在之物"为"自为之物"达到作者一定的写作高度。《镜框里的时光》是对作者嘎婆一生的写照，作者托物寓感，通过时间的延展，描绘出一个普通乡村女性的一生；地主小姐下嫁长工，时代的人生反差无疑是一种生命的悲剧。但是作者抛弃传统的写作模式，而是从真实的生活出发，寻找到自己的创作出口，在某种社会背景下的认知误读，往往成为一种生命的束缚。生在富足之家，即所谓的地主家的小姐，并非影视剧里那般雇佣成群的长工佃农干活，自己在家躺着抽大烟，由管家带着家丁打手去收钱收租。是需要自己一锄一镰辛苦劳作的。"嘎婆说，家里也雇佣长工，但不过一二人而已，农忙时会雇些短工。"朴素之中透露着真情，构成了真情散文的写作维度。"嫁给嘎公，是嘎婆的一生中最幸福和幸运的事情。虽说是父母之命媒妁之言，但婚后二人郎才女貌，相敬如宾，日子过得蜜里调油。就算家庭经过土改，分家等变故，但是母亲说，他们的记忆里，完全没有嘎婆和嘎公吵架的情形。作为幸福家庭的代表性人物，嘎婆一直颇受尊敬。嘎公热心能干，嘎婆是整个村乃至邻近村寨妇女们的偶像，谁家娶妻嫁女，嘎婆都是中心人物，做大小姐时学习的各种技能和礼仪，外加她十分能言善道，风头一时无两。"一个比较真实的女性形象油然而生。这就是作者在生活视野中的真实书写，正是由于真实的书写，才会让人感到她的创作个性和写作意识主体凸显。才和同一地域的写作者存在差异性。

张羽琴一般是写与自己生活中有关的物事，如《统子》就是写乌江流域四合院的作品，《统子》是一种民居，《统子》的变化常常就可以看出人们生活的变化，她写就是生活在统子里人们的琐碎生活，由于这些米柴水电、油盐酱醋琐事构成人们的生活元素，小环境写出了大社会。从一个生活的角落表现出一方水土一方人的生活状态，从这些普通的人事中找到作者作品的赋形，形成一幅底层社会的生活画面。"拆东楼补西楼期间，公共部分用得着的都用上了，能搬走的都搬走了。龙门就剩下两根柱头，被风雨侵蚀百年，自是不能用了，也或许是有一部分嵌在墙内的原因，没有被抠下来，唯一还能称为门的缘由，是还有这两根柱子和一条虫蛀得厉害的横梁，门槛朽烂不堪被移除了。砖墙上的硝石倒是厚了许多，或许是因为没有孩童刮下玩耍的缘故，而龙门却变得十分可笑，门槛没了，门柱没了，用一块木工板钉在横梁和柱头上，也不知是遮羞还是宣告边界，在满院子奇奇怪怪的色彩映衬下，反而十分和谐自然。"细腻的描写，看似平淡的语言中蕴含中作者无尽的文意，隐藏观察，就像国画中的"逸品"，自然而朴实。不是为写"统子"而写"统子"，而是从统子中找到一种精神文化的承载，表达她对一段逝去生活的打望和立体勾勒。克服了那种文字杂耍和任意拼贴，而具有散文的内涵。

另外，张羽琴的散文《瓦窑记忆》《印象后坪》《醉在苗乡》，都是她具有生活体验的作品，从她的行文之中，仿佛有些应景创作的迹象，与面前我提到她的散文作品有些差距。比如《印象后坪》与《远去的时光》表达有些类似，而让人产生阅读疲劳。如何克服重复自己，是张羽琴今后应该注意的一个创作问题。因为作家的每一次写作就是一次超越，也是"炼丹"的过程，因为她已经具有了散文写作的生活厚度和散文写作的文字密度，沿着自己的路子走，千万不要模拟别人和重复自己，创作的"突围"才会有可能。

（《乌江文学》2016 年第 2 期）

乡村记忆中的 "文化乡愁"

——评田儒军的散文集《周家垭记忆》

　　田儒军本质上是一个乡土文学作家，长期把自己的笔端伸向自己生活与记忆中的乡土。最近出版的散文集《周家垭记忆》[1]再一次佐证我对他创作的评判。在全球化的背景下，广大乡村都面临着文化消解和文化入侵的两难选择。田儒军就是在种文化的语境中寻找自己对乡村的记忆，不断打望着属于自己 "文化乡愁"。

　　"乡愁" 是当下一个沉重的话题。当社会已经进入工业化时代，乡村传统面临消失与瓦解。如何对待这种文化现象，是作家们面临的文化审视。一方面现代文明来袭，另一方面又是传统文明的延续。乡村在这两种文明之间的冲突往往在一些作家内心世界产生博弈：乡愁作为一种思考与书写话题应运而生。

　　在田儒军的《周家垭记忆》中，周家垭是一个乡村文化的象征。周家垭作为一个乡村的代码，作为一种文化的符号。他想从乡村的文化元素中找一种表达的出口，形成一种乡村文化记忆的精神图景。《周家垭记忆》分为 "乡村人事" "寨寨留名" "史海捞珍" 等三个部分，以 "乡村人事" 作为作品集的 "重头戏"，若干篇什一同构成了他的 "文化乡愁"。

　　"乡村人事" 以 "最后" 和 "第一" 作为写作路径。如《最后的老爷》《最后的反王》《最后一个干地主》《最后一个和尚》

《最后一个端公》等等，"最后"也指一个文化现象或者物事终结。作家将目光放在即将终结的人事，其实就是表达作家对乡村文化的思考。如《最后一个端公》写周家垭传统傩坛文化面临的消解。端公作为乌江流域一种特殊的职业或者文化现象，在历史的进程中有着举足轻重的社会地位。《最后的端公》表达了作家的立场："在人间，他既是迷信头子，又是大丈夫，该屈就屈，该伸就伸。一生游走于阴阳两界，象自封的使者和法官，调解和判决主人家阴阳两界恩怨纠葛。他所从事的职业后来被称为'中国戏剧活化石'。他是周家桠村最后一位傩堂艺人、掌坛师——丁家屋基田应贵，我的公。"作品显然带有作家的主观色彩，对一个辞世端公的理解与评价。如《最后的石院坝》中对乡村物理的注解，当现代建筑居所代替传统民居。作家从外在景物的书写出发，深入到乡村的内部，似乎在寻找一种文化的答案："院坝是个三角形，勉强能放下一铺晒厅，晒粮食不方便，必须从院坝坎下的稻田里砌堡坎，院坝才会变成长方形。"院坝作为乡村的一种存在，承载多少代人生活的梦想与劳动集成，也承载父辈多少人心血与认同，可是却成为了"最后"乡村文化的象征，作家的内心有一种惋惜而无奈的情绪宣泄。

"石院坝晒一年四季之粮食，却很少晒一群回家的脚印。我们不得经常回家，石院坝只有 2 个身影，他们从青丝变成了白发。白发多时故人少，至今，寨子 17 栋房子只有 9 人在家守着。"

"石院坝如孙悟空画的圈，父母亲从未主动想过走出圈外，他们坚守着，相信我总有一天会回去，落叶归根。"

"毕竟是堡坎上的石院坝，填方多，遇雨水会塌陷。父母亲每隔几年就会找人翻修。后来，父母亲时常进城修理身体，然后拖着病体回家整修石院坝，工程完了就打电话给我说，石院坝不会垮了，子孙万代都够用。"

随着城市化进程的不断推进，乡村不少的物事即将消失和废弃。而作为一种文化现象，只是保留在作家的文字与记忆之中。作家的"最后"之词只能是一种文化精神的指向。《周方桠最后的方言俚语》描摹周方桠最后的方言俚语，其实渗透出一种真正的文化乡愁。方言俚语是一个地域的文化象征，或者说是一个地方独特文化的外在凸显，当一个地方的方言俚语消失，实际上就是一种文化的消失，或者说是一种传统的消失。方言俚语在历史文化的背景中，承载着久远的乡情与乡愁：包蕴了一个地域人们的智慧。

乡村是传统文化组合体，乡村承载着无尽的乡村文化，留住乡村，其实就是留住乡愁。当传统即将打破的时候，乡愁更多体现在作家的创作中。如《最的驴子灯》《最后的狮子灯》《最的花灯》《最后的薅草锣鼓》《最后的歌王》等作品，表面上即将终结的乡村文化现象，其实就是作家流露自己的乡愁。薅草锣鼓是乌江流域土家族人的生产民俗，包涵土家族人在劳动过程中的娱乐与智慧，表现了农耕时代的乡村文化旺盛。《最后的薅草锣鼓》就是对这种文化的注解："土地下放到户，除草剂也渐渐普及，薅草也用不着兴师动众。除草剂除掉了野草，顺便也除掉了这些靠野草而生的歌谣。后来，喇叭也取代了嘴巴，音响里的现代歌曲如沙尘暴扫过农村，年轻人的嘴巴满嘴黄沙。'杀广'的人越来越多，田土渐渐荒漠，老人们的薅草歌如沙漠中的树荫，异常珍贵，吸引着都市人奔向它，拥挤在最后仅存的原生态土地上。人们感叹，沙漠只会越来越大，原生态只会越来越残缺破败，无法复原。"可见，作家在表达的乡愁中，包孕了一种文化的阵痛。当乡村传统文化随着社会的发展走到历史的尽头，让多少人感到无助和无解。《最后的哭嫁女》是写婚俗文化的作品，哭嫁作为一种乡村的婚嫁文化，也只是在不少民俗作家的作品之中，而这种乡村的传统文化将消失殆尽。"翠翠妹一头乌黑长发，她梦想在双龙的柏油路上骑摩托车飚上 100 码，让风将长发吹直，象飞奔的黑色火炬，张扬激情。但是，这只是梦想，靠借债开起的药店惨淡经营着，勉强维生。女大不由人，翠翠妹从铜仁卫校毕业已经 4 年了，在家自谋职业，算是农村的大龄青年，父母亲急于将她出嫁。婚期渐渐到了，妹妹心头期盼的黑色的火炬肯定无法燃烧；她想创新，将头发剪成披肩短发，学着城里的样子，穿白白的婚纱，用录音机放点舞曲或流行歌曲，年轻人在堂屋中唱歌跳舞。但这些都只是奢侈的想法，母亲早早地就打了招呼，要按传统的规矩出嫁，那一头长发要盘在脑后，梳成"粑粑结"，包上折叠成 2 寸宽 7 尺长的白帕，穿红色的衣服出门。这些要求都不算难，难的是要哭嫁。"由此不难看出，乡村传统婚俗的消解，从形式到内容都无一例外，从根本上脱离了文化的传统。乡村的风俗成为一种记忆，翠翠妹出嫁也获得解放，比如："没有开脸（扯脸上的苦发），没有盘发，没有包白帕子，没有坐轿子。翠翠妹出嫁之后，周家桠村再也不兴哭嫁。"《最后的歌王》写的是乡村歌手田儒善的生活历程，周家桠最后的歌王去世，其实就是一种文化终结。人走歌在，一种悲怆的声音在无限呐喊。

如果说把文化的终结作为一种地理的"最后"，那么文化的开始就是"第一"。田儒军的目光总是在周家桠村的最后与第一之间来回打望。他的打望目的，就是在寻找一种乡村的文化载体，从中探究其文化价值与含量。如《第一个共产党员》《第一对党员夫妻》《第一位教师田儒胜》《第一位小学校长》《第一位研究生》等作品，写的是周家桠村历史进程中的人、事、景、物。乡村随着现代文明的来临，乡村的人事也发生了前所未有的变化。"第一"应该是乡村时代语境嬗变的文化产物，也是周家桠村文化进程中的精神呈现。一些旧的传统文化在终结，一些新的文化现象在产生，这是历史发展的必然规律，地处偏僻的周家桠也不例外。《第一户送女孩读书的人家》反映当地文化传统的打破，一种新文明的出现，显然是周家桠好兆头，是一个好的开端。"20 世纪 80 年代前，周家桠人认为女娃长大了是别家人，读书是帮别家读，不时兴送女孩子读书。她义无反顾地送女娃娃读书，从 20 世纪 60 年代送长女读书开始，接二连三地送，不计成本，也不考虑效果，到 20 世纪 90 年代初，5 女 2 男，全都送到初中毕业。"新的文化认同，对于周家桠的传统是一种冲击，一种文化潮流的认同，同时也是一种文化价值新认识。《第一对自由恋爱夫妻》写对传统门第婚姻的挑战，由包办传统婚姻到自由婚姻的选择，一个"四类分子"与一个乡村姑娘逃离，不亚于乡村惊雷，一种乡村文化的进步。"冉书记啊，你要替我作主啊，我家姑娘遭四类分子恩恩拐跑了，我的老天菩萨呀，我们郎个办呀，求求你们主持公道，帮我追回来，我的天呀……"其中的历史语境不言而喻。从中可以窥见人们的传统文化认同。同时也注解真挚爱情的艰难和不易。追求爱情付出代价，同时也让我们看到新旧思想文化的冲突给追求爱情男女的苦难。这对饱经磨难、九死一生的恋人终成眷属。但在他们之后，包办婚姻依然延续，直到 2000 年以后，才逐渐完全自由。

"第一对自由恋爱婚姻不简单，回想当初所受之苦，他们泪流满面。"

《首个亿万富翁》写时代变革给乡村人物带来的经济变革，一个青年成为亿万富翁，凸显经济转型时代人的命运传奇。就是一种新的乡村人物凸起，实际上也是一种文明的没落和另一种文明的升起。田茂金从一个乡村出生的大学生放弃铁饭碗，下海当煤矿老板，显然具有市场经济时代的痕迹。《第一个研究生田利》表达了乡村人物不屈不挠的奋斗精神，让乡村文化得到提升。《第一个加工坊》《第一个女驾驶员》《第一个下岗工人》等乡村第一的人事，其中都与时代语境大有关联。也是乡村文化的新现象，从这些现象中，始终与时代密不可分，具有时代的文化烙印。周家桠无疑就是广大乡村的文化缩影，从这些远去的文化背影中，我们看到时代色彩，我们看到乡村的第一个吃螃蟹者的人生价值和文化分量。这些人事与周家垭"最后"的文化现象一同构成乡村进行曲，同时也奏出了一曲多重奏式乡村的挽歌。

"寨寨留名"都以不同的乡村个体为经，乡村的文化变化为纬，营造出的乡村景物风俗画。如果说"乡村人事"书写周家桠内在元素的话，那么，《寨寨留名》却是勾勒乌江流域不同乡村的景象，作家力图从这些乡村的景物中找到写作的突破口，以彰显他的文化乡愁。如《周家桠》《花园》《丁家屋基》《当湾》《木瓢盖》等作品都是以乡村的寨名为创作母体，在这些乡村的母体中发掘些有价值的文化意义。如《周家桠》写人事变迁，与外来的文化冲突，让我们看到寨民的精神状态与侠义情怀，打开了历史记忆的匣子："田家人在周家桠脚根未稳，坝竹桠安氏家族欺生，要田家交保护费，否则不准到购鱼塘去赶场，并且提高了购鱼塘的盐巴搬滩费用，每场赶场天，田家、安家都要打群架。'老班子'忍无可忍，再次拿出平蛮的手段，将购鱼塘集镇冲散、烧毁，赶走了安家人。"周家桠村两个族群之间明争暗斗与纠葛游离其间，同时也写到当下田安两姓之间的人事变迁。《丁家屋基》写的是人神共居的地方，融人文风情为一炉，其风貌表达淋漓尽致。"神仙、鬼怪行走无踪，神出鬼没，总是与人形影不离。族人留下一个传统，每餐饭前先敬神，用两双筷子架在饭碗上，双手合十，口念诸神名讳，请他们先吃饭，再焚香化纸，然后大人细娃才上桌吃饭。豺狼居于后山森林的岩腔刺笼，平日里相安无事，只是春节前，它们得逃亡一阵，族人会带网撵狗追山，要用它们的头来祭'四官菩萨'。如果追不到豺狼，起码要追到一头野猪，'四官菩萨'享受了野味，就不会侵犯人间及家畜。'追野脑壳祭四官菩萨'是个良好而又充满变数的愿望，追得到就祭得成，但追到的难度很大，这句话就常被族人用在某些特定的语境——哄鬼。"神秘中带着几分揶揄，一种特异的乡风扑面而来。同时也写出这里的人事变迁，人们的生活发生了翻天覆地的变化。在于历史的对比形成强烈的反差与传统的风水巧妙嫁接，形成一个乡村生活的磁场："田茂金、杨猛的成就使得丁家屋基令人刮目相看，丁家屋基的风水成了乡邻老少茶余饭后研究的问题，有人说了，丁家屋基坐在佛肚上，又加龙脑壳来靠佛脚，如此风水，自然人杰地灵了。通组公路绕了两个弯到丁家屋基，站在吊牛坡一看，确实像龙头靠在丁家屋基上，田茂金、杨猛的房子正好在龙宝位置上。"如《青杠坳》也是写的乡村文化图景，一个仙境般乡村飘在眼前："如果你有闲心查勘龙脉风水，你不妨到金鸡岩走一走。站在金鸡岩往北一瞟，稍稍有点风水常识的人就会看见一只大大的摇篮。摇篮的左沿是木瓢盖山梁，右沿是翻山山梁。摇篮头搁三台寺，脚抵金鸡岩。摇篮里侧身斜躺着的一位仙女，弯腰收腿，甚是迷人。告诉你，这个迷人的仙女就叫青杠坳。青杠坳的历史渊源，与一场农民战争有着密切的关系。"《当湾》也是写一个寨子的风貌与文化变迁，承载一个久远传说："传说，犀牛阡的犀牛下河滚水极不方便，途中有高山阻隔。有一头犀牛成精了，他决心修一条下河的坦途，于是鼻子一拱，拱出了石盆盆、当坝、大坨、当湾，眼看就要接通六池河了，却被白虎神截住。原来，白虎神受文曲星之派，在那里守着晒他的万卷经书。犀牛、白虎的吼声惊动了文曲星，为防止犀牛神拱坏他的经书，文曲星顺手拿起砚台，砸向犀牛神，犀牛神瞬间失去法力，还原成水牛那个样子。文曲星扯一半截捆书的线将牛拴了，吊在白虎嘴下，由白虎守着，让它世代不敢祸害人间。犀牛神在白虎神的眼皮下始终无法安身，它趁白虎打盹之季，猛地挣断吊牛绳子，钻地逃回了犀牛阡。"当湾的传说与土家族文化传统融为一体，增添了散文的文化含量。当下不少作家对乡村的书写，不是从其内部出发，而是进行一些外在的抒情和叙事，让乡村文学成为"纸上文学"，也脱离了乡村文化的根而成为"伪写作"。显然，田儒军已经清晰的注意到了这一点。他从也些乡村叙事中探寻其历史、文化与生活的关联。形成一种独特的乡村叙事场域。如《李家沟》《长林坝》《河底峡》《石山岩》等作品，他的视角在乡村的律动之间徘徊，从每一个乡村的历史文化语境中考察其生存图景，勾勒出一幅幅虚实相间的工笔画。如《河底峡》："黄桶大的水从黑幽幽的洞中奔涌而出，洞门横七竖八的巨石挡住去路，令它咆哮如雷，穿眼之上都能听到它的怒吼，除了看碾房的男人，其他人都怕靠近，担心洞中窜出妖怪，将男人弄去填肚子，将女人弄去做压洞夫人。看碾房的男人也不是孙悟空，只能经常在洞外烧些香纸，求神灵保佑了。生存的需要最终战胜了恐惧，丁家屋基、周家桠、花园、甚至河对面高屋基的人都必须到穿眼碾房碾米磨面。"朴实的生活场景给人一种地域生存与地域传统文化的冲击力，也把农耕文化时期人们心理状态表现得一览无余。不难看出，作家总是在乡村文化中打捞着与生俱来的乡土情怀。

"史海捞珍"就是从乡村的历史图景中打捞乡村文化进程的遗迹。对我们从什么地方来，以及土司统治时期文化考察，从一些历史文献中找到蛛丝马迹。如《我们从何而来》：探讨周家桠人的来历，就离不开研究贵州的历史，研究贵州历史必须研究思南历史，研究乌江历史。1537年由明朝进士田秋编纂删定的《嘉靖思南府志》是整个贵州、整个乌江流域最早的志书。显然是探寻周家桠的来源，用大量的史实进行佐证。如《六口碑的传说》

《郎溪土司进驻周家垭考》等等，同时还有一些碑志考等方面的作品。这些历史考证都是立足他所生活的地域的历史文化。目的显然是为了告诉读者关于这些物事的来龙去脉，展示这片土地上悠久的历史与文化储存，展示其历史的光辉。

《周家垭记忆》是一部具有乡村生活厚度与文化密度的"乡愁"散文作品集，从乡村的记忆中回望即将消失的"文化乡愁"，以"周家垭"为写作的原点，在一定程度上书写了田儒军所熟悉的乡村文化景观，具有明显的地域文化印记。从他熟悉的乡村出发，以地域因子为写作的载体。这样，就使他的散文作品具有浓郁的地域文化亮点。同时，以朴素的语言，构成了乡村散文的创作体系，让人耳目一新。当然他的散文作品也有一些值得思考的地方，写作套路老是以某个传说作为起承，构架大同小异，个别作品书写匆忙和表现手法单一，冲淡了作品的艺术价值。我相信，田儒军早已注意到这些问题，他会在未来的创作中加以克服。

参考文献：

［1］田儒军.周家垭记忆［M］.北京：现代出版社，2017.3.

（《武陵文化》2016年夏季号、铜仁日报梵净山周末2016年10月10日）

灵魂的行走

——读陈顺的散文诗集《穿越生命的河流》

陈顺是黔东沿河散文诗群的代表诗人之一。他曾在国内不少报刊发表大量散文诗，出版诗文集《指尖上的庄园》《九盏灯》（9人合集）等作品。最近出版散文诗集《穿越生命的河流》[1]中洋溢着生命意识，灵魂追问，不停地行走在乡村，书写他对自然、生活的真切感受。

优秀作品总是洋溢着生命意识。生命意识是作品得以延续的血脉。陈顺的作品之所以对读者具有一定阅读冲击力，是因为他的创作中充满生命意识。如《月光下的石板桥》，表面写月光下的石板桥，实际融入了作者对生命的思考："无数个山民踏碎黎明前的黑暗，日复一日走过桥面，奔赴田野山岗，耕耘一轮永远停泊在心头的太阳；然后背负一筐汗水凝结的惊喜，采一缕星光，走过桥面戴月而归。场景与生命有机融合，乡村的因子生活状态勾勒出诗情画意。月影倾斜，桥身倾斜，光滑的石板桥在时光的打磨下舒展成一段平淡无奇的往事。往事中，一个少年正匆匆从岁月的缝隙间长大，身下是一座老气横秋的石板桥，在柔和的月光下静默。"诗歌写作一般分为生命写作、文字写作和技术性写作三种层次。当下，一些作者玩弄写作技巧，做一些看似深奥的文字游戏，而真正把自己生命和心灵放置在生活中的思考作品并不多见。陈顺的创作恰恰以生命思考和灵魂追问作为主要路径，才使他的散文诗具有感染力。如《风雨桥》：

"找准生命的支点，凌驾于动感之上，将生命的行走举过头顶。惊涛，匍匐在你的脚下，滚滚浪花夜以继日为你芬芳。你的存在，预示着生活的轨迹并非平坦如线。"

"任沧浪之水漫没脚趾，任季节的音符穿透骸骨，你以一种静态的姿势将岁月飞逝的足迹铭记。"

风雨桥只是一个诗意书写载体。诗人的创作意图就是从桥上寻找生命的意义。桥作为一个诗歌意象，承载多少人世间的悲欢离合，也目睹现实生活的无数恩恩怨怨，也见证多少人间岁月时光流逝："时令的演绎里，无数叠印的屐痕仰起倔强的头颅，将羽化的时光齑粉吞噬。山川已老，斯人已逝，唯有你的沉默和豁达承载起一身的沧桑。""风雨桥"的书写意义显而易见，告诉读者人生的答案。

乡土是作家（诗人）创作的起点，同时也是作家（诗人）创作的归宿。从文学创作的意义上考察，陈顺本质上是一个乡土散文诗人。他没有追随当下某些写作思潮而随波逐流，而是以他长期生活的土地为写作对象，逐渐形成他的写作气场，氤氲着浓浓的乡村味道。

乌江是陈顺赖以生存的母亲河，乌江作为源源流动的血脉融入了他创作的母体。他放弃一些传统文人书写江河的颂体模式，而是从河流的变迁中寻找生命的原点，达到他作品的思考高度。如《乌江意象》："峭壁上，一道弯弯曲曲的裂痕见证着历史的变迁，无数双臂膀拉长了白昼多少个年轮。此起彼伏的号子仿佛还盘旋在古纤道，缓缓移动的巨轮仿佛还颠簸在浪头，正在风化的岩石枯坐成佛，裸露出时间深处的硬伤。"

"沿江两岸，民歌疯长，火红的民谣随四季的颜色从浅变深，由缓变强。上，抓住藤蔓攀援山顶，用鼓圆的腮帮喊亮鲜红的太阳；下，沿着阡道，曲折迂回，在深邃辽远的水心，抚慰水手孤寂的心灵。一里航程一路歌，日子在原始的唱腔里灵动而饱满，圆润而抒情。正在来临抑或正在逝去的日子被火的歌谣芬芳成末，纯蓝点红。"

诗人将乌江的沧桑描绘得淋漓尽致，渗透着乌江巨大的历史穿透力，乌江意象在诗人的思索中达到生命的高度。诗歌是诗人灵魂的抵达。不是一味的歌吟。陈顺一直在努力探索，他把自己视野中的人事景物当成书写因子，从人事景物中寻找生活哲理。《一个人的古镇（组章）》表面看来，写一个古镇的人事景物，事实上，诗人就是从古镇存在的景物中产生了生命的触动，只有把历史的遗迹融入生命，才会产生历史文化的震撼力。

"伫立在横卧千年的码头，到处都是晓风、残月的影子；到处都是惊喜、忧伤的表情。"（《水码头：思念集结的驿站》）

码头作为古镇的历史遗存，其中的经历与多少的生命相依为命，诗人似乎看到这种文化的内涵。在古镇里，无论是青石板与古墙的残垣断壁，还是吊脚楼、背夫路与织女楼，都是古镇的历史，都是古镇的生命外在体现。诗人没有像其他诗人那样面对古镇惋叹，而是从古镇的历史沉寂中找到生命的历史。

"弹孔，发丝，血迹混杂在一起，是无数灵魂力与力的较量，是白天黑夜对峙的言语。土匪出没的村庄，寂静而荒凉。"（《土石墙：岁月深处的符号》

"无数张石板，呈长方体展开，匀称的纹理映射出古老的卦象。疯长在街头巷尾的酒肆，炊烟缭绕，吆喝声一浪高过一浪。"（《青石板：通向家园的烙印》）

"游弋在江心的渔火明明灭灭，绣花鞋的心跳急剧夸张。推开爬满心事的花窗，一些情语在发胖，一些音符在飞扬。心旌起

伏的浪尖，一朵朵笑靥在夕阳的肩头漾荡。"（脚楼：纤尘不染的碧玉》)

"在抵达与解脱的路上，阳光与阴霾，幸福与忧伤，将谁饱满的心事撑满，将谁暗淡的眼眸点亮？"

"行走在这条缀满痛苦、伤痕的路上，永远的匍匐是唯一的姿势。"（《背夫路：历史肩头的硬伤》)

"白天，你枯坐窗前，看潮起潮落；夜晚，你守着孤灯，缝补饱满的心事。一枚绣花针，细小而结实，锥心蚀骨的痛像四月的蛙鸣，缠绵而忧伤。"（《织女楼：泊在水岸的魂》)

书写古镇的散文诗组章，把古镇历史文化演绎出生命的跫音，一种历史沉重感和生命的匍匐荡漾起伏，像从萨克斯演奏出的一曲历史的咏叹调，又像民间唢呐吹奏的乡村音乐，让读者的思绪在古镇的岁月中流连忘返。这就是诗的力量，也是诗人心灵对历史遗迹的多重文化审视。

河流作为自然景观，同时也是人类文明的符号。陈顺散文诗中有关河流的篇幅不少，但是他又很少重复自己，每一次写作就是一次自我的挑战，或者说是一种炼丹的过程。诗人总是捕捉新的意象和新的感觉：

"一群赤身裸体的顽童顺流而下，拔节生长，将生命的火焰越浇越高。河流有多长，生命就有多长，岁月的河床上，喷薄着一轮火红的太阳。"

"这是一条历史的河流。推开斑驳的石门，触摸石壁的余温，每一寸热度都镌刻着浓郁的人文气息，每一条细纹都散发出历史的沉香。"（《白泥河：历史深处的音符》)

"与船竞走，与水同歌；伴牛羊追落日，枕岩石看星光。风云变幻，世事变迁，你以一种虔诚的姿势涉过河流的前世今生。"

"蛮荒，边鄙，荆棘丛生；大浪，激流，吼声震天。一只鸟的行程有多长，航道就有多长，潮起，惊喜绽放在船舷；潮落，忧伤挂满了远方。四季轮回里，两条健壮有力的双膀啊，硬是担起了生活的雨雪风霜。"（《纤夫》）

陈顺书写河流的散文诗中，历史与生命总是在河水中流淌，他不是单纯当一个远去历史的看客，而是从历史的陈迹中寻找生命的意识，进行灵魂的拷问。他每到一个地方，都会打望历史，留下他对历史、对生活的哲学思考。如第二辑"行走的屐痕"就是佐证。在流行泛文化的今天，不少人行走都是留下一些照片和口水话语，形成一种没有意义的文化泡沫。而陈顺却在自己行走的过程中，寻找生活的谜底和人生的答案。

"伫立寺前，恢弘、雄壮的柱子鞭打我躁动的思绪，日子黯淡成一桢褪色的底片。一隅的香烟倾诉着尘世的悠远，心灵的泉水流淌出天籁的神韵。篱笆墙的影子在这里已成了真实，历史的尘埃隐去了许多沉重的叹息和悲哀。"（《秋天，重返天缘寺》）

历史是一种姿势，生活也是一种姿势。每个人都在寻找自己生活的姿势。显然天缘寺也是一种生活的姿势。而在历史佛光之中，尘封了多少往事，诗人再一次来到这里，不仅仅是人生的感慨，而是一种生命姿势的诗意解读。凸显的文化意义就在于此。如《桃花源怀古（组章）》诗人站在桃花源凭吊历史与古人，进行了一次生命的阐释。

"是谁，拨弄斑驳的琴弦，释放忧国忧民的情愫？"

"是谁，解开了仕途的缆绳，踏上了南山的清幽？"

"是谁，端起了月下的酒杯，饮下了一生一世的愁绪？"

"宫廷远在千里外，愁绪节节苦自流。空谷的回音里，茅草在低舞，枝条在和拍，阵阵琴声蜿蜒、缠绵在阡陌、稻田。仕途太难，唯有偏安一隅才能心清神静。"（《空灵，斑驳的琴音》）

古人厌倦官场和仕途，而寻找桃花源。事实上，人间的桃花源只是存在人们无尽的幻想之中，只是寻找自己的一种生命乐土。历史的足音已经远去，采桑语境下的农耕时代已经远去，而我们的诗人却仍然在幻想着这种人间乐土。

"千年的躬耕，匍匐成千年的历史，绵延千年的意境。"

"水草杂糅的诗歌啊，跳出落寞的心境，将往事覆盖。独留一脸的悠然，于阡陌田园游荡。"（《孤独，诗意的耕者》

每个时代，每个人都有自己选择的生活姿势，陶潜似的生活依然是我们当下文人追求的境地。诗人来桃花源，会油然而生一种人生和生命的咏叹。陈顺显然是在行走之中打望着浩如烟海的陈情往事。追问历史如《行走后坪（组章）》就是例证。历史是无情的，曾经无数的辉煌在社会的进程中成为传说和往事。诗人来到这里，感慨万千，一种生命的触痛荡漾在心头：

"多少年白云苍狗，荒凉的峰顶凸显凄清。断瓦残垣的内部，一缕缕跫音在季节的轮回里渐行渐远。你的存在，是无数次进与退，血与火验证的定理。"（《土皇城，一截风干的历史》）

历史进程让人产生很多无奈，也让人产生无数的思想火花。人总是在离开与回归中生存着，自己的乡土就是自己生命的根。当我们生活在家乡的时候总是想出走，而离开家乡之后又总是想着回乡。似乎这是每一个人生存的宿命。但是有些人压根都没有离开自己的乡土，而是守着祖先留下的老屋。陈顺的《乡村素描（组章）》就是回答这个命题。海格德尔说：诗人的天职就是还乡。

"家徒四壁的日子，无数双手是怎样的硕大和坚韧，飘过眼帘的幸福是怎样的诱人和充满想象。虚空、虚无在开门见山的村子里，一度塞满人们的眼睛，视线无数次的迂回曲折，终究没有伸出山外，嗅到梦寐以求的喧闹和繁华。"

"父亲的烟斗蓬头垢面，枯守一隅，懒洋洋地显露出岁月涵

盖的风霜。吞云吐雾的日子已渐行渐远，唯有光亮的烟斗静静地
淌过时间的河流。站立成一个蹩脚的隐喻。"(《老屋》)

《乡村物事》之《古井》揭示一种乡村的文化变迁。老井背
后的意义才是作者写作的真实意图："放下去，提上来；提上来，
放下去。弹指间，村庄与你在时间的皱褶里一起老去。"

陈顺的散文诗总是在乡村行走，其作品的乡村元素占很大比
例，如《石磨》《镰刀》《河流》《村庄》《渡口》等作品，他
总是力图从乡村元素找到自己写作的出口，凸显自己一往情深的
乡村情结。

陈顺的散文诗不单纯是写作乡村，同时也写他行走中的城市。
在日趋城市化的今天，诗人站在琳琅满目的水泥地街道上，一脸
惶然和无奈。城市追赶了传统文化，让物欲化的目光打量着：酒
吧、车站、农民工、露天广场等城市元素，诗人有一种难言苦楚。
读到《农民工》，我被诗中朴质而沉重的画面所感动。或许就是
诗歌评论家贺俊明所说的"诗歌的良心"。

"用目光在城市行走，生命是一个不断搜寻的过程。"

"关上乡村的大门，你，就是第一个离家出走的人。"

"目光，游离；表情，呆滞。蜷缩在街道一角，竭力仰望，
却穿不透城市的脊梁和钢筋的硬度。"

"无数个眼球在滴转，无数双耳朵在聆听。一个简单的手势，
就足够。"(《农民工》)

陈顺的散文诗除了作品的画面感较强以外，他还比较重视散
文诗意象的构建和营造，通过意象表达自己的人生体悟和情感抒
发。河流与生命构成了他创作的格调，演绎生命追求的归宿。

"身后，是一束稻草燃烧的秋天和父亲离去的雨，我的十指
遮挡不住父亲远行的视线，静止在邈远的时光轨道发呆，顷刻间，
我恍然明白人生的终点意蕴着什么，我知道：庄稼地上突然缺席

的主人会使某片土地寂寞万年，而我的突然出现决计不及一只鸟的一声轻鸣。离开，注定已成定局，就让我捧一抔黄土转身，去往一个没有别离而静寂的天堂。"（《穿越生命的河流》）

陈顺的散文诗题材比较广泛，除了乡村、城市之外，还有花鸟虫鱼等题材的作品，[1]通过这些日常生活具象表达他诗性的文化思考与灵魂追问。当然他的散文诗也有一些时令性的政治性作品，其中不乏应景之作，如一些"红色题材"的散文诗，因小心翼翼而缺少文化意蕴，其实这是他写作的一个不可忽视弊端。同时也看到他散文诗的精粹有余，而缺乏某种磅礴气势。也许是由于散文诗这种文体的局限而束缚了他创作思维的进一步发挥。我想，他今后一定思考会这些问题，因为他的灵魂始终在他热爱的诗歌圣不停地行走。

参考文献：

［1］陈顺.穿越生命的河流［M］.北京：中国戏剧出版社，2018.11.

（《散文诗世界》2018 年第 4 期）

未来社会：人性与兽性搏击

——读侯乃铭的长篇小说《最后的梦园》

侯乃铭是黔地文学创作近年涌现出的后起之秀，早在大学时代，曾出版长篇小说《樱花飘零》。参加工作之后，笔耕不辍，写出具有探索意义的长篇小说《最后的梦园》，表现了一个青年作家小说创作的探索精神，同时也表达他对未来社会的忧虑和关注。

《最后的梦园》讲述的是 21 世纪 40 年代的末期——未来社会的故事。作者的高明之处在于设置一个小说的环境"梦园"。以策划"梦园"的一次谋杀作为小说的经，以人物、动物的生存博弈为纬，共同推动着小说情节的发展，从而克服了传统小说的单线条叙事模式，采用复合式的结构形态，既具有现实主义的表达立场，同时也凸显出新魔幻主义的创作色彩。现实与梦幻的交织，读来让人扑朔迷离：未来社会的人性与兽性搏击……触目惊心的故事背后，凸显出作者对人类未来生存的深沉思考。

人类未来文明社会在物质高度发达的文化语境之下，生存与发展是人类社会进程永恒主题。但是人的贪婪和私欲仍然普遍存在。《梦之园》就是揭示一个特定生存状态下的故事。《最后的梦园》就是写一个男人和几个女人的故事，一群男女和几只野兽之间的故事，作者通过一个特殊场景，把各色人等与各种野兽生存欲望彰显于文本之中，作家的想象力得到尽情发挥与展示，没有想象力的作家是很难达到这种写作高度。乃铭具有这样的想象能力，同时也有写作小说的智慧。乃铭是一个有睿智而具有独立思考的文学青年，他往往能够把生活的琐事演绎得具有浓烈的文学色彩。

《最后的梦园》故事看似简单，江岫受主人唐慧婷之托，设计谋杀女主人的丈夫梵天集团老总温世杰。江岫作为小说的主人公，贯穿于小说的始终，他为救治瘫痪女儿才接受谋杀任务，他的内心世界是很复杂的，有人性善的一面。同时让人也看到了未来社会里，人在金钱中的扭曲和无奈。人为了达到某种欲望，与野兽就没有本质区别，甚至一些连野兽也不如。人的报复与野兽的报复形成难以置信的对比，为了获得一线生存的机会，道义和人性成为了人们的二难选择，小说没有回避这个未来现实的深刻问题。

人性与兽性往往只有一步之遥。人一旦超越"度"，也和兽没有本质的区别。在人类文明进入了 21 世纪中叶之后，生活中仍然存在着人性与兽性的冲突。更多的时候，毁灭人类的是人类自己，人性的贪婪就是人的为自己埋下的陷阱。

温世杰就是未来社会一个典型的代表，是当下不少商人代表的历史延伸。温世杰是一个家财万贯的企业家，不择手段靠唐慧婷家的势力得以发家，包养徐捷以及庄小蝶、庄小萤两姐妹，同时也和其他不少女人存在着不正当的男女关系，他又喜欢动物，饲养狮子，设立了动物保护区，表面上死于黑熊米莎之手。看似一种偶然，其实也是一种必然宿命，事实上却死于自己妻子和别人策划已久的谋杀。

小说通过杀手江岫的视角牵出小说人物。徐捷的外强中干，甘心情愿为温世杰牺牲自己的一切。梁露露接近世杰的目的就是进入上流社会。每一个女人接近温世杰都各自有着自己的盘算，从本质上看，就是人本身的欲望作祟。每一个人都有自己的悲欢故事与自己的不幸与无奈，小说中大故事包孕诸多的小故事。场景的转换与意识的流动共同构成小说的叙事场域：在未来社会，人的本质与欲望也难以泯灭，人类的生存将面临不少变数。

小说中充满着人性、兽性的交织，同时包含人性与人性的较量，人性与兽性的抗争，兽性与兽性的对抗。作者的文学表现功力可见一斑。在逃出"梦园"求生的丛林中，每一个人的本性暴露得一览无遗，人本来求生的欲望完全裸露。人与动物的内心世界得到彻底释放，不少的场面写得惊心动魄，让人目不暇接。至于小说社会容量与故事，请读者自己去阅读，仁者见仁智者见智，不同的读者有不同的感受。

《最后的梦园》的成功之处在于摒弃作者以前一贯写实的创作手法，力图虚实相间，着眼于未来，关注人类生存，使作品的立意具有高度文化意蕴，对人性与兽性博弈的探索，就使作品包孕生命与生存精神的厚度。由此可见，《最后的梦园》是一部未来社会生存的文化图景，奏响了未来社会进程不太和谐的交响曲。

（《铜仁日报》梵净山周末 2016 年 8 月 6 日）

心灵的真诚浅唱

——读苗裔的诗集《在春天里安个家》

苗裔是近年黔东地域涌现的青年诗歌作者，出版的诗集《在春天里安个家》[1]，就是他近年创作的成果。

《在春天里安个家》一共分为："心之一隅""最初的影子""灵魂的出处""春天附近""在远离你的秋天以后""幸福红线""虚拟的角色"等七辑。每一辑标题都充满着诗意。诗歌的写作，一般分为三种写作形式：身体写作、心灵写作与技术写作。从这个层面考查，苗裔的写作属于心灵写作，来自他心灵体验的独特流露。苗裔的灵魂爱着自己的家乡。书写家乡的诗歌占诗集很大的比重。海德格尔认为：接近乡村，就是接近人类的本源。家乡作为他书写的载体，刻骨铭心的记忆在他的诗歌中不断发酵。苗族是一个饱经忧患的民族，被称为"东方的吉卜赛人"，在历史进程中，产生不少优秀史诗与民间歌谣。这个民族的苦难与历史、民族爱情，成为苗族古代文学符号。苗裔把自己传统的民族文化元素融入自己的诗歌，就使他的诗歌具有一定民族历史的厚重感。如组诗《九月苗乡：被爱情摇落的秋景》：

it cend pleab deb mlux ndut res,

Jit pleab mlux ndut dix rax geul,

Jit dout lol shud mlux res nqib.

......

——Tix jib （Lob God nangd sead xongb)

（译：清风轻轻拂过

飘摇的红叶伴着白霜

渐渐凋零落尽……）

——题记（松桃苗族情歌）

组诗《九月苗乡：被爱情摇落的秋景》，作者把自己心灵与苗乡图景紧紧融合在一起，以一些新奇秋天的诗歌意象，直抒胸臆："在夜黑风高的晚上，请留下一片树叶／留在秋天／那被云朵涂红的双唇之间／留下因忧郁而动听的情歌／让夜莺彻夜宛啭。可见苗裔诗歌给人吹来一阵清新的风，沁人心脾。通过纷呈的诗歌意象，对苗乡的爱情的追问，历史感、沉疼感，像单簧管吹的乐音，撞击读者的耳管：夜莺啊，今夜的星空失眠／野菊花在你张口的刹那／开了一脸忧伤的模样／无心草在休声的瞬息／醉了满眼迷乱的醅香／夜莺啊！／／请留下你如琴声一样的心的碎响／留下可能或可以留下的／秋风对枫树林放声的嘹亮。"德谟克利特认为：一个具有灵魂的故乡，就是一个世界。苗裔对故乡的皈依，故乡成为他诗歌创作的重要表现元素，让苗乡芬芳的气息成为诗歌意境的慢镜头："油茶花上，灰阶的苍穹／俯视咀嚼秋歌的瘦马／木轮运草车停靠在石板路上／一位苗族青年身上的布扣衫／在那阵不经意拂过的晚风里／衣脚翩起蝙蝠群一样的／黑色的舞姿。""黑色的舞姿"勾勒出苗乡特有的历史文化景观。黑色在苗族传统文化之中是一种古老吉祥的元素。苗裔把苗文化的底色融入诗行，打上苗族的文化烙印，使诗歌增加不少的民族亮色。如《你踩着脆弱的黑色火焰追赶我》："回头再看看，你的眼眶／已被忧伤填满／跨过脚下的这级石阶／我就将再也听不到你的呼喊了／你的眼前是黑白色的空山／身后是一汪冷寂的深潭／我知道，你不想回去／

你只想逐步踏入远古的抽象与虚无 / 踏入藕花深处 / 可我回头再看看，在我身后 / 你急速走来的方向 / 早已暮色四合 / 你踩着脆弱的黑色火焰追赶我 / 把忧伤沿途纷撒。"诗歌表达对民族文化精神的审视与考量，还有历史厚重感。如《山》："习惯站在原处 / 等待一次回眸 / 千年万年 / 所有的一切不容更改 / 因此你沉默 / 心与星 / 习惯揣着当初的夜晚 / 寒暖与共。"一种渴望摆脱尘欲，返璞归真的心灵，表现出作者的文化构建。苗裔的诗歌，让人读到小提琴的韵味、二胡的忧伤。显现出民族像火一样燃烧，灼痛读者的灵魂。如《来龙坡：缠绵的对应》："牛背上的哥哥木叶悠扬 / 青石上留恋兰香的阿妹举目四望 / 内心长长的春意如水，以起伏的韵 / 倾斜风声。从此，阿妹美了 / 哥哥瘦了！"地域文化场景悸动把诗歌推向诗歌的维度。德国美学家罗伯特·耀斯说："当我们通过一个已知的意义河乌意识的价值组成的网络来不变地观察这一熟悉的世界时，我们并没有看到真正的事物，而只是做了辨认，当我们的辨认获得灵性的支撑时，就会产生极大的升华，情理中的超越。平凡中的不平凡，诗歌的典型方式就是这样形成的。"从平常生存方式里找到诗歌的不平凡或者超越。《松桃河：静静的暮景》："哥哥站在河边 / 很久都没有说话 / 水蜡树青青的枝叶 / 被风轻轻吹拂 / 哥哥踱步 / 来回走了一下午。"

苗裔是一个生活的有心人，用冷静的目光打量苗乡的人事寻觅诗歌创作的因子，将一些表面化的生活渗透进诗歌，凸显人们生生不息的精神光芒，在苗乡大地照耀。如《静语》："青石板村道上，红花伞是你站立已久的风景 / 枫树叶铺就的伤感静语 / 黑色竹篱围猎的爱情向野菊花赤裸的身体逃逸 / 此刻，你披散长夜冷冷的情绪 / 幽忧的歌飘进泪水中的森林 // 哦！你，将这里等待千年 / 等待从蝶翼里走出爱情，手持花季 / 等待一阵风中的白手绢，随歌燃起 / 温柔的火，轻轻地，吻你 / 水样纯净、透明的嘴唇。"苗裔的诗歌，没有缠绵的语言，但却能把人的灵魂处所漂浮在诗歌的水面，在心灵放飞，诗歌的写作本身就是生命历程中的一次次跋涉。很多作者并没有注重这个重要因素，而是玩弄一些外在的手法，使当下诗歌失语，失去应有的文化担当。《曾有一支曲子歌唱你》："你的名字从此被旋律隐喻／你站在院墙上流溢情感／淡淡的体香／随着在白雪中上升的音乐／飘呀飘。"真情、纯朴、直接就成为苗裔诗歌的主要表达方式，把生活的外在化为诗歌的内在因素，把生活里的碎片链接成诗歌，净化人的灵魂，感动读者。《我与一棵树并排站立》就表现出了这种诗歌的取向："风起时，我与一棵树并排站立／离我最近的地方一片蓝天水色／孤独的镜面如同凹凸的脸庞／轮廓清晰。目光游移／我的内心燃起一团火焰／当风过夜幕，梦乡静如僻舍／我坐在一盏失眠的灯下／用心为秋天捂热／低头刹那，眼下多情的一幕／已梦千年，试问／谁能为我启开这时空铸就的门／我渴求我祈盼／被风带去高高的／远远地。"生命与精神的物化，像一个强大的磁场，吸引读者目光。《我不想远行》："我不想远行。我离不开／根。就像鸟儿／离不开我的手影／我的手牵着蓝天的衣领／取一缕青烟作为银饰缠身／等过了初五、十四、二十三／我就把它送给爱我的人。"乡村对一个乡下人来说，是生命的源地，是他的根脉所在。即使因生存迫使，不得不离开时，皇天后土，故土难离，也会成为他们一代代人心灵这挥之不去的疼痛。如《对村庄的感恩》："我没有吮吸您的乳汁／但我却喝过你的水／我就是这样长成您所期待的年龄／二十二岁。您的怀抱已被我躺得光滑／睡出了春天的温度／村庄啊！或许我不该直乎其名／不该把您当成我的恋／因为您是我的'母亲'。"《黔东北的乐韵》把自己的心放置故乡的山水之中，写出对他对家乡的无限感恩："在黔东北的森林里，水是流动的／和弦。绿叶张开翅膀／以非的姿势舞给云看／而云是天空单薄的嫁衣／水是大地的新娘／你，是我的／当清风吹过／我就会轻声叫你／你我走过河湾／沿路两旁，雀声低吟／我们信步梦境。"守望故乡的风景成为苗裔诗歌的另一种精神表达，他以大跨度的视觉把家乡诗意化，鲜明的地域特色就成为他诗歌的内在语境。如《今夜，我哭了》："我想告诉你／今夜，我哭了／我坐在秋天边沿／为红叶流泪／我站在你转过身去的村口／回忆春天的花开／躺在月下／重温阳光的温暖／／今夜，我哭了／泪水打湿寂寞。"故乡风景渗入他的血脉透出一种久违的乡风，而且非常从容："我远远看你遥遥退去／时间与脚步拉长的距离／构成笙歌与木叶／吹奏的雨季。"在当下诗歌充满着自我欲望膨胀的时代，对故乡的仰望无疑成为苗裔诗歌的一大优势。故乡的情感在他身上打上深深的烙印，使他的诗歌根植于家乡文化氛围之中。如《村庄背后》："一朵淡黄色的云，在天边逗留了片刻／接着夜幕降临。傍晚的村庄／开始灵动起来，余晖下，暮鸦非过／盖着黑色瓦片的木屋／线条清晰而缜密。一个孩子／在母亲的膝上幻想未来／梦，由此极幽极雅／电话铃分解沉默／孩子的父亲，在远方／声音沙哑略带微颤／而淡淡的百／花香从山间传来夜的味道。灯光泛白／七旬老人的脸朝向月亮／轻浮的风上升孤独／屋前的梨树身影倾斜。"家乡人们的生存方式成为他诗歌路上沉重的意象，路过的风景、爱的守望、生活的感悟与生命的追求，成为苗裔的诗歌地平线。如《明日故乡有舞》："我若能及时赶到／我定回去／回到小河边去／回到盛开着红杜鹃的梦里去／回到那个与我的生命有关的地方去／今天阴历四月初七／明天是多少／想必，不说你应该也知道。"苗族的传统节日"四月八"就从诗歌中款款而来，凝聚着作者诗歌的沉重表达。诗歌回归乡土成为自然。苗族的传统文化又一次融入他诗歌的经脉，成为一道刚健而向上的力量："深深地爱着四月／爱着明天／就将要舞动的那只鼓手／因此，你转身／对我说，明日／松桃有舞。"家乡浓浓的情愫成为苗裔诗歌的因子，构筑着他心灵的无数次返乡。《家乡的李花正在开》："在山坡上唱歌的妹子呵，你告诉我／三月的家乡／春天的桃城／村庄的房前屋后／你的花格小小木窗边／洁白的李花正在开。"在苗裔的诗歌中，我们听到了花开的声音。

季节成为苗裔诗歌反复描绘的场景，他想从季节场景中表达他心灵的呐喊与悸动。如《如果春天来临》《春天的最后风景》《春天附近》《这个冬天，我哪里也不想去》等，季节的书写，表现出作者对生命的拷问与感悟。作者的诗歌表达是宽广的，诗歌的题材也是广泛的：从苗乡风景到苗族的人文景观，从心灵的思考到爱情的寻觅，或者是对社会生命的独立思考等等，这些生活的元素在作者的心灵化为感人的诗行。如《安静的夜晚》《缠绕》《幸福红线》《天堂雨伞》《雨是疑问》等。如《你说过会等我回来的》就把生命的感悟表达得淋漓尽致："你说过会等我回来的／带着阳光和露水，那时／正值你从梦中醒来／内心水样的歌声如咒。我听见／撞击黑夜的花瓣疼痛的回响／沉默的石头心跳加快／血的速度正以病态的频率循环／我看见，你对着星星和月亮／柳条帘外开满泪花的山色／你说过的，你会等我回来／带着蛐鸣与萤火／阳雀最早入春的那曲绝唱。"一种情感从心灵喷薄而出，凸显出诗歌的感染力。如《虚拟的角色》："我是今夜唯一哭泣的人／双手抱膝任凭黑夜盖面包围／反正不该失去的已经失去／我是今夜唯一败落的人／不需要谁的宽容与安慰／总之该来的终将来临／我是今夜唯一勇敢的人／敢于用手擦去眼角的泪水／最后大胆设想微笑与枪声。"诗歌的意象与心灵自然交融，成为苗裔诗歌的空灵之作，读到其作品的清澈与葱茏，看到生命状态无限涌动，生活的本真得到了诗意的还原。

《在春天里安个家》来自苗裔的心灵与感悟，属于他心灵的写作，大多数作品具有地域诗歌的特质，给黔东的诗歌带来一阵清新的风，具有一定的历史意蕴与民族意识。同时也有现代诗歌创作的一些倾向。要说不足，就是诗歌的语言还值得打磨，诗歌语体略显粗糙，主观情感过于恣睢，冲淡诗歌潜在的美感。但是瑕不掩瑜，关键是苗裔的诗歌是从心灵书写，应该是一个好的开始。

参考文献：

［1］苗裔 . 在春天里安个家［M］. 北京：现代出版社，2014.5.

（《松桃文学 2014 年第 2 期》）

揭开"恐惧"的真相

——评安泆华的长篇小说《恐惧》

　　安泆华是一位关注社会善于思考的作家，长期致力于散文、戏剧、评论写作，且取得不菲的成绩。近年却转向小说创作，她近期出版的长篇小说《恐惧》[1]虽然被出版社定位为"悬疑"小说，但是，在我看来，《恐惧》是一部关注社会生活与关注社会病因的社会问题小说，关键在于揭开了周静、周婷婷母女恐惧的真相，同时也揭露了王妈、周桃、周继宗等人参与制造"恐惧"内在动因及真相，反映了在物欲化时代某些人性的残酷与丑陋。评判一般文学作品的关键不是如何选材和表现，而是看它与社会生活有否关联。吕进先生认为，优秀的作品往往就是关注生命与生存的作品。由此可见，《恐惧》是一部探寻社会病因的长篇小说，具有一定的社会意义。

　　"每一个人对未知事物都有一种与生俱来的恐惧，婴儿来到世界上不是笑而是哭，这是幼小的生命离开母体后，对未知世界的恐惧！"[2]人类对死亡的恐惧实际上也是对未知世界的恐惧！从"存在主义"角度考察，作者背离了萨特"他人即地狱"的初衷。小说中周静和周桃母女之间都相互有一种深深的恐惧。我以为，显然，作品是从心理学和社会学的角度在探讨、剖析复杂的人性。目前美国一些科学家对生命科学的研究已经涉猎到灵魂与人体的关系问题。"从现行唯物主义的观点看，人作为生命一旦死亡，他就彻底地离从这世界消失。我们活着的人对于我们无法走进、科学研究还无法探知的领域，干脆就说它不存在，这不是真正的唯物主义。"[3]《恐惧》一书已经涉猎灵魂与人体的关系引发读者思考，从这个层面上讲，《恐惧》具有一定的探索意义。

小说是一种艺术，不是单纯的讲故事，故事只是小说一种构架，而真正的小说关键在于作家如何构架故事，如何演绎故事让读者不能释怀，才是作家的写作技巧。就《恐惧》构架而言，采用传统的章回结构，就作品表达而言却颠覆了传统小说的故事类型，而是广泛采用了现代的甚至是"后现代"表现手法，以现实主义与魔幻主义的表现手法相互结合推进小说情节。小说一共由三十章与楔子和尾声构成。每一章都有一个标题，吸引着读者的眼球。让人目不暇接，作家把握住了现实与梦幻的尺度，每一章节的故事往往出人意料，巧妙地勾勒了小说的基调，层层解开，每一章表面看来是一个独立的单元，但是仔细地阅读起来，每一单元之间却又密切的联系着，有着小说的内在逻辑。时而现实时而梦幻，形成了一个阅读的链条。

当下社会，人人都充满了恐惧，只不过是没有人愿意表现出来。每个人似乎都患有恐惧的症候，只不过是轻重程度不同而已，而且，每一个人产生恐惧的因素各有侧重。为此，我带着一种好奇心进入小说《恐惧》，几天的阅读，我才厘清小说的故事情节，一个从国外回来的精神专家老冯，在一个精神医院得知一对没有精神病家族史的周静与周婷婷同时患上精神疾病，住进了同一家医院，行为诡异，作为一个精神病医生，为了弄清这对母女的病因，进行了一系列的调查。从这对母女的精神病个案中，反映了当下社会生活生存状态。老冯历经各种意想不到的恐惧与人生传奇。通过到周静母女住所、单位、以及他们的家族与亲属、周静的前夫等进行了病因的调查与核实，同时还翻阅了周静母女的日记，开始从一些蛛丝马迹中，解开周静母女的病因，而且还试图从多重人格症阐释病因等，无疑，长篇小说《恐惧》表面是寻找周静母女的精神病恐惧的病因，解开周静、周婷婷母女的"恐惧"真相。不难看出，作家力图从当下社会生活中，对人们的各种现实生态与人性叩问，在文学场域曝光，进行立体的展示。小说最终厘清了周静与周婷婷的病因。但其中的社会生活现象却值得我们思考，在利益驱使之下，不少人似乎采取超出人性的手段，人为地制造一些"恐惧"，让本来生活得比较美好的家庭与人们患上恐惧症，酿成精神病。作家创作的目的在于揭示当下社会人与人之间，哪怕是有着血脉亲情的亲人之间，都不可能相互将对方的内心世界看透，每一个人的内心世界对于他人都是一个未知世界，所以每一个人的灵魂深处对他人都藏匿着一种深深的恐惧，哪怕亲人之间都是如此，只是这恐惧藏匿太深，很多时候人们自己都意识不到。《恐惧》涉猎了人类学、社会学、生理学、心理学等领域的问题。各种现象在小说中相互交织，形成了一个神秘的阅读磁场。

　　小说设置的环境是别墅，别墅是一种财富的象征。别墅里频发恐怖神秘的怪事，其实暗线是争夺财富成为了小说。无论是保姆、堂姐还是堂侄儿等人，都是为了财富装神弄鬼，目的就是为了夺取财富。当下的财富观已经出现了难以置信的扭曲：人们道德防线奔溃，人们亲情的疏离，就是因财富观作祟，巧取豪夺。小说中人物的相继出场，表面看来有些离奇神秘，其实都是奔着财富（财产）而苦心积虑，暗藏杀机。暗含了当下社会的病因。在物欲横流的"后工业化"时代，人性变态，成为一种社会通病，小说表面写精神病人的恐惧，而真正意义上却是探讨当下社会病态形成原因。按常理，一般人住进了别墅，应该感到很幸福，但是住进别墅的人却有自己的辛酸苦辣，在别墅里也很多的"恐惧"。在物质满足之后，人们的精神却又出现"恐惧"，精神的皈依却让人无法求解。在我看来，《恐惧》不单是为了追寻精神病人的病因，而是在寻找当下中国人精神缺失的相关病因。所以，长篇小说《恐惧》不是简单寻找精神病人"恐惧"点的小说，而是剖析当下中国社会病因的小说，通过环境的营造、人物的塑造，探讨当下中国人"恐惧"的内在因子。因此，小说不但探索人们的恐惧，而且要探索隐藏在人们内心深处的恐惧。小说就是探寻人们"恐惧"的成因，同时也是解密一些社会问题，更为重要的是解开人性本来的面目。同时，拷问当下社会人们的良心与道德。莎士比亚认为，良心是在人内心造反的最怕寂寞的家伙。因为社会是由人构成的生存状态，恐惧来自内部还是外部就成了《恐惧》命题。

　　文学是人学，文学的根本任务就是塑造人物形象，作为长篇小说的根本就是在塑造人物群像，通过人物形象来阐释社会生活状态，《恐惧》也不例外，描绘了一系列的人物，小说中有姓有名的人物有10多人，就人物数量而言不多，但是就是这些不太多的人物，构成小说人物雕塑，从这些各色人物中，囊括中国当下社会不同的人物类型，演奏着社会生活的进行曲。

　　小说以一个从国外归来的精神病医生老冯作为叙述视角，以老冯介入周静、周婷婷母女的生活，他既是整个小说故事的经历者，也是整个小说的推进者，同时老也是贯穿小说始终的人物。老冯作为一个医生，是十分称职的，他为了查清周静母女的的病因，介入了周静生活，以一旁观者与参与者的身份进入一个社会的家庭个案，具有一种百折不挠的精神状态，在调查周静母女的发病过程中，历经了生与死考验和各种的威胁，但是他始终没有放弃，具有一种英雄主义的情结，可以堪称"福尔摩斯"似的人物。一对没有精神病遗传史的母女在同一时间被送进精神病医院，医生老冯在对母女俩的病因调查中，一桩桩令人恐怖的事件扑面而来，老冯的调查也犹如走进了一座诡异的迷宫。"深夜，窗外的雨淅淅沥沥地下着，虽然时令已经进入了初冬，但是医院大楼里开着暖气，所以感觉暖意融融。"就是在这个时候，他的面前摆着周静母女的入院记录。由于看到周静母女恐惧的场面，作为医生的他开始介入周静母女的治疗，在治疗的过程中，首先要查清楚病人的病因，才能针对性地进行治疗。所以作为医生的老冯，被卷入本来与他毫不相干的生活场景中，他最终解开周静母女"恐惧"的原因。他是小说的经历者，也是小说中塑造的一个人物形象，具有"医者父母心"的情怀，又有"福尔摩斯"似的侦探色彩，是一个椭圆型人物。他是小说故事的讲述者，也是小说进程的推进者，这个人物是一个时代的诊断者，同时应该时代病因的发现者。小说中三次"惊魂之旅"就是对一个医生的人生考验，在通过三次惊魂之旅之后，仍然继续调查周静母女的病因，作为一个医生是十分难能可贵的。一般而言，治病是医生的天职，而调查病人病因却是医生外在的动因，调查周静的堂姐、周静的堂侄，调查保姆王妈，查看周静、周婷婷的日记等，最后拨开疑云，让一则令人"恐惧"的恐惧病因昭示于社会。

周静是一个45岁的知识女性，一个地方艺术学院的钢琴副教授。却因"恐惧"成了精神病人，尽管她已经离婚，但还是住进刘智勇给她和女儿买别墅。在别墅里遇见各种怪事和离奇的场面，虽然她很爱女儿周婷婷，但是，她自己平常也生活在"恐惧"之中，她的家庭出身，本身就是一种恐惧的环境，导致她的孩子死亡，抱养周婷婷伪装成亲生女儿，她还一直欺骗自己的丈夫，本身在平常生活中就有一种恐惧，怕自己的谜底被揭穿：女儿因车祸负伤，丈夫在给女儿输血的时候，周静曾经隐瞒近20年的秘密被揭穿。丈夫与她离婚，甚至还被丈夫怀疑自己的清白。她又怕自己女儿的身世被其透露，怕女儿的亲生父母知晓，也常常生活在失去女儿的恐惧之中，两重恐惧导致了她是一个不幸的女性，后来因为祖产又莫名其妙地被堂姐与堂侄儿暗算，还有保姆刘妈的设计等等，使一个生活在多重恐惧的女性，最后住进了精神病医院。我们从她的十九则日记中，完全看到了一个知识女性从一个正常人开始"恐惧"，最后成为精神病患者的历程，记录她一步步陷入"恐惧"而不能自拔的人生境遇。生活中潜藏着一种悲剧色彩。在现实生活中，有些人莫名其妙进入别人布好的陷阱，最后成为牺牲品。随着小说情节的层层推进，最后的谜底解开，周静的人物塑造也得以完成。一个善良的女性最终成为悲剧。

周婷婷也是小说中的不幸人物，从小失去自己的亲生父母，被周静抚养，尽管表面生活得很幸福，但是当因自己导致父母离婚，她也生活在一种恐惧之中。尽管她也想保护周静，但所谓"白医生"的出现，让她的心头又产生了另外一种恐惧，当保姆刘妈介入，她得知自己的身世之后，又参与制造了周静的恐惧，最后自己也没有逃出命运的左右，成为了一位精神病人，仿佛又是一种生命的轮回。她也是一个悲剧人物。周婷婷的十二则日记就是佐证。"周婷婷的前八篇日记，是对她和周静进入别墅前的生活学习情况的记载，从日记内容可感觉这期间母女俩温馨平静，从第九篇日记开始，周婷婷就开始描写进入别墅后的生活了，在日记中充满恐惧地写到了疯女人的入侵，也写到因为她画了那幅老太婆的恐怖画周静如何生气，我无来由地质疑她为何不知道噩梦的内容的情况下，画下了梦中的老太婆。"[4]周婷婷开始由一个温馨平静的女孩，最后演变成为一个十分恐怖的人，究竟是什么因素导致这种人格的飞跃性变化？"周婷婷究竟是什么人？她为何要这样对待爱她的母亲？"[5]作者发问，其实就是读者的发问。

在她的人生恐惧中推波助澜的因素究竟是哪些？是社会的问题还是人性的问题？这个答案不言而喻。小说试图以"多重人格症"来解释周婷婷的病因。小说力图从"人格理论"与人性方面进行注解。"多重人格症在现实生活中，本来少之又少，周静和周婷婷这对没有血缘关系的母女同时患上多重人格症，你不觉得蹊跷吗？"[6]弦外之音看似闲笔却增加了作品悬念。"周静家族本身就有多重人格症，具有多重人格症基因的人就跟正常人一样。周静的多重人格症的爆发与他从小目睹父亲的惨死。跟着母亲改嫁之后收到继父的母亲的虐待，以及她的母亲失手打死她继父的母亲等刺激有关。"[7]王妈的人格分裂症的爆发的反复惊吓，又加上周继宗为老宅继承权一事进行恐吓，最后导致周静、周婷婷双双进入精神病医院。

刘丽丽作为一个医院的护士，也是贯穿小说的一个人物，她始终具有一种在场感。一方面她是整个寻找"恐惧"病因的看客，同时也是这场寻找病因的见证者。这样的人物在现实生活中比比皆是。

刘智勇是一个商人，周静的前夫，当他得知周婷婷非自己亲生女儿时，"这对于一直深爱着周静和婷婷的刘智勇来说，不啻于晴天霹雳，他强压住自己的悲伤，再也不能在母女俩面前以以往那个慈爱的父亲、体贴的丈夫出现，他非常痛苦，他只有选择离婚，他没有告诉周静离婚的理由。"[8]一个看似自尊的男性形象跃然纸上。但是在老冯要求帮助寻找周静母女的病因时还积极配合，他也还是一个不乱性的男人。"离婚之后，刘智勇拒绝了很多追求者，选择独身，却一直不停地关注着周静母女。现在当他知道妻子不曾背叛他后，他那块压在他心头的巨大的石头卸下了，他感到无比轻松无比快乐，尽管婷婷仍然不是他亲生的，但是他解开心结。"[9]然后出谋划策帮助老冯了解周静母女"恐惧"的真相。最后还提出与周静复婚，照顾周静母女，这就是人性的某种归位。

周继宗是一个在当下具有典型意义的人物。进入别墅，目的是要阻止自己堂姑周静参与继承祖产——老家老宅。在财产继承面前，人性丧失，这正是当下社会生活中某些人的翻版。人们为了财产，翻脸而六亲不认。

周桃是一个普通的女性，具有底层女性的特质，她想为儿子谋得老宅的继承权，但是又希望儿子以正当的方式获得老宅的继承权，具有善良的本性。周静的身世解开之后，也终于解开周静与周桃的关系。

王妈作为一个在小说中书写比较多的人物，其实王妈进入别墅之后，真正导演了这则悲剧，小说开始，在老冯调查周静病因之中，王妈总是显得神秘，像一个不散的魂魄，总是在下一场合出现。小说书写王妈为入侵者十分妥帖。王妈才是周婷婷的亲生母亲，与周桃是双生姐妹。因为在周桃父亲的遗嘱中老宅没有她的继承部分。她的身世之谜解开，她在被男人抛弃后，带着儿子进入中国城市，到周静家当保姆。最后王妈也疯了。生活中人们都有一些"恐惧"，"恐惧"就在我们的身边。显然，《恐惧》是在探究一个家族"恐惧"史，这与一个家族的人性病态具有密切的关联，一个家族史显然就是一个社会的缩影。

《恐惧》立足于人性灵魂，考量生命意识。作品利用创作中的偶然与必然的互动形态。小说最后以两个女人出场，彻底解开谜底，这栋别墅原来的女主人出场，她们并没有去澳洲。一系列比较离奇的故事发生与法师出场以及小白兔的死亡，暗含了某种救赎，具有象征意义。同时，将一些神秘的文化元素掺杂其间，增加小说的可读性。

《恐惧》究竟要告诉我们什么？人们最恐惧的是什么？人们

为什么会"恐惧"？长篇小说《恐惧》给了你一个明晰的答案。小说中借小李的话来表达作家的创作意图："从周静母女的故事中，我还认识到生活中，我们每一个人都可能被'恶魔'附身，从而让我们身边的人，甚至亲人感到恐惧，我说这个'恶魔'是人类的自私、贪婪导致飞恶念！"[10]放弃人性与生俱来的邪念，也许就会远离"恐惧"。

参考文献：

[1][2][3][4][5][6][7][8][9][10]安浼华.恐惧[M].贵阳：贵州出版集团、贵州人民出版社，2017.5.（321）（6）.

（《贵州作家》2017年4期）

生活历程的记忆

——读鲁乾亮的散文集《时光碎片》

鲁乾亮是一个立足底层的文学创作作家，同时也是对社会生活比较关注的有心人，读他的作品就像在现实生活里游弋。前些年，出版了长篇小说《桃园一家人》，表现了一个农村普通家庭的变迁。最近又出版了散文集《时光碎片》[1]，表达出一个作家对生活与人生的文化注解。

散文的写作，一般分为生活写作与技术性写作。尽管还有一些人对这个观点存在不同的看法，但生活写作多为普通作家的写作路径是不争的事实。在平常生活中，有很多事件（事实）给人留下了深刻的印象，给作者产生了写作的冲动与写作的根基。从鲁乾亮散文创作的路径来看，支撑他的是生活，因为日常生活中很多平凡的事情，让他产生了触动，于是，他就把这些触动用文字表述出来，自然就形成了他的作品。单从书名《时光碎片》看，就知道是他人生时光中的感悟与表达。时光相对人生而言，就是一种人生的过滤器，过滤下来的东西就是生活中的真实记忆。

"文如其人"与"文以载道"是中国传统写作的经典概述。读鲁乾亮的散文集《时光碎片》，就让人读到了一些朴素的原生态生活，读到一个普通人对生活的阅读与理解，也读到了作家的生活经历。《时光碎片》以"时光片片""时光碎碎""时光粉

末"等三个部分构成，每部分都与时光有关，或者说，与作家的
生活密切相关，流露出作家的生活片段。

"时光片片"由《零星的片段》《回到零位》《生活里的气
泡》《母亲的教诲》《乌江河畔之夜》《一件灰色毛衣》等构成，
其中，《母亲的教诲》表达了一个乡村女性对子女的教导："为人
不自在，自在不为人；人似三节草，不知哪节好……"表现出一
个农村母亲的人生哲学，也是做人最朴素的人生经验之谈，是作
家人生的启蒙教育，作家记录母亲的教诲，其实就是对传统文化
教育的继承。《乌江河畔之夜》是一篇具有抒情意味的作品，抒发
作家对家乡县城的一种无言的爱："河水孕育了古老的历史，历史
传递今人，一份爱情在古老，一份爱情在年轻，世世代代，绵延
不绝，接连不断地翻越即将而来的明天，永做乌江爱人。"一条
河流孕育一个地域的文化与历史，同时也孕育一个地域人民的薪
火相传。作为一个地域的子民，没有什么理由不爱自己的母亲河
流，可以这样说，鲁乾亮的作品抒发出对家乡的真情，抒发对这
片土地的无限热爱。《透过岁月的记忆》写了一个物质匮乏年代的
生活状态，或者说是一段历史的记忆，唤起人们对美好生活的珍
惜。《一件灰色毛衣》承载了作家对生活的记忆与学生时代生活的
回忆，同学友情跃然纸上，真实与真情，超越物质本身的意义。
作为作家，往往就是将自己记忆中美好的东西分享给读者，传达
出一种美的信息。人往往就是在记忆中生活，在回忆中咀嚼那份
美好的情愫。

如果说"时光片片"是时光的生活记忆，那么，"时光碎碎"
就是对时光流逝中的一些生活状态的有效的链接。"时光碎碎"由
《又是一年端午节》《人生的感悟》《怀念四毛》《故乡的体温》
《难忘雷老师》《故乡的符号》《清明祭母亲》等作品构成。单
从这些篇目都可以看出，是作家在现实生活中的触景生情。《又是

一年端午节》写出作家为了工作，放弃了端午节，只是在生活中产生一些回想，产生了美好生活的企盼："那些不知内情的人，也许有人要说鲁家儿子不孝，连节日都不回家看看，可是我美意，美意的是身后有父母这座高山，始终用心灵的清泉哺育我。"人们常常说，忠孝不能两全，其实好好地做事，踏踏实实地做人就是对父母亲最好的回报。生活相对每一个人而言，都是未知数，每一个人的生活都不是一帆风顺的，生活中总是有些预见不到的风雨，人只有在生活中，才能够得到磨练，得到成长，人只有在经历风雨之后才会有所感悟："人生漫漫，生活零碎，穿越时空的想象，不免都是直来直去，弯弯曲曲，点点滴滴……每一天，每一分，每一秒，都是生活的去向。"人只有在经历某种体验之后，才会感受生活的真谛。《怀念四毛》是怀念性的文字，是对自己四弟的怀念，充满着真情，人生无常，真实的情感胜过千言万语。《乡村漫话》书写当下农村的真正状态，即当下扶贫工作中值得思考的问题，在生活日益现代化的今天，而人们精神方面的缺失却是我们面临的现实问题。"是呀，人心无底蛇吞象，有人就是不理解，也不知钱从哪里来，国家有没有难处，巴不得天天落黄金，满地都是，坐享家中一文不做，即便如此，还是有人不满意，因为没有人给他捡起背进屋。"作为一个基层干部，在乡村扶贫的过程中有一种切身的体悟，其中忧国忧民的情怀游离其间。《到长安很远》写作家出差西安的人生感悟，作家从历史与现实中进行换位思考，最后的结论是"到长安很远！"我们在历史的奔跑中有一段难以逾越的历史文化距离。《我的儿子》就是记录儿子成长过程的点滴，进入父母亲对子女的思考，或者是一种人生的经验："在孩子的成长中，父母不要当孩子的导演，更要当好孩子的演员！"《故乡的体温》由"祖坟""老房子""父亲的犁铧""母亲的饭菜"构成，作家写出一组故乡的抒情诗，故乡就是一个人的终生记忆，或者说是一个人终生的乡愁。如《祖坟》："纵有天高，不忘故土，即使有天大的本事，哪怕日行万里，走进了儒家大堂，或者成为世道高人，也不要忘记曾经养育的水土之恩，以及父母的驼背之情，还有那些安息地下的祖坟，千万不要让他们有横风秋草，野渡荒凉的感觉！"如果一个人数典忘祖，就是失去了人的本性。故乡是人的根，是自己生命发芽的地方，地球有引力，人有故乡就是人类生活的一种文化归宿。《难忘雷老师》是对一个乡村教师的追忆，其中透出了作家的感恩之情。

"时光粉末"记录一些表面上看来微不足道的生活场景或者人生的体验。由《四月阴雨天》《那本作品证书》《到母校的感想》《夏约南庄》《感怀后坪》《高速路上》《春节，回老家去》等篇什组成，事实上，作家已经从静态思考进入到动态思考。在日趋现代化的当下，人心浮躁，很想找到自己心灵的故乡。更多的时候，我们只有睹物思人，在行走中找到自己生活答案。《四月阴雨天》从四月雨天回忆自己人生的病难时光，对当下医院的不光彩人事进行反思，可谓触景生情，真实带着几分无奈。"四月雨淋淋，来时望晴天；流连岁月转，伤心在曾经；犹记化尘埃，健康修强身！"这种刻骨铭心的记忆让人有一种强身健体的追求。《那本作品证书》是一个人的人生记忆，或者说是人生中的某种动力。一本证书，承载了一个文学爱好者的希望："那本证书，永远载着我心灵的希望！"人就是为希望而活着，没有希望的活着，就相当于行尸走肉。《到母校的感想》表达作家到离别多年的母校之所感，对母校的感激之情由然而生："亲爱的母校！三十年前，我是您的学生，那时我与现在的同学们一样，心里都充满着无限的梦想！今天，我来到母校，除了敬仰之外，更多是心灵的感动！"《夏约南庄》写作家到南庄参加一个文学会议，遇见一位诗人的感慨，一位作家无私而默默无闻地为大家办事，写出了一个土家族作家的本分与忠实，同时也是作家维持生活善待生活的本性，一个人的行为让作家如此感动，确实是一个作家的人格魅力。《感怀后坪》写作家在古县城址的所见所闻，从现实中打望历史，从而产生了人生美好的怀想。生活中的时光片段，激起了作家内心的浪花，自然的景观触发作家书写的灵感，书写自己历史的记忆。

《时光碎片》是一部记录作家人生经历中点点滴滴的散文集，以朴素与真挚的文字构成了作家的散文世界，在人生精神处于流浪的时代，作家找到了自己写作的支撑点，把那些琐碎的生活用文字相连接，形成作者心灵的文化磁场，吸引读者。当然，《时光碎片》也不是一部完整无缺的作品，有的篇什表现手法单一，叙述语言不够精炼，这是作家应该在今后的创作中值得改进的地方。在此，我求教于作家与读者。

参考文献：

［1］鲁乾亮.时光碎片［M］.北京：团结出版社，2017.11.

地域、代际与多元化

——评《花开有声——沿河 90 后诗选》

　　沿河是乌江流域惟一的土家族县份，也是中国土家族山歌之乡，丰厚的地域文化滋养大批的作家与诗人。从"50后"的田永红、"60后"的何立高、刘照进，从到"70后"的赵凯、冉茂福到"80后"的崔晓琳，再到"90后"的鬼啸寒、肖臣等，创作成就有目共睹。最近，冉茂福先生主编出版《花开有声——沿河 90后诗选》，将沿河"90后"诗人集体包装与亮相，无疑是对沿河诗歌创作的有力促进。

　　"90后"是一个年轻的代际群体，已经逐渐成熟，开始进入中国的各个社会层面，无论是学术还是文学都产生了一些比较引人关注的代表人物。江山代有人才出，各领风骚数十年。在当下，社会生活日新月异，文学发展变化周期很快，已经是各领风骚数年了，有一位诗歌的评论家说过：中国诗坛 50 年代已经离去，60年代是中坚，70 年代在崛起，80 年代在抢话语，90 年代在已经开始。虽然这种观点有一些片面，但是却开始关注"90后"的诗歌创作。或者可以从另一个方面说，"90后"的诗歌创作已经在中国诗坛崭露头角。《花开有声——沿河 90 后诗选》应运而生，对沿河"90后"诗歌创作是一次整体展示。

　　《花开有声——沿河 90 后诗选》具有三个明显的特征：一是

地域性特征，二是代际象征，三是诗歌创作的多元化特征。这三个特征共同构成的沿河"90后"诗歌创作现象，代表着沿河诗歌创作的未来。一个没有诗歌的地域是一个非常悲伤的地域。特别是在物欲横流的语境下，人们往往只注意物质的满足，精神的缺失就需要诗歌进行某种人为补白。因此从这个层面上说，沿河是一个有着文化期待的地方。前些年，我曾经对沿河散文诗创作进行整体考证，以《沿河：散文诗的崛起》对沿河散文诗创作的现象进行相对全面的梳理与展望。而现在，《花开有声——沿河90后诗选》又为我的研究提供一个蓝本，让我们看到了沿河诗歌创作的未来。

一是地域性特征。《花开有声——沿河90后诗选》的15位"90后"沿河诗人，都是土生土长在沿河的人。这样大批的"90后"诗人的产生，与沿河地域文化传统有密切的关系。因为历史上，沿河的民间文化丰富，沿河的山歌就是最初的诗歌，只不过是散落民间的诗歌，因为来自民间，从而具有强大的生命力。因为诗歌的创作与生活有密切的关联。山歌来自民间，与沿河世世代代的生活有着天然联系，是农耕时代文化的一个显著特征。地域的文化传统，让沿河的"90后"对诗歌的创作有一种影响。沿河的散文诗创作群体的成功也对"90后"诗人潜移默化地影响。他们的创作成功，让不少作家诗人改变命运，或者是一种创作的动力。长期以来，沿河政府对文学的重视，或许对沿河诗歌创作提供了一个土壤。作为一个土家族聚居地，出现了这么多的"90后"青年诗歌作者，是一个值得关注的文化现象。可以说，是一个地域诗歌兴起的前兆。

二是代际特征。随着新世纪的来临，"90后"作为一种新生力量，已经在在诗坛崭露头角，黔东石阡曾经一度出现了"90后"的诗歌现象，而沿河的"90后"后来居上。爱好诗歌并投入诗歌创作的人数不亚于石阡。其实，这也是值得研究的一种文学现象。入选的 15 位 "90 后"，或许还是沿河 "90 后" 诗歌作者中的一部分，从这个层面上讲，沿河 "90 后" 诗歌创作不可小觑，将来一定是沿河诗歌的创作希望。一种代际诗人群体的出现，为未来沿河的创作储藏了强大的有生力量。

三是多元化特征。沿河 "90 后" 的诗歌创作呈现出多元化的特征，从入选的 15 位诗歌作者中，我们很难找到相同的创作路径，每一个诗歌作者都有自己的表达方式与追求。特别是在生活多元化的时代，诗歌的创作更需要多元化。诗歌创作就是写生活。我想每一个人的诗歌创作都与自己的思考相关。诗歌就是从生活中捕捉创作的意象，表达自己的内心世界。

鬼啸寒的诗歌有一种莫名其妙的沉重，显得有些过于早熟。但是他有着自己的创作倾向，也许与他的生活背景有很大的关系。如《麻雀》："然后被一只陌生的铁鸟杀掉 / 留下满地的尸体 / 像洪水一般 / 喧腾后又静止。" 麻雀作为一种诗歌意象，麻雀的毁灭，或者说是命运的毁灭，是对人类的一种追问。鬼啸寒在用一种冷静的目光打量生活与自然，然后对生活与自然发出一种掷地有声的拷问。诗人对世界、对生活有一种特别关注。如：《城墙外》："碧绿的爬山虎在围墙外低头思考 / 是穿越这些自以为是的玻璃暗器 / 还是顺着他们的庸常 / 附和生长 / 爬山虎暗哑了。" 爬山虎作为一种诗歌意象，背负着沉重的使命或者生存压力，作者看似漫不经心的叙述中有一种生命的负重，表达诗人对生命的沉重追问。如《对待生活》："在简单的租房内 / 看着县城和乡间的新闻 / 追索美好的明天 / 在这里，改掉不穿内裤的敏感 / 听见报春鸟孤单的叫 / 细听它吟叫的孤单和间隔 / 我死之前 / 信念不能超越躺下的死亡线。" 作为一个 "90 后" 诗人，面对生活的孤单，对人类的生与死进行追问，表现了在物欲化时代人们的精神空寂，需要抚慰。鬼啸寒的诗歌出现了不该在他自己这个年龄出现的沉重，或许是生活中的某些经历让他过早承担起某种心灵的重量。我以为，他的诗歌语体是先锋的，而他表现的生活却是现实，他总是从现实生活的形态中发掘出属于他诗歌创作的动因。

　　如果说鬼啸寒的诗歌有一些沉重，那么肖臣的诗歌就多了一些阳光。他的诗歌充满着爱恋。如《樱桃花之恋》《樱桃花》《追寻抑或是等待》《爱如烟火》等作品。作为"90后"，有属于他自己对爱恋的追求："一个人在月下，饱尝着凛冽的寒风／在白昼也不减去深夜的痛苦和想念／风在吹。"一代人有一代人的追求，更多的追求酿造成为一种精神指向，内心世界有一种欲罢不能的感叹。"历经千百世的轮回，眉淡唇薄／变成了这多情的模样／一朵花在春天里缥缈／三月里，我寻去。"樱桃花作为一种诗歌意象，作者反复书写的物化象征，其中的美好让诗人产生如梦如幻的感觉，青春期的写作范式成为肖臣躁动的书写，如《追寻抑或是等待》："半年恍如梦幻隔世，又如绝灭／绝了我的思念还是灭了你的心？／一切都是那么缥缈，就像新景早晨里的雾／那么温馨，又那么冷得刺骨／／满山遍野的花，却唯独那朵花／散发芬芳。赤脚的我跑出窗外。"虽然是写生活中某一种状态，但与青春期的"90后"精神暗合，可是这就是一种对灵魂的追求与反思，有一种过早成熟的烙印。乡愁也是肖臣诗歌创作的题材，回家是每一个人的精神回归，想到故乡就有一种怅然若失与依恋，如《秋天里》："回家的路逐渐地分明。月和湖／去夜里婉情细水的缠柔／一阵风吹过——／'上言加餐饭，下言长相忆'／／一片落叶总在深夜里徘徊。"

　　何冲的诗歌有一种精神思索，他从一些人事、景物中找到自己创作的出口，或者说表达出一种生活的态度。如《异乡草木书》《车过马蹄溪》《谢坟》《一柄镰刀》《记事：在长江边上打水漂》等作品。一个人在异乡，有一种感悟，特别是异乡的草木让作者产生诗歌创作的冲动。如《香樟叶落》："冬天，我们帮香樟树长出红灯笼 / 它们随风摇曳。摇着摇着，就到了春天 // 铁栅栏向来沉默，春风呼唤，玉手抚摸 / 也无法唤醒，那些锈迹斑斑的记忆 // 香樟树上，时间枯萎 / 在此地经历的第二次落叶，满手时间。"香樟叶落的情景让作者打开记忆之门，产生了一种对春天的向往，在作品背后渗透出简单的哲理。诗歌的最高境界就是揭示生活的哲理。作者有意识地表现这种写作取向。显然，何冲的诗歌总是在外在的物象描写中，寻找到一种精神的抵达，如《列车路过村庄》："老人站在铁轨边 / 看列车飞驰而过，草塞满背篓 // 只是列车在某次遗落的一个饱嗝 / 如同铁轨边的草 // 我们终将被列车遗弃 / 成为一株草，暗自生长 // 割草的人 / 也收割着自己的一生。"列车、老人、草等意象构成了诗歌的主格调，有一种生命历程的沧桑与无奈，在滚滚的现代化大潮中，人们的浮躁与无助表达得淋漓尽致。生活哲理可见一斑。如《一条鱼死在秋天的池塘里》，表达作者对生命的喟叹："如果不是一片叶子突然坠入池塘 / 也许就无人会发现，那条死去的金鱼 / 躺在水里，如一片枯槁的树叶 / 没有法事，没有葬礼，没有任何讯息 / 水里依然有鱼群游过，熟视无睹 / 这个秋天凋落的树叶，已经够多了。"

顾子溪的诗歌有一种故乡情结，我曾在多少次文学评论中表达这个观点，故乡往往就是作家（诗人）永远创作的题材，同时又是不少作家（诗人）创作的起点与归宿。顾子溪的《父亲》《亲爱的猫》《小小火光》《过风雨桥》等作品，如《想到父亲》："想到父亲，想到他单薄的一生 / 需要多少语言才能描绘，他内心的河山 / 需要多少粮食才能填满，他瘦骨嶙峋的中年和晚年 / 想到父亲，想到他一生侍弄的土地上。"父亲作为一种乡村的文化象征，也是多少诗人的书写对象，诗人将父亲与土地联系在一起，土地与人的情结凸显在读者面前。父亲一辈子面朝黄土背朝天，最后要在土地终老一生，许多悲壮，许多无奈。《小小的火光》揭示生命某种片段，演绎某种希望，同时也暗示无穷无尽的生命力量："春天的花骨／那些被遗忘的，在风中招摇的生殖器／通过秘密的语言和声音／把季节照亮／人们从消失的阳光中醒来／雨季过后／新的黄昏在山头倾塌。"也是对自己生活场景的感受与物事的思考，从中探寻一种精神皈依，如《黑夜与孤独》："关掉电源，黑夜与黑夜相遇／房间里堆满秘密／窗外有气笛声和流水声／但今夜没有蚂蚁搬家，没有车祸发生／今夜人和宠物都很安全／没有威胁，没有冰冷的月光。"作者对黑夜与孤独的感受是独特的，冥冥之中产生一种挥之不去的幻觉，让诗歌达到一种属于自己的思考。

南飞鸢的诗歌追求一种语言的纯粹，诗歌是语言的艺术，不少诗人认为，诗歌是用平常的语言表达生活的场景。面对场景，所思所想，往往是南飞鸢诗歌中表现的特色。如《春雨》《落在心上的雪》《寒流》《又是晴天》等作品，在自然现象与生活现象的背后就是作者的思想。如《春雨》："下雨了，我站在窗边凝望／大地溅起了一阵欢乐／山谷是太浅的酒杯／盛不下我悲伤逆流成的河／归来，总要雨水洗刷风尘／离去，总要雨水滋润心田。"作者面对春雨，心头产生多种景象，巨大的跳跃性构成了心理图景。又如《落在心上的雪》，一种唯美感觉自然而然地得到释放："雪是我笔下苍白的信笺／纵使有万般豪情／也难描绘明天的风景。"

秦生的诗歌属于感受型的作品，真正的诗歌就是一种对生活的感受，然后借助于文字，表达自己的内心世界。如《北方，美丽七星》《遥远的路程》《八月》《在路上》等作品。作为一个刚刚走上社会的"90后"，在艺术层面还不一定成熟，更多的时候，就是在表达自己的感受。如《在路上》："此时，我径直走向旷野／拒绝转身，也不作停留／再美的风景都在路上／／路上风景眼花缭乱／我必须学会欣赏／路旁的那一朵野花／拥簇在杂草丛中，布满诱惑。"《在路上》作为一种人生历程，可能有各种不同的结局，作者就是在一种感受中找到自己创作的兴奋点。感悟型的创作要具备对生活的洞察力。如《绝望的歌》："在过去的拥有你的日子／我的心胸从没有这么辽阔过／／这辽阔的夜，在今夜／因你不在而更加辽阔，使人倍加孤独。"在日子的孤独背后，作者应有一种博大辽阔的情怀。我一直认为，诗歌就是一种发自内心的精神言说，或者说是心灵的拷问。如《父亲》："父亲开始不属于我现在的记忆／当所有日子堆积一起／父亲就从我的记忆里／搬起他回家的路。那路一直／走不到明天，明天父亲就要回来。"父亲作为一种书写对象，父亲指出的路将对自己的人生产生一种巨大的影响。如果没有父亲，自己就不知道如何"回家"，这才是作者对生活的感受与发现。

野老还是一个在校大学生，他的诗歌大多是一种精神回望，自己离开家乡后对故土物事的回望，就形成了诗。远离的村庄成为他诗歌众多的书写对象。如《山谷村庄》《火车开往故乡》《秋雨》《扁担》等作品。故乡是一个人生命的根，可以想象，当我们失去根之后的生命痛苦。无根的写作，将是一种无效的写作。如《山谷村庄》："远方的山谷起了雾／带着炊烟与花香／天空的白织灯亮了／我想那缥缈的山谷／定有纯朴的村庄。"朴素村庄的背后有作者思考的东西，一个人应该有两个故乡，一个是生命的故乡，一个是心灵的故乡。或者说一个物质层面的故乡与一个是精神层面的故乡。有时候，精神的故乡往往比物质的故乡更为强大。如《火车开往故乡》："儿时的故乡／有奶奶草凳的忧伤／有父亲旱烟的鼾唱／有母亲背篼的摇荡／故乡，故乡／请别在黎明前睡着了／家里的空房还靠你守望。"故乡成为一种回望，集一种精神的抵达，就是诗歌的最高境地，在日趋城市化的当下，乡村作为人类精神的守望，这是一种多么艰难的举动。作者就是对这些精神层面的探讨，应该是一种有意义的写作。如《秋雨》："来了，秋雨／淋湿我吧／我家的老房子／已经被你淋湿／淋湿我吧／老屋上，最后一片瓦／在等着我。"特别是"老屋上，最后一片瓦"包孕多少的无奈与守望，守望的动力应该是精神固守。如果一个人的精神没有达到一定程度，很难写出让人揪心的诗句。乡村作为多少人成长的家园，往往对有些物事难以忘怀，如《扁担》："一棵老树把扁担传给了父亲／扁担在父亲结茧的肩膀上／一头是大山，一头是风雨／一头是黄昏，一头是烟囱／一头是麦穗，另一头是我。"扁担作为一个诗歌意象，有着一定的精神指向，也有作者的感恩之情。

崔娜娜从性别看是一个女性，按照我的阅读经验，女性的写作比较细腻，同时也常常会有一些私语化的写作倾向。但在她的作品中，我始终看不到这种倾向，而都是一些精神呼唤的作品。如《南方人家》《K9571次列车》《一路向东》《母亲与土地》等作品，她写作题材的多种多样，让人倾听到一种久违的声音，如《南方人家》："在这条路上来来去去／我似乎听见了忧郁的撞击声／噼啪落在我隐秘百年的村庄／穿越农耕与黑夜漫漫／飞越进我不安的心。"乡村成为人们的记忆的时候，作者不安的心绪得到一种表达，释放出一种心中的呼唤。乡村作为一代代人的精神家园，当我们失去家园之后却是隐隐作痛。如《一路向东》："故乡的记忆，渐行渐远／任生命穿梭／时间的角落。"故乡与我们渐行渐远，心灵将缺失一种依托，诗人只有在滚滚的尘世中呐喊。如《母亲与土地》："母亲坐在家乡翻新的泥土上／把目光投入土地拔不出来／一只眼守望农业／一只眼面对生活／在小麦和玉米找不到出路的土地里／岁月刺瞎了母亲的眼睛。"母亲与土地之间唇齿相依的关系可以想象，当一辈子在土地劳作生存的母亲突然离开土地的时候，是一种什么样的心情？作者就是表达这种心情，唱给农耕时代的最后挽歌。如《乡情》："月亮憔悴地挂在天边 / 有太多的不舍，太多的眷恋 / 是浓郁的情，深沉的意 / 是扯着灵魂的力量 / 这月亮在我眼中幻化成了，故乡。"

李御风的诗歌创作题材广泛，行走在故乡与城市之间。有对故土的眷念，有对城市的感慨，作为一个在乡村出生的孩子，显然有一种对生活的惶惑或迷茫向往，一切仿佛都是过眼云烟。如《歌声已远》《巴人的后裔》《水色贵阳》《远行》等作品。怀乡是离乡游子的一种病，如《歌声已远》："故乡的歌声已远去 / 我立于山冈放眼四顾 / 炊烟袅袅，云儿悠悠 / 白鹤飞飞入松林 / 望牛的孩子去哪儿了。"故乡的歌声已经成为某种记忆，成为对童年的追忆。作者的心头有一种无限惋惜与留恋，发出内心的感叹，这就是来自心中的诗歌。李御风是一个具有民族认同感的人，他的《巴人的后裔》："在苍茫的武陵深处 / 一个民族从古走来 / 他们说： / 我们是巴人的后裔。"作者作为巴人的后裔，对自己民族的赞美与认同，其实就是一个具有民族自信心的人，在沿河的"90后"诗歌作者中，他应该是一个另类。同时也对他生活的城市进行书写，如《水色贵阳》，以水色作为诗歌意象，把贵阳写得比较唯美："贵阳，一座水色的城市 / 三百六十五日竟有大半 / 在阴雨朦胧里酣然度过 / 夜里我枕着雨声渐渐入梦 / 清晨我竖耳聆听鸟鸣啾啾。"贵阳听雨的书写，其实是对一个城市的赞美。

默梓轩的诗歌创作感情比较丰富，对五光十色的生活有一种惊奇。诗人永远在生活的大路上行走，诗人就是把人们司空见惯的生活用一种意象传达给读者，让读者感受一种美学倾向。如《想念》《下一次的来访》《聆听这城》《醉美乌江》等作品，当下写《想念》的作品很多，但默梓轩却另辟蹊径："我的伤口如

梦披上了霓裳 / 眼帘间，湿了眼眶 / 岁月的洪流，挡不住回忆的悲怆。"精神状态的虚写与实写共同构成了自己的感受，让人生产了一个不可言状的情景。在他的《残花》也延续着这种创作倾向："沉重的步伐漫过街灯下 / 远处模糊的人影儿 / 渐渐勾起了一点牵挂 / 我掀起一世生命 / 换一夏嫩叶繁华 / 却在某个不眠的夜晚 / 让流年燃尽了白发。"步伐、生命、繁华、白发等关键词构成生命的意象，同时透露出一种挥之不去的无奈。在生命的面前，人们更多是感叹。如《余光》，写给逝去奶奶的诗歌，同时也是写对生命的感受："生生世世阴晴月缺 / 似乎一切都没有变化 / 世界依然那个模样 / 阳光依然不迟到来到老屋的身旁 / 只是从此少了一个人影。"历史的长河中，生命只是一个匆匆的过客。留给后人的只是怀念。作为一个"90后"，有这样的感受，确实难能可贵。

罗素花的诗歌创作属于心灵写作类型。心灵写作就是通过作者的心灵去感悟，用心去写作。说罗素花的诗歌创作属于心灵写作，因她的诗歌就从心头出发，写出自己的心里感受，如《做你心中的一泻月光》《平桥河的心事》《忆三月》《我在未来等你》等作品。作者都以第一人称作为表达对象，将自己的内心感悟于型。如《做你心中的一泻月光》："做你心中的一泻月光 / 收走余温留给你冰凉 / 你和你的情人相约小巷 / 你不必觉得我存在的尴尬 / 我不是漫无目的地在此彷徨 / 我婆娑的泪影投在东墙 / 一如既往的深情 / 一如既往被冰冷埋葬。""做你心中的一泻月光"是一个传统的女性的书写，其中饱含着难得的真情。心灵写作其实就是真情实感的书写。在当下，诗歌创作往往是散文化的叙述方式，真正抒情的诗歌已不多见。显然罗素花的诗歌创作是对传统诗学理念的坚持，如《平桥河的心事》，一种心事流露的背后却是作者的真切抒情："能轻抚她幽禁千年的心事 / 在一个温馨恬谧的春夜？ / 可这北风却似无休无尽 / 吹碎了她幽梦中的一束美丽。"很多美好的东西常常在不经意之中成为一种往事，要留住"一束美丽"多么不容易，是作者心灵无限的感慨。如《等》让多少人付出了代价："一抹晚霞／随着太阳逃走／啾鸣的秋虫／带来沉睡的黑夜／唯有那残缺的月儿／在门前洒下清晖／是谁曾为谁淌下的／一汪清澈的泪水！"在我看来，心灵写作正是当下诗歌创作需要的写作模式，同时也是一些优秀诗人长期坚持的言说方式。

阿南的诗歌是一种立足叙述型的诗歌，往往从原生活的状态以打量的目光观察生活，受到当下所谓"后现代"的影响，有一种对社会与生活撕裂与变形的表达方式。如《娼妇》《我的体内驻着一座村庄》《墓地》等作品，明显属于"低诗歌"的创作模式。如《娼妇》："诗歌像一个端庄的娼妇／在每个寒冷席卷的夜晚／慰藉我枯槁的心灵／顶礼．膜拜／撩起她若隐若现的制高点／在寒风中我艰难的挺进／当乌鸦不再象征诅咒／唯剩我无法命名的缄默。"生活反讽极其浓厚，具体的指向流变的多重语境下沉默就是一种对人生态度。如《我的体内驻着一座村庄》："我的体内驻着一座村庄／我的亲人是村庄的心脏／我从未离开我的村庄／像我不曾离开诗歌和食物／这是我个人的村庄／一个精神患者的村庄。""我的体内驻着一座村庄"与"一个精神患者的村庄"这两句看似悖论的诗歌有着作者对村庄的思考。我一直这样认为，其实诗歌的创作没有高低之分，诗歌创作就是寻找自己的最佳表达，只要是自己的表达就是诗歌。如他的《墓地》引起多少的人生思考："赤裸裸的灵魂／游走在鳞次栉比的墓地／漫不经心的风卷土而来／吹醒一朵朵失去水分的花。"

杨柏茂的诗歌写故乡与远方。当下不少青年人就是缺乏诗歌与远方，一个人有了诗与远方，才有了希望。在我看来，杨柏茂的诗歌是从故乡开始的，如《我爱家乡的一切》："梦中美如仙境，却是在眼前／那里是有高山和森林——／挺拔气壮的高山和郁郁葱葱的森林。"故乡的物事成为作者诗歌中另一种皈依，即使是在远方，故乡就是自己的一切："即使远在他方 / 但我依然看见那明月下，一个翩翩青年的身影 / 久久，久久地站成一道思念。"远方是一个人向往的地方，但是人一旦有远方，却又有一种刻苦铭心的故乡之情。只有那些离开故乡的人会有这样感受，如《远方》："多少次伫足仰望蓝天 / 多少次极目远眺他方 / 多少次爬上高山，多想一眼望穿；前面就是太阳和世界的尽头 / 可那一层层灰雾似厚墙坚不可摧。"

行痴的诗与他的生活密切相关，他的不少诗歌都是写生活中的所见所闻所感，可见他是生活的有心人。以前有诗歌评论家提倡"生活写作"。行痴的《困境》《脚》《标本》《老友》《心事》等，单从标题上，都是对生活里的琐事进行书写，但就是这些生活构成了行痴的诗歌磁场。如《独行》："背负着 / 两个人的风景 / 一个人欣赏 / 两个人的梦想 / 一个人远行。"两个人梦想一个独行，看似二律背反，但是生活的味道却是浓郁的，诗人就是用自己与传统语言不同的生活表达方式。如《游子》："像断了线的风筝 / 独自漂泊 / 在天涯的一角 / 任风撕扯，不知未来在哪里 / 也不知何时坠落。"游子的感情是很难说清楚的，只能通过一些生活中的意象进行凸显，才能达到作者需要的效果。吕进先生认为：诗歌永远是生活的儿子。诗歌只有永远依附生活，才能走得很远。

长木的诗歌多为人性写作的诗歌，诗歌回归人性的创作，是一种比较传统而又具有永恒价值的写作。文学就是写人与写人的喜怒哀乐。长木的诗歌《惆怅》《微醺的人》《你的样子》等作品，对人的心理状态的描摹可见一斑。如《微醺的人》："你戴顶冠花 / 唱不出我的忧伤怎哗然稍下 / 一桥溪水又冷惯了我的纠缠 / 仍旧不在樯橹旁嘶声沙哑 / 纵然不变老去横秋依旧秋风不入土 / 你缄默我不语在楼台纸上语一幅山水 / 风吹雨打苦寒了路人。"把微醺的人的感觉写得飘飘然然，让人有身临其境的感觉。还如《你的样子》："你的发丝像极了河流 / 似河水川流不息的闹腾 / 似喀斯特地貌下流动着的心悸 / 是我睡梦中你的样子 / 那样子根深蒂固。""你的样子"让人耳目一新，也给读者留下了深刻的印象。如果要说我喜欢长木的诗歌的话，我比较喜欢有关故乡与亲情的诗歌，如《故乡》《外公的蓑衣》《外公的烟斗》等作品，那是对故乡生活的无尽追忆，具有人类生活的烟火指向："像春雨洒在头发、焉趴的发根强劲有力 / 像阳光在树上颤 / 抖动着我的全部人生 / 像风儿在河上懒 / 随思念带回了我故乡。"

沿河的 15 位"90 后"诗歌创作都具有相对的个体特征，每一个人都有自己的创作个性，题材比较广泛，呈现了沿河"90 后"诗歌的多元化特征。同时又从另一个方面表现了沿河"90 后"诗歌作者克服了同质化写作的不良趋向。无疑，这是一种好的起点。要说不足，立足于本土的写作比较缺乏，除少量的诗歌与故乡有关以外，大多是自己一些感受之作。乌江是沿河的母亲河流，河流文明代表沿河历史的文明，回望故乡，就应该在河流文明中寻找创作的母体，或者在沿河"90 后"的诗歌作者中会有大诗与史诗产生。这是一个值得思考或者探讨的问题。我们有理由期待。

（多彩贵州文学网、《黔东作家》2019 年 3 期、《石阡文学》2019 年 4 期）

沿河：散文诗人群的崛起

——简评赵凯、冉茂福、陈顺等散文诗创作

沿河是贵州省唯一的土家族自治县，也是全国四个土家族自治县份之一。乌江流经该县域，这里有着十分丰富的土家族传统文化，被有关部门认定为"中国土家族山歌之乡"。其《望牛山歌》曲调粗犷感人，唱响大江南北。乌江三峡风光迷人，一方山水养一方人，丰富多彩山水与厚重的地域文化滋润不少的诗人作家。新时期以来，一种新的文学形态——散文诗在这里悄然兴起，据沿河文化部门统计，创作及在省级报刊上发表散文诗的作者就有30多人，一个散文诗创作群体崛起，成为贵州文学创作领域的一个独特的文化现象。

散文诗是一种新兴的文学形态，鲁迅的《野草》是现代中国文学史上的第一部散文诗集。早在二十世纪的二三十年代，散文诗体在我国的文学领域基本形成。耿林莽、柯南、马东旭、李耕、许淇等是新时期涌现的散文诗作家。20世纪80年代开始，沿河以喻子涵为代表的散文诗群体，在贵州散文诗领域产生了一定的影响。此后赵凯、冉茂福、罗均贤、田犁、陈顺、罗福成等一大批土家族散文诗人，在不少报刊发表大量的散文诗，构成沿河独特的文学创作现象，给黔东文学乃至给贵州的少数民族文学创作增添不少亮色。

赵凯先后在《散文诗》《散文选刊》《散文》等报刊发表了大量的散文诗。作品多次入选《中国优秀抒情诗精选》《2010 中国散文诗年选》《2011 年散文诗年选》等选本。出版了散文诗集《灵魂的舞蹈》[1]，成为沿河本土具有代表性的散文诗人之一。赵凯的散文诗创作基本立足地域，如《乌江之韵》《怀纤想夫》《穿越乌江》《石磨》《土家傩舞》《肉莲花》《遥望故乡》等，包含着乌江流域的地域文化符号与人文景象。他把目光打量在地域特征方面，可以看出地域语言与诗歌语言相互交织，以空灵打动读者。作者大量运用地域性的自然、社会、民族、历史、文化等元素，作为散文诗创作的基本材料，使其散文诗表现出了鲜明的地域性和个性化身份特征。乌江、故土、乡情，既是散文诗写作的大背景，也是第一诗歌现场和写作的动力源。赴凯的散文学表现出三重明显的情感变化和审美境界的创造——第一重是对童年记忆的描述，充满欢乐、温馨和感恩；第二重是在回忆、思念中，加上悲悯和倾诉、忏悔和反思，充满对命运的担忧以及现代工业化和商业化对传统文明挤压掠夺的焦虑；第三重是由对物质现象的关注转为向精神现象的升华，河流情结和故土意象更加深厚、空灵，而作者的宇宙观与生命观似乎显得更加宽容、淡定。

"满山遍野的象形文字，载着父亲从春到冬对儿子的千言万语。"（《犁》）

"山那边，镰刀，是我永远感到温暖的名字。"（《镰刀》）

"背架，我亲爱的木马。"（《背架》）

"纳鞋的声音在夜晚轻轻唤我，……/ 思念就在你那根麻绳上，牵挂着我的岁月。"（《村口》）

"淡淡的农事在炊烟中铺开，……/ 远离村庄的时候，站在檐前的母亲是我唯一的思念。"（《炊烟》

地域语境的书写，成为赵凯散文诗创作的主格调，清新的语言中蕴含着诗人的缕缕情思，地域乡情成为作者挥之不去的写作情怀。地域的农事、物件、生活的形态在诗歌里成为书写的载体，表达出作者的感恩与虔诚。乌江多次出现在赵凯的笔下，乌江是贵州的母亲河，理所当然也是沿河的母亲河，河流曾经滋养其流域的人类文明，乌江在他的笔下是那么的神奇与博大，仿佛是一种人的精神象征，《穿越乌江》其实就是一次生命的考验，或者是一次生命的洗礼。让人的灵魂得到了净化。让人感到生命的痛楚。

"生命的流程就在这蓝色的血液里。"

"从高原起步，生命的号角一路吹响。从简单的音符演奏成浩瀚的壮歌。撞击与弹奏，几千年历史的迁徙定格成永恒的风景。"

"几千年啊！惊涛骇浪磨亮祖先的眼睛，使他们更加关注这条河热爱这条河守护这条河。"

"狭窄的江面，挤出土家人的哲思，在缝隙里，生命的触角疯狂生长，像桅杆，竖立一面永不倒下的旗帜。"

"于是我们属于这个江面，属于昼夜不息谱写生命的涛声。"

"血缘共存，我们的河流畅然流动。"

"可掬的生命之源，激情澎湃，昼夜不息……"

比如《石板桥》就是书写地域文化存在于生命的过程与变迁，"桥"其实就是象征生命的延续与地域人文精神的拓展。

"梁家女匆匆地上路了。"

"走过石板桥，光滑如女人肌肤的桥。"

"唢呐声声里，梁家女止不住甜蜜的啼哭。于是梁家老汉说石板桥是一条踩不断的桥，是一条能走出去又能折回来的桥。梁家女哭着出去又笑着回来。"

"老汉死了，桥还在。"

"梁家女老了，桥还在。"

"小木屋变成了小洋房，桥还在。"

地域文学的个人阐释

赵凯把地域与民族文化纳入了他的创作视野，基本形成自己的散文诗创作特色，在现代的背景下，不断融入大地、故乡、乡愁等文化内涵，吹出了乌江流域的一支悠远笛声。

冉茂福在《散文诗》《散文诗世界》《中国诗人》《当代文学》《贵州作家》《江苏作家》《散文诗作家》《贵州日报》等多种报刊和网刊上发表作品，著有散文诗集《守望乡村》[2]。

冉茂福的散文诗多存在乡村书写的形态，他的写作从自己生活的地域开始，把自己生存地域的状态与自己生命的感悟作为写作的经纬，相互交织，形成一种自然的文化景观。乡村作为一种文化的精神追逐方式，从自己赖以生存的乡土挖掘出人生的经验，把自己的灵魂放置于乡土滋养。喻子涵在《守望乡村》的序里认为，冉茂福的散文诗是"生命，灵魂，故乡，是构成《守望乡村》这部散文诗集的基本内容"。乡村成为不少作家诗人笔下的景观，但是不少写作成为纸上的文学，根本没有深入乡村的内部，而是凭着自己的写作经验进行一些浮光掠影的模拟，把乡村写成一种苍白无力的模式。冉茂福在力图避免这些现象，深入乡村的内部寻找出自己思考的答案。

"你的生命属于大地和天空，那里有不尽的梦想。"（《深秋的雨》）

"黝黑的土地，揭示生存的哲学。"（《无声的汗粒》）

"我们在收割的田野，去寻求生命的皈依。"（《收割的田野》）

"金黄的稻穗，我梦中的家园。/在金黄的稻穗里，沉睡一个幸福的灵魂。"《一束稻穗》）

诗人在外在形态不断地描摹中，寻找生命与家园意识凸显，成为冉茂福散文诗写作的一大亮色。"浑厚、沉郁的音乐，野性的唱腔，如金黄的稻穗。"（《民歌的记忆》）生命的精神皈依，成为一种无限的生命张力。乡土里的人文精神成为一种生命力坐标。生命感悟成为一种无法忘怀的精神阵地，生命在岁月中穿梭，人瞬间的意象勾勒成为生命的涌动，把自己的灵魂暴露出来，让人无法忘怀，虚幻与生命的体验融为一体，让自己的灵魂在时间里洗澡。

"在蔓延星星和月亮的夜晚，你敲瘦了我的思绪，带来了满腹的愁怀。在季节的枝上，纷纷坠落、摇曳。/ 如一曲卷帘幽梦，在李清照的词里雨疏风聚。/ 或者在边草无穷日暮的意境中迷失了方向。透过你的天空，在无数潮湿的叶片上读诗写诗。/ 我的目光迟钝，寒山寺里的钟声，涨满了我的河床，一些生命体涌动如潮。/ 我是疲惫的彩虹，丢失了五彩斑斓的外衣；我是被岁月拔掉羽毛的鸟儿，远离了飞翔；我是被时光剥蚀的船，失去了远行的梦。/ 在夏日的滩头，/ 在无眠的夜，/ 拥着一片孤独，倾听雨声。"（《在客田镇听雨》）

正如喻子涵所言：茂福的散文诗也不是直言其事、直抒其情，而是在有所指与无所指之间，调动无际的想象，选取相关的物象，进行诗意的展现。冉茂福的散文诗十分注意诗意的虚实相间，具象与意象的有效结合，同时也很注重语言的表达与行文的疏密相间。

陈顺在《散文诗》《当代文学》《散文诗世界》《贵州日报》等报刊上发表大量的散文诗，系贵州省作协会员，供职于某媒体。出版散文诗集《指尖上的庄园》[3]，陈顺与冉茂福、赵凯不同，注重生命的体验与感悟。如《月光的石板桥》《零落在在村庄的记忆》《在春天的视野里行走》《生命的秋天》等。

"逝者如斯，曾经眼里的寻觅，是隔着年龄疯长在石板桥下的童话。一如鲤鱼跃身上岸茫然四顾的哀伤。"

"月影倾斜，桥身倾斜，光滑的石板在时光的打磨下舒展成一段平淡无奇的往事。往事中，一个少年正匆匆从岁月的缝隙间长大，身下是一座老气横秋的石板桥，在柔和的月光下静默。"

"棱角不再。烦恼也悄然间散失。"（《月光的石板桥》）

"岁月的流逝，生命的感悟跃然其间，历史悠然在桥上溜走，让人感到无奈与惶惑，把生命的底色展现出来。"

"秋天的旅程铺满细碎的阳光，淡淡的红色夹杂着粉红色的低吟弥漫在一望无垠的稻田。一把把镰刀锋利出乡亲们那双双空洞的眼，掩饰不住的喜悦摇曳出久违了的幸福和甘甜。落寞的父亲忍着收获的失落，疯长的记忆却漫过了他无数次挥舞镰刀和锄头的笑容。"（《生命的秋天》）

秋天的景象与人们在收获季节的生命律动表达，让读者感受到秋天厚重的味道，在场感较强，生命的体验浓郁，形成了一种生命的精神文化磁场。

"儿时的天空湛蓝如洗，穿过时间的童谣里贮存着父亲如醇的关爱，一根扁担、一把锄头是父亲的精心打磨，一生的角逐击败一次次洪涝和旱灾。与父亲同在的日子明朗而纯净，彻底的祥和胜过了邻居家丰富的佳肴。一袋袋旱烟松软而坚实，家的温馨少不了父亲的味道和辛劳。随之而来的痛漫过村庄的脊梁，生命的羸弱撼动着他昔日的坚强。"

"生命在缄默中流动，或好的、或坏的，紧紧交融在一起，有万钧之力却只有趋势没有结果。临江而立，我看见无数个"幽灵"飘来。那凄厉的叫声里蕴含着生命的呐喊，许多时尚的人在叫声中倒下，流连于浓浓的血腥味里，我掂出生命的重量，量出了玫瑰到刀锋的距离。方知：握住了一片枫叶，未必就拥有了整个秋天。"

"星隐了，水静了，只有严肃的思考穿透现实的魔网了。"

"理念凌驾于江上，眼睛被一种势利刺痛，在远处挤出来的灯光里，我看到无数个躁动的灵魂不安地探出头来。"

"有沙滩作伴，又何必伤感是一弯下弦月。"（《码头随想》）

陈顺的散文诗里始终离不开生命的感怀，秋天成为他散文诗里的某种象征，始终洋溢着生命的热切期盼，或者说对生命极限的苦苦追求。

"生命的长河里有多少个春天，就有多少次心灵激起的震荡。"

"走在春天的视野里，我惶惑不再有孩提时代的率性和恣意的快乐，花、草、虫、鸟也非昨日的摸样，村庄和城市中间横亘着足足一个春天的距离，我想拉近，拉近。让他们彼此紧紧相连。心却固执地走了很远、很远。留在春天的脚步已成为安慰自己唯一可以触摸的符号。"

"到春天的大自然里走走吧，尽管我们穷其一生也走不出春天的视野，但灵魂的皈依和心灵的释放需要春天的祈祷。"（《在春天的视野里行走》）

季节的心灵书写，生命轮回的无限感慨，岁月的无情，人生的苦短，揭示了某种人生哲理。如田贵东对《指尖上的庄园》评价所言：抒情是本集作品的灵魂所在。陈顺的散文诗注重情感的倾诉，而且表现得比较恰当，并不汪洋恣睢。

沿河的散文诗创作还有出生20世纪70年代的罗均贤、田犁、罗福成等诗人，罗均贤的组章《故乡的影子》[4]，情真意切，表现作者对故乡那种深沉的爱；《逃离城市》表现了在城市化过程中，人们对自己理想的生存境地的向往。田犁的《题贺兰山壁画》[5]意境悠远，画面感较强，让人读到黄河文明的厚重与历史的沉重。罗福成的组章《一些被生活流放的词语》[6]是对生命在地域语境下的立体反思与遐想，给人一种力量。田淼的散文诗组章《高原及其他》[7]也有一些厚重，把高原的景观与人文精神进行透视，表达出一种无限的精神憧憬。

参考文献:

[1] 赵凯. 灵魂的舞蹈 [M]. 南宁:广西美术出版社,2011.9.

[2] 冉茂福. 守望乡村 [M]. 哈尔滨:北方文艺出版社2010.9.

[3] 陈顺. 指尖上的庄园 [M]. 哈尔滨:北方文艺出版社2011.4.

[4] 席宁刘照进. 沿河文学作品精选 [M]. 北京:大众文艺出版社,2011.7.

[5] 田犁. 题贺兰山壁画 [J] 散文诗,2003.7.

[6] 罗福成. 一些被生活流放的词语 [J]. 散文诗上半月刊,2010.4.

[7] 田淼. 高原及其他 [J]. 散文诗下半月刊,2009.5.

（《贵州日报》2013 年 11 月 8 日文化评论）